Die Stunde der verlorenen Worte

Reicht eine Stunde aus, um das Ungesagte zu sagen?

NATASZA SOCHA

Inhalt

Für alle, die jemanden vermissen…

Anerkennung

Vielen Dank an alle, die mit mir die Geschichten über ihre verstorbenen Lieben geteilt haben, ihre Gefühle, Emotionen, Gedanken und die stillen Gespräche, die sie immer mit ihnen führen.

Die Stunde der Worte

*Was kann jemand sagen, dem die Worte
ausgegangen sind?*
Anna Kamieńska

„Wenn du schnell eine Sache nennen müsstest, warum du mit mir zusammen bist, welche wäre es?"

„Mayonnaise."

Er sah sie verblüfft an.

„Ernsthaft? Das war das Erste, was dir einfiel?"

Sie nickte.

„Du magst Mayonnaise genauso wie ich. Das ist wichtig."

Nicht immer ist ein guter Morgen ein Vorbote für einen guten Tag. Manchmal verändert sich die Welt innerhalb weniger Stunden um hundertachtzig Grad. Am Morgen sprichst du über Mayonnaise. Du fühlst dich wohlig träge, dein Körper genießt diese Langsamkeit, dein Gehirn verharrt in einer kontrollierten Lethargie, und du beobachtest jede

Minute deines Lebens. Es ist einer dieser Dienstage, an denen alles an seinem Platz ist, so wie es sein sollte. Ohne Unklarheiten, ohne unangenehme Kälte, die entlang der Wirbelsäule aufsteigt und Anspannung verursacht. Manchmal gibt einem ein einziger Tag in der Woche die Kraft für die restlichen Tage – für die regnerischen Donnerstage, langweiligen Samstage und nichtssagenden Montage.

Und deshalb sollte dieser Tag perfekt sein. Von morgens bis abends. Nur, dass unsere Wünsche und Sehnsüchte nicht immer mit denen überstimmen, welche für uns ausgedacht wurden.

„Hör auf. Du kannst kein Komma da setzen, wo ein Punkt ist."

Irgendwie klang das unangenehm, aber leider echt. Katharina mochte die treffenden Vergleiche ihres Mannes, Metaphern, mit denen er im Alltag geschickt jonglierte. Kein Wunder, schließlich ist er Schriftsteller.

Aber jetzt brauchte sie keine blumige Sprache. Sie wollte einfach nur, dass ihr jemand alles erklärte, vielleicht versprach, dass man den Lauf der Ereignisse rückgängig machen könne, dass es Ausnahmesituationen dank einer Zeitschleife die Realität einer Änderung unterliegen würde. Es gibt solche Situationen, in denen die richtigen Worte am wichtigsten werden. Diese ordnen dann die Wahrnehmung der Welt, richten sie auf, lindern den Schmerz.

„Deine Mutter lebt nicht mehr. Du musst stark sein.“

Katharina fühlte plötzlich eine Abneigung gegen ihren Mann, als wäre zwischen ihnen eine Mauer gewachsen. Sie wuchs hier, im Krankenhausflur, errichtet aus genau den Worten, die man nicht hätte sagen sollen. Sie sah ihren Mann kühl an und wandte dann den Blick ab. Eigentlich könnte er jetzt gehen, zusammen mit dem, was er zu sagen hatte. Manchmal ist jemandes Abwesenheit besser als falsch gewählte Worte.

Mit ihrer Mutter hatte sie sich gestern noch gesehen und mit ihr gesprochen. Wieso lässt es sich nicht vorhersehen, dass jemand bald aus unserem Leben verschwindet? Das ist ungerecht. Außerdem hatten sie ein wichtiges Gespräch nicht beendet, zum ersten Mal seit

Langem ein anderes als bisher. Normalerweise ging es um Ordnung, den Einfluss von Staub auf das menschliche Leben, darum, dass etwas schief steht oder hängt, und um die Katze, die zu oft ins Haus pinkelt.

„Es ist doch eine Hauskatze, Mama."

„Sie könnte lernen, rauszugehen."

„Und dann selbstständig den Code für die Gegensprechanlage eingeben, um zurückzukommen?"

Aber gestern war es irgendwie anders. Mutter ließ sogar das Polieren der Teller sein („man lässt sie nicht nass, sonst gibt es weiße Flecken"), setzte sich an den Küchentisch und begann, mit dem Löffel im Zuckergefäß herum zu rühren. Drei Runden nach rechts, eine nach links. Katharina ignorierte dieses Spektakle zunächst, doch die Neugier siegte.

„Warum rührst du öfter nach rechts als nach links?"

Die Mutter zuckte mit den Schultern.

„Bist du glücklich?" fragte sie plötzlich.

Es kam so überraschend, als hätte sie verkündet, dass sie in Kenia einen Löwen adoptiert habe und nun dorthin auswandere.

„Aber…“

„Antworte einfach. Jetzt.“

„Ja…“ Katharina zögerte einen Moment.

„Dann hast du es schön. Obwohl… ich dir nicht ganz glaube.“

„Mama…“

„Ich muss jetzt gehen. Aber morgen werden wir weiter darüber reden, denn man kann nicht alles verschweigen. Ich warne dich jedoch, dass es ein Schock für dich sein könnte.“

Katharina war völlig sprachlos, sie konnte in diesem Moment nichts sagen. Sie öffnete den Mund, um ihn kurz darauf wieder zu schließen, und dann erneut zu öffnen. Und so weiter.

„Du erinnerst mich an einen Fisch auf dem Trockenen,“ bemerkte die Mutter.

„Mama, sollte ich von etwas wissen?“

„Ja... So wie ich etwas von dir hören sollte. Aber du schweigst. Ich gehe jetzt, ich habe eine Verabredung im Kino.“

„Mit Papa?“

Die Mutter lachte plötzlich so laut, dass die Katze schreiend aus der Küche rannte und unter dem Schrank verschwand.

Die Katze heißt Mauritius.

***

Der Tod ist ein Egoist. Er bereitet niemanden vor, erklärt sich nicht für das, was er tut. Er kommt, nimmt und geht – und niemand kann sich beschweren. Er ist minimalistisch in seinen Handlungen. Er löscht den Atem. Schließt die Augen. Und schneidet ein Gespräch mitten im Satz ab. Berechnend wie eine Schauspielerin, die alles tun würde, um eine Rolle zu bekommen. Oder wie Mauritius, der für eine Leberpastete alles tun würde.

Als Katharina zwölf Jahre alt war, hatte sie einen seltsamen Traum, aber erst jetzt konnte sie ihn interpretieren. Alles darin war verlangsamt, wie in Naturfilmen, und nach einer

Weile erstarrte es in Bewegungslosigkeit. Sie sah Bienen, die in der Luft schwebten. Sie sah den Wind, der sich in der Baumkrone verflochten hatte, aber auch unbeweglich war. Ebenso die Vögel auf den Ästen und der Rauch aus dem Schornstein. Wie die Frau vor dem Haus und ein Kind auf einem Fahrrad. Katharina wanderte durch diese erstarrte Landschaft, sah sich um und suchte nach irgendwelchen Lebenszeichen. Sie wollte die in der Luft schwebende Biene berühren, hatte aber Angst, dass sie verschwinden würde. Und mit ihr die ganze Landschaft.

Das war kein guter Traum, sie hatte ihn nie vergessen.

Jetzt aber war er Wirklichkeit geworden.

Sie stand mitten im Krankenhausflur und verstand, dass die Welt gerade stehengeblieben war, obwohl es noch vor kurzem so viel Bewegung in ihr gab. Vielleicht für einen Augenblick, vielleicht ein wenig länger, fühlte sie, dass die Zeit stillstand. Und nur sie atmete noch und hörte ihren eigenen Herzschlag. Der Rest befand sich in einem lethargischen Zustand als Synonym für den Tod. Noch vor kurzem raste die Welt, nur um jetzt zu erstarren, doch niemand wusste wie lange.

„Ich möchte allein sein", sagte Katharina und drehte ihrem Mann den Rücken zu.

Plötzlich kehrte alles zur Normalität zurück. Die Uhr im Flur bewegte die Zeiger, die Leute begannen sich zu bewegen, Beatmungsgeräte und andere Geräte summten und piepten, und in der Ferne hörte man die Fahrstuhltüren aufgehen. Jemand verteilte gerade das Mittagessen und der Geruch von Tomatensuppe drang Katharina in die Nase. Tomatensuppe schmeckt am besten mit Reis, obwohl manche sie lieber mit Nudeln mögen – dieser absurde und etwas unpassende Gedanke kam ihr gerade in den Sinn. Und noch dazu, dass es sich lohnt, die Tomaten für die Suppe vorher im Ofen zu rösten, um das maximale Aroma herauszuholen.

Ihr Mann konnte sie nicht trösten, und das brachte sie noch mehr aus dem Gleichgewicht. In schwierigen Situationen, durchtränkt von Trauer und Kraftlosigkeit. Der Jongleur der Worte, der

Meister der perfekten Sätze, hatte offenbar die Hälfte der Laute verloren und konnte aus den verbleibenden nichts Besonderes zaubern. Vielleicht war er tatsächlich ein Schwätzer, wie die Kritiker manchmal über ihn schrieben? Vielleicht konnte er weder gut schreiben noch gut sprechen? Vielleicht war es nur eine hübsche Verpackung? Menschen erliegen oft Illusionen. Ein gutaussehender Autor, der wusste, dass ihm blaue Hemden und halblanges Haar gutstanden (das waren seine Markenzeichen), konnte doch nicht schlecht schreiben. Und wenn er zusätzlich noch ein Lächeln hinzufügte, das aus der Schublade melancholisch-intrigierend stammte, kaufte ihm die Welt alles ab.

„Scheiße in Geschenkpapier", murmelte sie jetzt leise, obwohl sie wusste, dass sie unfair war.

Und dass sie ihren eigenen Zorn und ihre Verzweiflung hauptsächlich an ihrem Mann ausließ, weil er am nächsten stand. Er sagte jetzt, dass er draußen vor dem Krankenhaus warten würde, und fügte noch etwas über die Zerbrechlichkeit des Lebens hinzu, aber sie wollte es nicht mehr hören. Es war abgedroschen und banal, ein Schriftsteller sollte solche Vergleiche nicht verwenden. Das Schlimmste an Schwätzerliteratur ist, dass die Worte sich als leer entpuppen. Sie sind wie diese komische Pilze, die beim drauftreten nur Staub hinterlassen.

„Mama...", sagte Katharina laut, dann hockte sie sich hin und versteckte den Kopf zwischen den Knien.

„Das kann nicht so enden, schließlich wolltest du mit mir sprechen. Und vielleicht nicht unbedingt darüber, dass ich die Töpfe mit Zitronensäure schrubben soll. Du weißt genau, dass man Gespräche nicht so beendet. Genauso wenig wie Bücher oder Filme. Es sei denn, es geht weiter..."

Geht es weiter?

***

Das Tandem Mutter und Tochter ist wie eine Brausetablette, die in sprudelndes Wasser geworfen wird. Es schäumt, brodelt und läuft über den Rand des Gefäßes hinaus. Einmal in der Schule führte Katharina ein Experiment mit Backpulver, Essig und Wasser durch. Auf einem

Teller stellte sie einen Becher auf und bedeckte ihn mit Alufolie. Sie schnitt ein Loch hinein, goss zwei Esslöffel Wasser hinein, fügte das Backpulver hinzu und wartete, bis es sich auflöste. Schließlich fügte sie zwei Esslöffel Essig hinzu. Und dann kam es zum „Vulkan"-Ausbruch — schäumende Blasen, gefüllt mit Kohlendioxid. Es war sogar schön, wenn auch in der Natur gefährlich.

Genauso funktionierten auch Katharina und Marianna. Wie ein Vulkan. Sie waren eine Ansammlung von Gegensätzen, divergierenden Meinungen und widersprüchlichen Ansichten. Manchmal stritten sie sich rein aus Prinzip, nur um ihren Standpunkt durchzusetzen. Wie in einem Wettkampf um das letzte Wort. Diejenige, die die Argumente verlor, verlor den Streit, was ihr paradoxerweise Kraft für den nächsten Streit gab. Sie musste ihn um jeden Preis gewinnen. Damit es wieder unentschieden stand. Damit sie von vorne anfangen konnten.

„Ich mag keinen Kürbis. Kauf ihn nicht, ich kann diesen Geschmack nicht ausstehen", sagte Katharina.

„Erstens, Kürbis ist gesund, enthält viele Vitamine, ist kalorienarm und fettfrei. Er fördert den Stoffwechsel und beugt Fettleibigkeit vor.“

„Mama, ich bin doch nicht fettleibig. Außerdem sprichst du mit mir, als würdest du an einem Kürbis-Quiz teilnehmen. Aber ich mag einfach keinen Kürbis. Und um meinen Stoffwechsel musst du dir keine Sorgen machen. Er ist in Ordnung. Ähnlich empfindet das auch mein Arzt.“

„Zweitens, Kürbis ist auch in der Kosmetik bekannt und wird verwendet. Für trockene Haut verwendet man Masken aus gekochtem und püriertem Kürbisfleisch, gemischt mit einem Esslöffel Olivenöl.“

Offensichtlich hörte die Mutter nicht zu oder es interessierte sie die Meinung, ihrer Tochter nicht.

Katharina holte tief Luft und sah Mauritius an, in der Hoffnung auf Unterstützung, aber sie bekam keine. Katzen interessieren sich selten für menschliche Probleme.

Nach einer Weile sagte sie langsam:

„Mama, ich habe Masken mit Vitamin C und wahrscheinlich auch mit irgendeinem anderen Vitaminen, und sie wirken wirklich hervorragend. Sie befeuchten, straffen, reinigen und verjüngen sogar. Vielleicht heilen sie auch die Psyche. Ich werde also keinen Kürbis kaufen, um ihn zu kochen, zu pürieren und dann in meine Haut einzureiben. Niemals. Und dein aufdringlicher Kürbiszwang überzeugt mich nur noch mehr, dass er nichts für mich ist. Tralala, ich beende das Thema."

„Drittens schmeckt Kürbis einfach köstlich. Man muss nur wissen, wie man ihn zubereitet."

„Tralala… aber ich kann kochen!" schrie Katharina.

„Gefüllter Kürbis, gebacken mit Reis, süß, scharf... Kürbiskuchen, Cremesuppe, Salat..."

„Scheiße!" Katharina hörte den Schrei in ihrem Inneren. Sie konnte fast den milden Geschmack und den neutralen Geruch dieses Gemüses spüren. Ihr wurde sogar schlecht, obwohl sie sich nicht sicher war, ob es am Kürbis oder an den Gesprächen darüber lag. Je mehr sie darüber sprachen, desto mehr hasste sie ihn. Trotz seines Reichtums an Vitaminen und Mineralien. Trotz seiner Beliebtheit, besonders im November. Und trotz des ganzen Halloween-PRs.

So verliefen fast alle Gespräche mit ihrer Mutter. Immer nervös, provokativ, in leicht erhobener Stimme geführt. Jede wollte der anderen beweisen, dass sie sich irrte, mit Trotz die eigene Meinung aufzwingend.

Wahrscheinlich hörten sie einander nie zu. Keine hatte die Geduld, die andere ausreden zu lassen und sich die Chance zu geben, zu verstehen, zu akzeptieren oder zumindest zu überdenken. Man muss sich nicht immer in allem einig sein. Aber man kann nicht widersprechen, nur um des Widerspruchs willen.

Noch vor Katharinas Hochzeit fuhren sie zusammen nach Masuren. Sie sollten eine Woche allein verbringen, das alte Leben verabschieden und sich auf das Kommende vorbereiten. Katharina mietete ein Zimmer in einer alten Hütte, geräumig, mit zwei Betten, einem schönen alten Schrank, bemalt mit Blumen, und einem großen runden Tisch. Im Badezimmer, das in Kornblumenblau gestrichen war, gab es eine himmelsblaue Badewanne.

„Ich hätte lieber ein Hotel", sagte die Mutter.

„Ich dachte, hier wäre es gemütlicher. Wir können selbst kochen, niemand wird uns Essenszeiten vorschreiben, es ist ruhig, friedlich und wir haben sogar einen ganzen Apfelbaum nur für uns", pries Katharina.

„Ich hätte lieber ein Hotel", wiederholte die Mutter, dann packte sie ihren Koffer aus, legte alles ordentlich in den alten Schrank, setzte sich in einen Sessel und griff nach einem Buch.

„Vielleicht gehen wir spazieren?"

„Vielleicht später."

„Oder ich stelle die Liegestühle in den Garten?"

„Wenn du musst..."

„Oder vielleicht trete ich mich selbst in den Arsch für all meine Fehler und Vergehen?"

Die Mutter hob nur theatralisch die Augenbrauen beim Klang des Schimpfwortes und biss in einen Apfel vom Baum, den sie zuvor verschmäht hatte. Auch das kornblumenblaue Badezimmer machte keinen großen Eindruck auf sie.

Die ganze Woche verging mit imaginären Vergleichen dessen, was sie hatten, mit dem, was sie hätten haben können, wenn Katharina einen anderen Ort gewählt hätte. Es war kein Urlaub, sondern ein Fechten mit Argumenten. Sie kehrten müde, verärgert und ein wenig beleidigt zurück. Aber dann war die Hochzeit und gegenseitige Abneigungen schmolzen im Kerzenschein und lösten sich während des Verzehrs einer vierstöckigen Torte endgültig auf, von der sogar drei Stockwerke der Mutter schmeckten. Nur das Pistaziengeschoss ließ sie das Gesicht verziehen.

„Ich freue mich, dass du glücklich bist", sagte Marianna.

Und es klang ehrlich.

Katharina atmete kurz erleichtert auf und trat etwas ruhiger in das Eheleben ein.

Mit der Zeit wurde es jedoch immer schlimmer. Je öfter sie sich trafen, desto mehr entfernten sie sich voneinander. Ihre Gespräche bestanden aus dem Austausch unnötiger Sätze, die nervten und dazu führten, dass Katharina Juckreiz verspürte, als ob jemand sie die ganze Zeit mit einem Allergen reizen würde. Wenn plötzlich zu viele unnötige Worte auftauchen, beginnen sie, den ganzen Körper zu zukleben, greifen von allen Seiten an und erschweren das Atmen. Wie ein Würgeschlange, die ihre Beute umzingelt.

„Kochen ist wohl nicht deine Leidenschaft", sagte die Mutter, und Katharina verzog nur das Gesicht.

„Sollte es denn sein?"

„Für eine Ehefrau und zukünftige Mutter sollte das Kochen eine Grundlage sein. Essen ist das Fundament."

„Nur, dass ich es nicht mag zu kochen."

„Das sieht man. Aber man kann sich immer mehr Mühe geben. Deine Gurkensuppe schmeck nach nichts."

„Seltsam, es sind doch Gurken drin."

„Aber kein Dill, und du gibst zu wenig Sahne dazu."

„Habe ich das Recht, Dill nicht zu mögen?"

Marianna ignorierte solche Fragen, aber wenn Katharina die Suppe einschenkte, fand sie immer Dill darin. Dann stellte sie demonstrativ ihren Teller ab und aß demonstrativ ein Sandwich.

Wer hat gewonnen?

***

Katharina kehrte am späten am Abend in die Wohnung zurück. Sie konnte doch nicht endlos durch die Stadt spazieren, besonders im Dezember, an einem frostigen Tag ohne Schnee, auf den sie jedes Jahr so ungeduldig wartete. Nicht dieses Mal. Es hätte einen Stromausfall gebrauchen können, der diese verdammten Lichter ausschalten, das Lächeln von den Gesichtern der Plastikweihnachtsmännern wischen und die silbrigen Flügel der künstlichen Engel verdecken würde. Einer von ihnen war von Kopf bis Fuß mit silbernem Glitzer bedeckt, der im Schein der LED-Lichter funkelte. Er hatte ein unheimlich glänzendes Gesicht und leicht geöffnete Lippen mit silbernen Zähnen. Er sah überhaupt nicht wie ein Engel aus, zumindest nicht wie einer, der mit Weihnachten in Verbindung gebracht werden sollte. Obwohl... Warum nehmen wir an, dass Engel schön sein müssen? Sie könnten genauso gut Blumenkohl-Nasen, krumme Zähne, fettige Haare, abgekauten Nägel und Pickel am Kinn haben. Ein Engel muss nicht perfekt sein. Wichtig ist, dass er seine Rolle erfüllt.

Katharina betrachtete das Gesicht des Engels noch einmal. Er erinnerte sie an jemanden. Oder vielleicht war er einfach eine Ansammlung der Traurigkeit? Eine Allegorie all dieser schlechten Gedanken, die sich in ihrem Kopf eingenistet hatten. All dessen, was in letzter Zeit passiert war. Es war schwer zu glauben, dass sie noch vor ein paar Tagen einfach nur glücklich gewesen ist. Die Brutalität der Realität kann man mit dem Leben in der Savanne vergleichen. An einem Tag wärmen sich Antilope und Löwin friedlich nebeneinander in der Sonne, und am nächsten Tag verspürt die Löwin plötzlich Hunger und stürzt sich mit einem Brüllen auf die

Antilope, die (im Sekundenbruchteilen) in Blut ertrinkt. Die Idylle verschwindet. Schnitt, Ende des Films.

Es ist nicht gut, dem Tod gerade im Dezember zu begegnen. Vielleicht wäre der Januar besser? Auch nicht, denn der Jahresanfang ist doch ein Versprechen auf etwas Neues. Eine Zeit der Versprechungen, die schon zwei Wochen später aus den Menschen verdampfen. Listen mit Vorsätzen landen im Müll und alles kehrt zur Normalität zurück. Wie wäre es mit Februar? Ja, der Februar ist ein nichtssagender Monat. Eine Übergangszeit zwischen Winter und Frühling, wahrscheinlich deshalb etwas kürzer. Der Februar hat keinen Charakter. Noch kalt, aber so ärgerlich, weil niemand mehr Lust hat, Wollmützen und dicke Mäntel zu tragen. Niemand will in kalte Hände hauchen und literweise Tee trinken, nur um sich aufzuwärmen. Die Menschen haben es satt, Autoscheiben zu kratzen oder an Bushaltestellen von einem Fuß auf den anderen zu treten. Sie haben genug von der Kälte und dem verhangenen Himmel. Irgendwo in der Ferne schimmert nämlich der März, voll von Krokussen,

Hyazinthen und Tulpen, voll von diesem undefinierbaren Geruch des langsam erwachenden Lebens. Auf den März wartet man sehnsüchtig, ungeduldig die Februartage zählend. Der Mensch wartet immer auf etwas. Er streicht die Tage im Kalender ab und freut sich idiotisch darüber, dass wieder ein Dienstag vorbei ist, dass Mittwoch und Sonntag vergangen sind. Wohin eilt er so? Zu seiner eigenen Beerdigung? Will er die letzten Einladungen zu einer Feier verschicken, die niemanden erfreut?

Ja, der Tod sollte im Februar kommen. In diesem hässlichen, überflüssigen Monat. Mit einem seltsamen Valentinstag in der Mitte, den sie nie mochte.

Katharina blieb vor einem Schuhgeschäft stehen. Aus jedem Stiefel, Halbschuh, Hausschuh und sogar Gummistiefel ragte eine bunte Weihnachtskugel heraus und funkelte verführerisch. Es sah nicht schön aus und spiegelte überhaupt nicht den Geist der Feiertage wider. Offensichtlich hatte jemand keine Idee für eine Dekoration und fügte einfach ein weihnachtliches Detail zu dem hinzu, was bereits im Schaufenster stand. Rote, gelbe und silberne Kugeln. Wahrscheinlich aus Plastik.

Diese Schuhe waren auch hässlich. Einige sogar staubig, als hätten sie den Herbst noch nicht abgeschüttelt. Katharina hörte in ihrem Kopf die Stimme ihrer Mutter: „Man muss doch niemandem daran erinnern, dass jedes Schuhwerk Pflege und Wartung braucht, oder?".

Es hat sie immer gestört, wenn ihre Mutter bedeutungsvoll mit dem Kopf nickte und diesen Satz wiederholte, während sie auf Katharinas schlammige Stiefel blickte. Und sie hob anklagend ihren Finger, welcher absurd lang wirkte, direkt auf die nächsten von Katharina begangenen „Sünden".

„Ich wische sie gleich mit einem Tuch ab, es wird ihnen in diesen paar Minuten nichts passieren", antwortete sie abweisend.

Sie mochte es nicht, Schuhe zu putzen, es schien ihr völlig sinnlos, besonders weil sie am nächsten Tag genauso wiederaussahen wie vor dem Putzen.

„Klar, du weißt es natürlich besser. Aber denk daran, den Schlamm am besten mit Wasser entfernen, und dann müssen die Schuhe gründlich getrocknet werden."

„Mama, lass es gut sein. Ich trage diese Stiefel jeden Tag. Ich werde sie doch nicht den halben Tag pflegen, wenn ich sie gleich wieder anziehe."

„Also können sie ruhig kaputtgehen, richtig?" Marianna zuckte nur mit den Schultern, seufzte und ging in ein anderes Zimmer, und Katharina fühlte sofort, dass sie sich entschuldigen sollte, obwohl sie nicht ganz verstand, wofür.

Nur Mauritius war das alles egal. Katzen zerbrechen sich nicht den Kopf über Dummheiten.

Katharina berührte die Schaufensterscheibe. Sie betrachtete noch einmal die ziemlich staubigen schwarzen Lackschuhe mit hohen Absätzen. Offensichtlich gefielen sie niemandem oder waren gerade nicht in Mode. Doch sie, als Kind, hatte von solchen Schuhen geträumt. Sie mussten keine Absätze haben, aber sie mussten glänzen und vorne eine kleine Schleife haben. Der Fuß sah in ihnen völlig anders aus. Als würden sie einer Prinzessin gehören und den restlichen Körperteilen Prestige verleiten. Dazu glitzernde Strumpfhosen und man fühlte sich sofort wie in einem Märchen. Selbst ein Fleck Spinat auf dem Teller konnte dieses Gefühl nicht verderben.

„Lackleder pflegt man nicht mit Imprägniermittel, sondern mit einer speziellen Creme für glänzendes Leder und poliert es dann mit einem weichen, am besten flanellartigen Tuch", flüsterte sie nun zu sich selbst und wischte die, in ihren Augen aufsteigenden Tränen mit dem Handrücken ab.

Sie wollte nicht weinen, denn in letzter Zeit passierte ihr das zu oft. Sie wollte irgendwie die Traurigkeit abwehren, die von allen Seiten auf sie eindrang, aber nach einer Weile ließ sie los. Ja, sie würde in Tränen ausbrechen, schließlich sah ihr niemand zu. Die Menschen achteten in letzter Zeit wenig aufeinander. Sie gingen achtlos aneinander vorbei, ohne auf jemanden zu achten. Irgendwie mochte sie sogar diese städtische Anonymität, manchmal war sie besser als übermäßiges Interesse. Jetzt konnte sie durch die Stadt im Dezember gehen und nach Herzenslust weinen, sogar laut schluchzen. Wen interessierte das schon? Die meisten Leute schauten auf ihre Füße, als wollten sie sich nur auf ihre eigenen Schritte konzentrieren, um nicht mit der Nase am Bordstein zu klatschen. Andere hingegen ließen ihren Blick über die Gesichter der vorbeigehenden Menschen gleiten, ohne sie wirklich wahrzunehmen. Manchmal hielten sie ihren Blick auf ein Schaufenster, besonders wenn sich dort etwas bewegte, tanzte oder künstliche Schneeflocken ausspuckte. Kitsch im Dezember war akzeptabel, sogar erwünscht. Schließlich kündigte er das an, worauf die meisten warteten. Nicht immer mit großer Freude und Feierlichkeit, aber sie warteten dennoch. Weihnachten war irgendwie eine Art magische Grenze zwischen dem, was bereits geschehen war, und dem, was kommen würde. Ein Übergang vom Alten zum Neuen, viel bedeutsamer als Silvester. Vielleicht, weil dieser einfach zu laut war. Mit seiner Diskomusik, den Konzerten in großen Städten, den Liedern, die alle gleich klangen und schlecht waren.

„Ich mag diese Musik nicht“, sagte die Mutter. „Sie schreien chaotisch, und die Melodie entkommt ihnen.“

Katharina mochte das auch nicht, aber der kategorische Ton ihrer Mutter störte sie noch mehr.

„Die Zeiten von Paul Anka oder The Beatles sind vorbei, Mama. Heute mögen die Leute das“, antwortete sie.

„Weil niemand ihnen beigebracht hat, gute Musik zu hören.“

„Aber jeder hat das Recht auf seine Meinung.“

„Also hast du nichts gegen dieses Geheule?“

„Ich mag einfach keine Kategorisierungen.“

„Man kann das doch nicht hören!“ „Du kannst es nicht hören. Das ist ein Unterschied.“

Marianna bat Robert normalerweise in diesem Moment, ihr im Schlafzimmer etwas anderes einzuschalten, damit sie dorthin gehen, die Kopfhörer aufsetzen und niemanden stören konnte. Daraufhin nahm sie ein leidendes Gesicht an, auf dessen Anblick Katharinas sofort aggressiv reagierte, obwohl sie versuchte, ihre Nerven im Zaum zu halten.

Es schickte sich nicht, die Mutter anzuschreien, vor allem nicht an Silvester. Oder mit den Füßen zu stampfen, zu brüllen und, Gott bewahre, zu fluchen. In solchen Situationen schloss sie also die Augen, versuchte, sich zu beruhigen, und praktizierte sogar die spezielle Atemtechnik *Ujjayi*. Sie hatte irgendwo gelesen, dass diese Technik das Gefühl von Ruhe und Ausgeglichenheit wiederherstellt. Bei ihr funktionierte das nicht, aber zumindest brachte sie niemanden um.

Jetzt blickte sie auf ihr Telefon.

Es war zwanzig Uhr achtzehn. Sie hatte sieben verpasste Anrufe, alle natürlich von Robert. Und eine Nachricht: ein kleines Herz von Martin. Ohne Kommentar, ohne unnötige Fragen. Sie schrieb Robert, dass sie bald zurückkäme, antwortete auf das Herzchen mit dem gleichen, aber in schwarz und drückte noch einmal die Stirn gegen die kalte Scheibe.

„Alles in Ordnung?“

Es hatte sie also doch jemand bemerkt.

Ein älterer Mann mit einem Hund ging am Schuhgeschäft vorbei und schien erstaunt zu sein über die einsame Frau, die jetzt ziemlich laut schluchzte. Selbst der Hund blickte sie auch neugierig an. Er trat sogar etwas näher und schnupperte an ihrem Bein.

Sie schaute die beiden benommen an.

„Nubuk- und Veloursleder sollten mit einer Gummibürste oder einer Drahtbürste gebürstet werden. Alle Flecken sollten mit einem weichen Tuch oder einem Schwamm entfernt werden, der mit einer leichten Seifenlösung getränkt ist. Wenn der Schuh stark verschmutzt ist, reinigen wir ihn mit einem weichen Schwamm, der in Salzwasser getränkt ist“, sagte sie und schaute dem Mann direkt in die Augen.

Dann wischte sie sich die Nase mit ihrem Handschuh ab, drehte sich um und ging in Richtung ihrer Wohnung.

Der Hund bellte dreimal. Und wirklich, man konnte ein Erstaunen darin hören.

***

„Wie ist das überhaupt passiert? Was ist geschehen? Menschen sterben doch nicht einfach so! So... ohne Grund!"

Katharina schaute den Arzt an, ohne zu verstehen, was er zu ihr sagte. Sie fiel ihm ständig ins Wort und versuchte sich nicht einmal eine Chance zu geben, um seine Stimme zu hören. Sie hatte das Gefühl, dass sich alles um sie herum zu drehen beginnt, dass die Wände sich ihr entgegen neigten und der Boden sich in verschiedene Richtungen verzog. Sie hatte das Gefühl, dass sich die Menschen näherten und wieder entfernten, und dass die Lichter der Leuchtstofflampen ihr schrecklich in die Augen stachen. Und dass die Infusionen neben den Krankenhausbetten sich plötzlich zu einer Gruppe versammelten und sie erwartungsvoll anstarrten, als ob sie an einer hysterischen Vorstellung teilnahmen. Sie wollte sogar zu ihnen gehen und schreien, dass sie nicht so starren sollten. Und dass sie verschwinden sollten.

Endlich packte der Arzt sie an den Schultern und schüttelte sie.

„Es gab einen Grund, genau das versuche ich Ihnen zu erklären. Anaphylaxie. Eine starke allergische Reaktion, die leider manchmal zum Tod führt. Wenn ein Allergen in den Körper gelangt, kann es zu einer Reaktion kommen, die starke chemische Mediatoren freisetzt, die hauptsächlich das Gefäßsystem und die glatte Muskulatur beeinflussen."

Katharina kicherte plötzlich.

Chemische Mediatoren?

Glatte Muskulatur?

Warum benutzen Ärzte solche Worte? Warum attackieren sie mit Begriffen, die ein normaler Mensch nicht versteht? Vielleicht ist das Absicht, um abzulenken? So konzentriert sich der Patient auf diese seltsamen Worte und verfällt nicht in Hysterie.

Chemische Mediatoren. Das ist doch absurd, so mit Menschen zu sprechen. Er hätte genauso gut Chinesisch sprechen können, mit einem Schuss Shanghainesisch.

„Was ist mit meiner Mutter passiert? Warum ist sie gestorben?“ flüsterte sie schließlich hilflos, als wäre sie ein kleines Mädchen, das sich gerade auf einem großen, bunten Jahrmarkt verlaufen hat.

„War Ihre Mutter auf etwas allergisch?“

„Ich weiß nicht, ich glaube nicht...“ Sie verhedderte sich in ihren Worten. „Sprechen Sie von Essen?“

Er nickte.

„Es wird angenommen, dass fast jedes in Lebensmitteln enthaltene Protein eine anaphylaktische Reaktion auslösen kann, insbesondere wenn man es mit einer allergischen Person zu tun hat. Aber am häufigsten sind Nüsse, Fisch, Meeresfrüchte, Sesamsamen...“

„Sesam. Ja, vielleicht war sie auf Sesam allergisch. Irgendwas dämmert mir, aber ich bin mir nicht sicher.“

„Aus irgendeinem Grund kam es zu einem anaphylaktischen Schock, einer Schwellung der Schleimhaut des Kehlkopfes und einer Blockierung der Atemwege. Wir haben

Adrenalin verabreicht, aber leider", er hob hilflos die Hände, „war es schon zu spät."

Katharina ließ den Arzt nicht aus den Augen. Er räusperte sich unsicher und rieb sich nervös mit der Hand über die Stirn. Offensichtlich wusste er nicht, wie er seine Patienten über den Tod ihrer Angehörigen informieren sollte, wusste nicht, welche Worte er verwenden sollte und ob er Mitgefühl zeigen oder die Nachricht trocken und knapp übermitteln sollte. Unter seinem offenen weißen Kittel trug er ein kariertes Hemd. Schwarz-grün. Katharina konzentrierte sich für einen Moment sogar darauf, die Knöpfe zu zählen, und begann dann, die Schuhe des Arztes genau zu studieren. Sportlich, weiß-blau, mit einer seltsam, fast aufgeblasenen Sohle. Sie passten zu den hellen Jeans mit den leicht ausgebeulten Knien.

„Es tut mir sehr leid, wirklich", fügte er hinzu, dann nickte er und ging weg, ohne sich umzudrehen.

Katharina stand eine Weile im Korridor und starrte auf den sich entfernenden Rücken des Arztes, auf seine weiß-blauen Schuhe und den weißen Kittel. Dann setzte sie sich auf den Boden und konnte nicht verstehen, warum sich plötzlich Menschen um sie versammelten, warum Robert sie so sehr bat, aufzustehen und Wasser zu trinken, und warum plötzlich alles so schrecklich wehtat.

Angeblich treten die ersten Symptome einer Anaphylaxie innerhalb von wenigen Minuten bis zu einer Viertelstunde nach Kontakt mit dem Allergen auf. Man kann dann eine starke Unruhe verspüren, manchmal treten Angstzustände auf, Druck und Kopfschmerzen. Dann kommen das Ohrensausen, Blässe, ein Blutdruckabfall, beschleunigter Herzschlag und schwacher Puls sowie starke Atemnot, Erbrechen, Bauchschmerzen und Durchfall. Katharina hatte das Gefühl, dass sie genauso einen Schock durchlebte. Hier und jetzt. Und dass sie gleich sterben würde, was eine sehr gute Hervorhebung dessen wäre, was gerade passiert war.

Denn wenn sie und ihre Mutter fast zu jedem Thema unterschiedliche Meinungen hatten, dann konnte nur der Tod sie in gewisser Weise wiederversöhnen.

Es wäre interessant, ob sie auf dieser anderen Seite normal und ruhig miteinander sprechen könnten. Ob das Bewusstsein, dass man sich nicht mehr anstrengen muss, dass keine Regeln, Normen oder Vorschriften mehr gelten, irgendetwas ändern würde? Nach dem Tod trägt man keine Schuhe, also wäre das Problem des Putzens erledigt. Der Mensch verspürt wahrscheinlich keinen Hunger mehr, also wäre das Thema Kürbis und dessen Vorzüge auch erledigt. Schmutzige Hände und ungekämmte Haare wären ebenfalls nicht mehr von Bedeutung. Ungeputzte Fenster und nicht genug süße Kuchenfüllungen wären ebenfalls irrelevant.

Würden sie sich nach dem Tod immer noch streiten?

Würden sie immer noch versuchen, ihren Willen durchzusetzen?

Wenn der Tod alles gleichmachte, verschwanden dann nicht automatisch die

Gründe für Streitigkeiten, Kabbeleien und Reibereien?

Katharina betrat die Krankenhaus-Toilette und drehte den Wasserhahn mit kaltem Wasser auf. Dann blickte sie in den Spiegel und ihr wurde klar, dass es keine Streitereien mehr geben würde. Denn nur ihre Mutter war auf die andere Seite gegangen, und selbst wenn sie etwas sagen wollte, würde Katharina sie nicht mehr hören.

****

In der Wohnung war es unheimlich still. Der Vater winkte seiner Tochter nur kurz zur Begrüßung und ging in sein Zimmer, beziehungsweise setzte sich mit Kopfhörern vor den Fernseher und vertiefte sich in einen Film. „Stirb langsam", aber Katharina wusste nicht mehr, welcher Teil, sie waren sowieso alle ähnlich. Auf dem Bildschirm erschien Bruce Willis' blutverschmiertes Gesicht und ihr Vater murmelte etwas vor sich hin. Es war offensichtlich, dass er völlig in die Handlung vertieft war, also zog sie sich in den Flur zurück.

Seit Mariannas Tod waren zwei Wochen vergangen.

Zwei Wochen und vier Stunden.

Katharina stand einige Minuten mit geschlossenen Augen da, als ob sie darauf wartete, dass ihre Mutter aus der Küche kam, ihr sagte, sie solle den Mantel aufhängen und die Mütze auf den Heizkörper legen, weil sie sicher feucht sei („das ist ein guter Trick, mehrfach erprobt").

„Ich zähle bis zehn", flüsterte sie und drückte ihre Augenlider noch fester zusammen. Dann fügte sie weitere zehn Sekunden hinzu. Und sie versprach sich, dass, wenn sie gleich das Geräusch von Kirchenglocken hören würde, Marianna tatsächlich erscheinen würde. Es war nicht ganz fair, weil es auf achtzehn Uhr zuging und Katharina genau wusste, dass sie gleich sechs Glockenschläge hören würde.

Eins, zwei, drei, vier, fünf, sechs...

Aber ihre Mutter war immer noch nicht da, also runzelte sie nicht die Stirn bei dem Anblick der matschigen Stiefel. Sie sagte Katharina auch nicht, dass sie ihre Hände waschen sollte, weil die schlimmsten Keime und Mikroben sich genau dort befanden.

Katharina wartete noch einen Moment, seufzte, öffnete die Augen, zog ihre Schuhe aus, hängte ihren Mantel auf, legte die Mütze auf den Heizkörper und ging ins Badezimmer. Sie schaltete das Licht ein und lehnte sich mit dem Rücken gegen die grünen Fliesen. In den letzten dreißig Jahren hatte sich hier nicht viel verändert. Eine kleine, unbequeme Badewanne, in der man kaum die Beine ausstrecken konnte. Die Waschmaschine, darüber ein Regal mit Waschpulver und Weichspüler. Im Spiegelschrank standen immer noch die Kosmetika ihrer Mutter. Eine halbfettiges Nachtcreme mit Ringelblume. Und eine feuchtigkeitsspendende Tagescreme. Katharina öffnete das Tiegelchen und roch daran. Die Creme roch angenehm – frisch, blumig, ein wenig milchig. Da war noch ein Lippenstift in blassem Rosa, ein Aloe-Toner und ein Nagellackentferner. Wattepads in einem durchsichtigen Behälter und ein grüner Bimsstein für die Füße. Eine Körperlotion, zur Hälfte leer, und zwei Nagelfeilen. Alle

Gegenstände sahen so aus, als ob sie gleich jemand benutzen würde, als ob sie nur auf ihren Moment warteten.

Lippenstift.

Katharina erinnerte sich daran, wie sie ihre Mutter vor ein paar Monaten beobachtete, als sie in der Küche umherwanderte. Sie schaute sie dann schweigend an. Sie konnte sich nicht erinnern, wann Marianna das letzte Mal spontan gelächelt hatte. Selbst ihre Falten schienen milder geworden zu sein, geglättet vom Mangel an Lächeln. Sie hatte trockene, leicht pergamentartige Haut, Iris in der Farbe eines blassen Himmels und schmale, zusammengepresste Lippen. Manchmal verschwanden sie fast vollständig, also stellte Katharina schnell eine Frage, damit diese Lippen wieder auftauchten. Damit ihre Mutter weiterreden konnte. Seit langer Zeit schminkte sie ihre Lippen nicht mehr, auch ihre Wimpern nicht. Früher liebte sie Lippenstifte in allen Rosatönen, sie hatte eine ziemlich große Sammlung, aber das musste lange her sein. Nur dieser eine, blassrosa, fast unbenutzt, war übriggeblieben. Obwohl sie den Eindruck hatte, dass das Gesicht ihrer Mutter in letzter Zeit etwas aufgeblüht war... Aber vielleicht war das nur eine Täuschung.

Vorsichtig stellte Katharina das Creme-Tiegelchen zurück, sowie auch den Lippenstift in der goldenen Hülle und schloss den Deckel des Toners. Sie rückte den Bimsstein und die Nagelfeilen zurecht und berührte die Flasche mit der Lotion. Sie wusste nicht, ob sie das alles wegwerfen, verstauen oder doch stehen lassen sollte. Sie hatte Angst, dass das Loswerden dieser Kosmetika eine Art Endgültigkeit bedeuten würde, obwohl das Schlimmste doch schon geschehen war. Sie schloss den Schrank und legte ihre Hand auf den Spiegel. Ihre Mutter wäre wütend gewesen. Sie mochte es nicht, wenn jemand seine Abdrücke auf dem Spiegel hinterließ, besonders Spuren von Zahnpasta verärgerten sie.

„Kathi, komm bitte sofort her und putze den Spiegel. Dreh auch die Zahnpastatube zu und wisch die Zahnbürste trocken", diese Sätze hörte sie, als sie sieben, neun und sogar sechzehn Jahre alt war. Im Grunde musste sie die Hälfte ihres Lebens lang den Spiegel polieren, obwohl sie immer versuchte, beim Zähneputzen nicht zu spritzen.

„Misch Essig und Wasser im Verhältnis eins zu eins."

Sie hasste den Geruch von Essig, aber einmal pro Woche putzte sie damit nicht nur den Badezimmerspiegel, sondern auch den im Flur und den im Schrank im Zimmer ihrer Mutter.

Keine Schmieren. Schmieren waren inakzeptabel.

Diesmal ließ sie jedoch ihren Handabdruck auf dem Spiegel und ging in die Küche. Auch dort war Marianna immer noch präsent. Ihr Duft, ihre Art, die Behälter mit Reis, Mehl und Zucker zu ordnen, ihr grüner Tee mit Kaktusfeige und Jasmin, Instantkaffee, die mürben Kekse mit Marmelade, die sie in der nahegelegenen Bäckerei kaufte, und auf dem Hocker die ordentlich gefaltete Schürze mit Kirschmuster. Unter der Spüle im Blechbehälter standen Kartoffeln, die bereits mit dem Geruch von Erde überzogen waren, und zwei Zwiebeln, leicht angefault. Katharina warf sie in den Mülleimer und nach einem Moment auch die Kartoffeln.

Doch noch schneller, holte sie sie wieder heraus. Sie nahm ein kleines Messer mit Holzgriff und schälte die Kartoffeln. Sieben Stück. Sie warf sie in einen Topf, salzte sie und eine halbe Stunde später legte sie sie dampfend auf ihren Teller.

Die letzten Kartoffeln, die Marianna gekauft hatte. Vermutlich „Hinga", eine späte, stärkehaltige Sorte, ovale Knollen, recht klein, gelbe Schale, hellgelbes Fleisch, rot-violette Blüten. Oder „Brise", schmackhaft, mehlig, aber schwer zu lagern. Vielleicht deshalb schmeckten sie ein bisschen erdig.

Katharina aß alles auf und berührte den Rand des leeren Tellers. Er war weiß, mit einem Muster aus kleinen Röschen und einem goldenen Rand. Ihre Mutter benutzte dieses Geschirr nur zu besonderen Anlässen, doch wenn diese sich dem Ende neigten, transportierte sie die Teller aus der Kommode in die Küchenschränke, welchen sie dann fest innewohnten.

„Alles wird irgendwie alltäglich", sagte sie damals. „Selbst die Teller haben ihre Besonderheit verloren. Aber zumindest schlafen sie nicht mehr im Karton." Früher mochte Katharina diese Teller sehr, aber mit der Zeit erschienen sie ihr nur noch kitschig. Jetzt spülte sie einen davon ab, trocknete ihn und wickelte ihn in Zeitungspapier ein. Dann nahm sie Reis, Mehl, Zucker, Haferflocken, Salz und einen Beutel Buchweizen aus den Schränken. Sie beschloss, morgen für ihren Vater einzukaufen und die Vorräte aufzufüllen. Diese Dinge wollte sie jedoch mitnehmen. Sicherlich nahm niemand Buchweizen als Andenken an einen Verstorbenen mit, aber das war ihr im Grunde egal.

„Papa, ich gehe jetzt. Ich komme morgen vorbei, bringe dir etwas zu essen und räume den Kühlschrank auf", sagte sie zu ihrem Vater, aber er sah sie kaum an.

„Gut, sehr gut", nickte er und richtete seine Kopfhörer auf den Ohren.

Kümmerte ihn der Tod ihrer Mutter überhaupt? Oder war das eine Art der

Verteidigung um sich der Wahrheit nicht entgegen stellen zu müssen? Bruce Willis, der gegen die ganze Welt kämpfte, Autoverfolgungsjagden und eine rasante Handlung, von der man sich nur schwer lösen konnte? Eine Parallelwelt, in die er sicherheitshalber eingetaucht war, um nicht über die reale Welt nachzudenken?

Katharina beobachtete ihren Vater noch einen Moment, aber er schien sie nicht zu bemerken. Sie zog ihre Stiefel an und nahm die Mütze vom Heizkörper.

Sie lächelte. Es war angenehm, sie aufzusetzen. Die Wärme zu spüren. Das war wirklich eine gute Idee, die Mützen und Handschuhe auf den Heizkörper zu legen. Das werde sie von nun an immer so machen.

***

Dreiundzwanzigster Dezember. Der Tag vor Heiligabend, ein Tag, welcher vielleicht sogar noch mehr von Hoffnungen durchtränkt ist als Heiligabend selbst. Katharina wachte um fünf Uhr dreißig auf, und obwohl es draußen noch dunkel war, stand sie auf und ging in die Küche.

Sie fragte sich oft, wie das Leben eines Menschen nach dem Tod eines geliebten Menschen aussieht. Wie kann man am Montag noch eine Tochter sein und am Dienstag schon eine Halbwaise? Am Mittwoch eine Ehefrau und am Donnerstag eine Witwe? Das war irgendwie brutal endgültig.

Sie setzte sich an den weißen Holztisch und stellte eine leere Tasse vor sich hin. Sie hätte gerne einen Kaffee getrunken, aber sie hatte keine Kraft, aufzustehen und die Kaffeemaschine anzuschalten. Vielleicht hätte sie auch ein Stück Mohnkuchen gegessen, den Robert von seiner Mutter mitgebracht hatte, aber der Kuchen war im Kühlschrank.

„Zu weit weg", dachte Katharina. Also stellte sie sich nur vor, wie sie ihn schneidet, auf einen weißen Teller mit Rosendekor und einem goldenen Rand legt und daraufhin mit heißem Kaffee genießt. Die Uhr tickte leise, aber als sie begann, auf das Geräusch zu achten, konnte sie sich nach einer Weile nicht mehr davon befreien.

Tick-tack. Tick-tack.

Immer lauter.

Immer brutaler.

Katharina stand schließlich auf und nahm die Uhr von der Wand. Sie nahm die beiden Batterien heraus und legte sie auf den Tisch. Die Uhr blieb stehen, nahezu überrascht von dem, was passiert war, und sie setzte sich wieder auf den Stuhl. Die Stille füllte sie bis zum Rand, genauso, wie es sein sollte. Sie ermöglichte es ihr, die Realität nicht so sehr mit dem Kopf, sondern eher mit dem Herzen zu betrachten. Oder vielleicht mit der Seele, wenn man deren Existenz nicht in Frage stellte. In ihrem Kopf wimmelten Gedanken, ungeordnet, chaotisch. Sie versuchten, sich in einen Schrei zu verwandeln. Manchmal, wenn ihnen das gelang, wachte Katharina auf und rief mitten in der Nacht nach jemandem. Sie konnte ihre eigene Angst nicht kontrollieren. Zum Glück gab es für den Schrei die passenden Pillen.

Jetzt brauchte sie Stille. Die Stille befreite sie von der Last der schlechten Gedanken, der negativen Emotionen und des Schmerzes, der in Wellen zurückkehrte. Vom inneren Lärm. Denken war eine Falle, Stille das Gegenmittel dafür. Jetzt wollte sie allein mit sich selbst sein, auf alles verzichten, sogar auf die Illusion, dass man die Zeit zurückdrehen könne und ihre Mutter nicht diese verdammten Kekse mit Sesam essen würde. Zum ersten Mal seit langem brauchte sie keine Worte. Weder neutrale noch tröstende. Sie fand endlich die Kraft, sich in der Stille zu finden.

Dieses Jahr hatte Katharina keinen Weihnachtsbaum gekauft und Robert verboten, die Feiertage auf irgendeine Weise zu feiern. Natürlich hörte er nicht auf sie.

„Heiligabend ist ein Abend der Erinnerungen, eine poetisch-reflektierende Collage. Genau das könnte dir helfen. Es macht keinen Sinn, so zu tun, als ob die Feiertage dieses Jahr nicht kommen würden, als ob sie uns weiträumig umgehen würden und Heiligabend aussetzen würde. Lass die Erinnerungen an deine Mutter in diesen Abend einfließen. Versuche es wenigstens.“

Sie hatte keine Lust, ihm weiter zuzuhören.

„Der Tod ist ein Teil des Lebens", fügte er noch hinzu, denn er liebte es, das letzte Wort zu haben.

Vielleicht hätte sie das unter anderen Umständen sogar als treffende Bemerkung empfunden, aber nicht diesmal. Der Tod ist der Tod, ein unabhängiges Element, mit nichts verbunden und am wenigsten mit dem Leben. Er erscheint plötzlich und schneidet den Sauerstoff ab. Der Puls hört auf zu schlagen und die Augen, die so gerne umherschauen, werden plötzlich leer. Katharina spürte, wie die Wut in ihrem Hals aufstieg. Wie kann man einfach so für jemanden entscheiden? Ohne zu fragen, ohne Vorwarnung.

Als sie zwölf Jahre alt war, schickte ihre Mutter sie ins Ferienlager. Nach ihrer Rückkehr fand Katharina ihr altes Zimmer nicht mehr vor. Es war renoviert und neu möbliert. Der alte Schrank und das Bett waren verschwunden, und neue Möbel waren an ihrer Stelle. Auch die alten Puppen, Teddybären und der große Plüschelefant, den ihr Vater ihr einmal aus Ungarn mitgebracht hatte, waren verschwunden. Katharina wusste überhaupt nicht, wie sie reagieren sollte. Sie wollte weinen. Jemand hatte ihr Zimmer aufgeräumt, ihre Lieblingssachen weggenommen und eine neue Ordnung eingeführt.

Jetzt war es ähnlich.

Aber Menschen lieben Stabilität, auch wenn es nur um Puppen im Kinderzimmer geht. Gewohnheit. Routinen. Schablonen. Es mag langweilig und wenig entwicklungsfördernd sein, aber es war ihres. Man darf nicht für jemanden aufräumen.

„Schläfst du nicht?" Robert betrat die Küche, aber er sah Katharina nicht einmal an.

Sie antwortete nicht. In letzter Zeit bevorzugte sie es immer häufiger zu schweigen, denn sie schöpfte immer mehr Sicherheit, dass Worte nichts ändern würden. Robert konnte sie weder trösten noch zu ihr durchdringen und anscheinend hatte er diese ganze Trauer schon satt. Er ahnte nicht einmal, dass Katharinas Schweigen für sie eine Art Selbsttherapie war. Er schmollte nur und wusch demonstrativ seine Wäsche selbst. Mit Marianna verband ihn eine korrekte Beziehung, nahezu an der Grenze zur

Ungeduld. Er mochte ihre häufigen Besuche nicht, was er Katharina mehrfach in ihren Gesprächen betonte. Auch sie hatte ihre Mutter satt, die in den letzten Jahren fast täglich unangekündigt bei ihnen auftauchte, als wäre es eine ihrer Pflichten. Als stünde auf ihrer Aufgabenliste: „Bei Katharina und Robert vorbeischauen".

„Ich schlafe", sagte sie schließlich provokativ. „Ich schlafe, also versuch, mich nicht zu wecken."

Robert zuckte mit den Schultern. Er öffnete den oberen Schrank und nahm eine Tasse heraus. Er schaltete die Kaffeemaschine ein und stand einen Moment lang mit dem Rücken zu Katharina, während er wartete, dass das Wasser heiß wurde.

Sie schloss die Augen. Robert platzte hier mit all seinem Lärm herein – schlug die Tasse auf die Tischplatte, goss Wasser ein, räusperte sich und gähnte laut. Sogar sein Morgenmantel machte unangenehme Geräusche. Es war unglaublich, dass jemandes Anwesenheit so aufdringlich sein konnte, sich in die mühsam geschaffene Komfortzone drängte, in der Katharina versuchte, sich irgendwie zurechtzufinden. Selbst Mauritius fühlte sich von diesem Lärm belästigt und begann nervös mit dem Schwanz zu zucken. Katharina wusste, was das bedeutete. Eine Katzenbeleidigung.

Am liebsten würde sie jetzt aus dem Haus gehen.

Sie hob den Kopf.

Warum eigentlich nicht?

Sie hatte doch das Recht, hinauszugehen, wann sie wollte, ohne sich vor jemandem rechtfertigen zu müssen. Robert ging in die Küche, und sie ging hinaus. Aktion, Reaktion. Wenn jemand das von außen betrachtete, würde er nur Menschen sehen, die in der Wohnung herumliefen. Es lohnte sich nicht, darin irgendwelche Untertöne zu suchen. Robert tauchte im Flur auf, als sie ihre Schuhe anzog. „Bist du verrückt geworden? Wohin willst du gehen?"

„Es ist ein angenehmes Gefühl, ihn so sehr zu überraschen", dachte sie.

„Ich gehe spazieren."

„Um diese Uhrzeit?“

„Gibt es im Dezember bestimmte Zeiten für Spaziergänge?“ fragte sie in ruhigem Ton, obwohl sie eigentlich wieder schreien wollte.

Das war seine Schuld. Sie wartete nicht mehr auf eine Antwort, sondern zog die Mütze über die Ohren und ging hinaus, ohne sich umzusehen. Früher oder später musste das sowieso ein Ende haben.

„Wann kommst du zurück?“ hörte sie ihn noch rufen.

„Dann, wann ich will“, murmelte sie vor sich hin.

***

Es gibt eine bestimmte Bank. Metall, mit abblätternder schwarzer Farbe. Sie steht in einem kleinen Park, nahe einem Teich, der heute zugefroren ist. So ist es heute. Nur wenige Menschen kennen diesen Ort, weil die Bank hinter einem großen Zaubernussstrauch verborgen ist, dessen süßlicher Duft gerade im Winter verlockt. Katharina fand den Weg hierher jedoch ohne Probleme, als ob sie einer GPS-

Route folgte. Als ob etwas sie genau an diesen Ort führte, obwohl sie noch nie zuvor hier gewesen war. Unterwegs bemerkte sie ein bereits geöffnetes Café, also trat sie ein und kaufte einen heißen Vanille-Drink.

„So früh geöffnet?"

„Im Dezember immer. Schwer zu glauben, aber viele Leute kommen vor sieben her", antwortete der Barista. „Als ob sie nicht schlafen könnten."

Sie lächelte leicht.

„Möchten Sie Zimt dazu?" fragte er, und fügte dann noch ein Zimtplätzchen hinzu. „Gratis, vom Haus."

Na klar, Zimt. Schließlich ist morgen Weihnachten.

„Wie heißt du?" fragte sie plötzlich, was sie selbst überraschte. Normalerweise sprach sie keine fremden Leute an. Aber der Barkeeper sah ziemlich niedergeschlagen aus, auch wenn er es überspielte. Und er hatte ihr ein Plätzchen geschenkt.

„Alex."

„Du siehst aus, als ob dich etwas quält...?“

„Eher zerfrisst. Aber...“

„Schon gut, ich weiß. Ich mag es auch nicht, über meine Probleme zu reden. Weißt du warum? Weil die Probleme für Fremde normalerweise nicht so schlimm erscheinen. Wenn ich dir sagen würde, dass meine Mutter gestorben ist, würdest du denken: Ältere Menschen sterben nun mal, das ist der Lauf der Dinge. Und irgendwie hättest du recht.“

Alex versuchte nicht einmal zu lächeln. Es war offensichtlich, dass er in einem tiefen Loch steckte.

„Ich gehe jetzt. Trotzdem einen guten Tag“, sagte sie noch zum Abschied.

Das Getränk war widerlich süß, aber Katharina störte das nicht. Nach jedem Schluck breitete sich angenehme Wärme in allen Ecken ihres Körpers aus und heilte für einen Moment die hoffnungslose Melancholie, in die sie vor fast einem Monat gefallen war.

Sie trat in den von Laternen beleuchteten Park, ging am Teich vorbei, umrundete eine große Kastanie und steuerte auf die blühenden Zaubernusssträucher zu. Es ist erstaunlich, dass es Sträucher gibt, die sich genau diese Jahreszeit aussuchen, um sich in ihrer besten Pracht zu zeigen. Andererseits haben sie zu dieser Zeit keine Konkurrenz, also können sie die Schönsten sein. Sie öffnete die Zweige und sah die Bank.

„War sie immer schon hier?" fragte sie sich selbst.

Sie setzte sich auf den Rand der Bank und schloss die Augen. Den Becher hielt sie mit beiden Händen und schnupperte immer wieder daran, weil der Vanilleduft besser war als der Geschmack.

Dreiundzwanzigster Dezember. Sieben Uhr neunzehn. Draußen ist es noch dunkel und gerade beginnt der erste Schnee dieses Jahres zu fallen. Etwas schüchtert, zart. Katharina lächelt endlich. Auch schüchtern und zart, als ob sie sich nicht traute, sich mehr zu erlauben.

Schnee hat etwas Magisches an sich. Besonders der erste, mit winzigen Flocken, die gerade erst ihre Winterreise beginnen. Katharina streckte die Hand aus und fängt ein paar Schneeflocken.

„Ich würde dich so vieles fragen. Und dir noch so viel sagen wollen", spricht sie vor sich hin. „Aber aus irgendeinem seltsamen Grund habe ich es immer auf später verschoben, wahrscheinlich, weil es immer irgendein Morgen gibt."

Schwer zu glauben, dass dieses Morgen irgendwann einfach verschwindet.

Katharina schließt die Augen.

Am anderen Ende der Bank setzt Marianna sich hin. Sie trägt ein grünes Kleid aus leicht durchscheinendem, weichem Stoff, das Katharina aus ihrer Kindheit kennt. Einmal hatte sie es heimlich angezogen, bevor sie zur Schule ging, und den überschüssigen Stoff um einen Gürtel gewickelt, damit das Kleid nicht auf dem Boden schleift. Die Mutter bemerkte es jedoch und zur Strafe durfte Katharina nicht zur Geburtstagsfeier ihrer Freundin gehen.

„Mama, aber ich wollte doch nur so aussehen wie du", versuchte sie sich zu rechtfertigen, aber Marianna war unnachgiebig.

Katharina hat immer noch die Augen geschlossen, doch sie sieht ihre Mutter. Der Psychologe, zu dem sie im Krankenhaus überwiesen wurde, sagte ihr in einer ihrer Sitzungen, dass Trauer niemals eindimensional sei. Sie besteht aus vielen Schichten, die sich manchmal überlappen und sogar einen Zustand ähnlich einem Halbschlaf hervorrufen können. Man ist dann so sehr in seiner Melancholie versunken, dass man sich nicht sicher ist, ob das, was einem passiert ist, real ist oder nur eine Schöpfung der Fantasie. Trauer ist Sehnsucht. Und Sehnsucht ist Verlangen.

„Wie viel Zeit habe ich?" fragt Katharina leise.

„Eine Stunde", antwortet Marianna.

„Kann ich dich fragen, was ich will?"

„Frag."

„Träume ich?"

„Ich weiß nicht, ob das wichtig ist", antwortet Marianna ruhig. „Frag etwas anderes. Frag nach uns."

„Sag mir, warum haben wir gestritten?"

Marianna schweigt zunächst, aber nach einer Weile beginnt sie zu sprechen. Ruhig, bedächtig, sorgfältig die Worte wählend.

„Mich schmerzte dein Versuch der Trennung. Dass du begonnen hast, dich gegen mich zu stellen, während ich Identifikation wollte. Obwohl Identifikation gleichzeitig Grund zur Rivalität ist. Nicht darum, wer von uns besser ist, sondern darum, wer die andere Rivalin dominiert."

„Rivalin?"

Marianna nickte.

„Ich weiß, das ist dumm. Ich gebe zu, oft ertappte ich mich dabei weniger reif zu sein als du. Ich hatte das Gefühl, dass du mich in gewisser Weise übertriffst."

„Das ist unmöglich."

„Und doch. Es geht mir um Reife, und Reife ist nicht das Alter. Sie ist das Ergebnis von Lebenskompetenzen und der Art mit welcher wir auf die Realität reagieren. Auf die Überraschungen, die wir bekommen, sowohl die guten als auch die schlechten. Irgendwo auf dem Weg habe ich mich wohl blockiert. Ich wollte nicht zulassen, dass ich die Position der Führenden verliere. Dass Unabhängigkeit die natürliche Ordnung der Dinge ist. Das Problem war, dass deine Unabhängigkeit meine Schwächen offenbarte. Sie schob mich auf das Abstellgleis."

Katharina griff nach Mariannas Hand. Dann öffnete sie vorsichtig die Augenlider.

Marianna drehte sich zu ihr um. Zuerst war sie einunddreißig Jahre alt und hatte gerade Katharina geboren. Tränen des Glücks liefen über ihre Wangen und ihre Augen lachten. Dann war sie fünfunddreißig Jahre alt und saß mit der kleinen Kathi im Sandkasten. Und schließlich vierzig, achtundvierzig, zweiundfünfzig, dreiundsechzig. Weiter war nichts mehr, obwohl es hätte sein sollen, und Katharina wollte ihr das jetzt entgegenschreien. Dass man keine Kekse mit Sesam isst, wenn man weiß, dass man allergisch darauf reagieren kann. Dass man nicht so jung stirbt.

„Ich wusste nicht, dass sie Sesam enthalten. Ich habe sie lose in einer kleinen Bäckerei in der Nähe meiner Wohnung gekauft.

Ich habe nicht auf die Zutaten geachtet und den Sesam nicht bemerkt. Außerdem hätte ich nie gedacht, dass er für mich tödlich sein könnte. Es waren nur Kekse. Es ist sogar ein wenig peinlich, an Keksen zu sterben. Ich würde nur sehr ungerne öffentlich damit prahlen."

Katharina vergrub ihr Gesicht in den Händen.

„Ich kann es auch immer noch nicht glauben", flüsterte sie und fragte nach einer Weile: „Was wolltest du mir an diesem Montag sagen? Weißt du, als wir uns das letzte Mal gesehen haben."

Marianna runzelte lustig die Nase.

„Ich schäme mich ein wenig. Vielleicht reden wir noch ein bisschen über die Beziehung zwischen Mutter und Tochter, und dann kommt das, was ich dir im Moment nicht erklären kann, von selbst heraus?"

Katharina hob die Augenbrauen.

„Hast du etwas ausgefressen? Du? Du bist doch perfekt."

„Ich bin ein wenig über das Ziel hinausgeschossen, das ist ein Fakt. Aber ich bereue nichts.“

„Mama...“

„Ich wecke nur deine Neugier. Lass mich das genießen.“

Katharina schüttelte den Kopf und begann dann, mit ihrem Schuh ein Loch in den leicht gefrorenen Boden zu bohren.

„Weißt du, warum ich heute so früh das Haus verlassen habe? Ich konnte Robert und seinen lauten Bademantel, der so schrecklich raschelte, nicht ertragen.“

Marianna kicherte.

„Ich kenne dieses Gefühl. Dein Vater terrorisierte mich mit dem Knirschen eines Apfels. Angeblich hatte er den Mund geschlossen, aber ich konnte alles hören. Dieses Knirschen war wie ein Heuschreckenangriff. Es drang so in den Kopf, dass ich nach kurzer Zeit nur noch daran denken konnte, wie seine Zähne das Fruchtfleisch angriffen. Und ich sage dir, mit Karotten war es noch schlimmer.“

Katharina konnte nicht anders, als zu lachen.

„Weißt du, was wirklich wichtig ist?" fragte Marianna.

„Du fragst nach Äpfeln und Knirschen?"

„Nein, ich wechsle jetzt zu einem viel ernsteren Thema. Schließlich bin ich deine Mutter."

Katharina schaute erwartungsvoll zu ihr hinüber.

„Ein ausreichend guter Elternteil zu sein. Nicht ideal und perfekt, sondern so jemand, zu dem das Kind kommt, wenn es ein Problem hat. Du hast aufgehört dich mir anzuvertrauen. Und ich weiß jetzt warum. Ich habe zu sehr an dir herumgebastelt. Ich habe versucht, dich zu ändern, damit du mir ähnlicher wirst. Und ich wollte nicht entthront werden. Ich wollte nicht akzeptieren, dass es aber genauso sein sollte. Dass ich dir Platz machen muss und manchmal einfach nur zuschauen sollte, was du tust, ohne es unbedingt zu kommentieren."

Katharina ballte die Hände zu Fäusten.

„Jetzt sehe ich, dass ich dir nichts leichter gemacht habe. Ich habe oft sogar Streitereien provoziert, um mich selbst davon zu überzeugen, wie verschieden wir sind. Ich wollte mir beweisen, dass wir nicht viel gemeinsam haben und dass uns alles trennt. Dein Leben war schließlich geprägt von der Vergangenheit, meines von der Gegenwart, also hatten wir kein Recht, uns zu verstehen. So habe ich es mir erklärt." Marianna lächelte sanft. „Das war dumm. Absichernd, aber trotzdem dumm."

Katharina spürte Wärme auf ihrer Wange. Sie schluckte.

„Mama, und dieser Kürbiskuchen... Erinnerst du dich? Du hast ihn mir einmal erwähnt, aber ich glaube, du hast mir nie das Rezept verraten."

„Weil du es nicht wolltest. Außerdem magst du keinen Kürbis."

„Ich mochte seine intensive Anwesenheit während dieses Gesprächs nicht. Aber dieser Kuchen lässt mir keine Ruhe."

„Ich habe ihn immer aus Vollkornmehl gemacht. Aber du kannst auch normales Mehl verwenden.“

„Ich kaufe Vollkornmehl.“ Katharina lächelte und zog dann einen alten Kassenbon und einen Stift aus ihrer Manteltasche, den sie immer bei sich trug, und schrieb sorgfältig alle Zutaten auf, damit sie nichts vergaß und genau den gleichen Kuchen wie ihre Mutter backen konnte.

„Jetzt die Füllung“, sagte Marianna.

Katharina wurde plötzlich klar, dass sie ihr endlos zuhören könnte. Selbst wenn Marianna dreihundert Mal das Wort „Kürbis“ verwenden und sie davon überzeugen würde, dass sie ab jetzt nur noch das essen sollte. Die Worte in dieser fehlenden Stunde hatten eine neue Bedeutung bekommen. Jedes von ihnen war reif, saftig, wie der beste Apfel direkt vom Baum.

„Das klingt köstlich“, flüsterte Katharina. „Wirklich.“

„Sag mir, wer ist er? Und warum triffst du dich mit ihm?“ fragte Marianna unerwartet.

Katharina senkte den Kopf. Diese Frage war vorher nie gestellt worden. Es gab Vorwürfe,

Beschwerden, Warnungen, dass sie es bereuen würde. Es gab Geschichten, die Marianna von anderen gehört hatte und die nie gut endeten. Aber nie wurde diese grundlegende Frage gestellt. Jetzt musste sie sofort antworten, ohne um den heißen Brei herumzureden, ohne Einleitungen und Erklärungen. Ohne sich zu rechtfertigen.

„Er... Er mag Mayonnaise."

Marianna öffnete die Augen weiter.

„Ich verstehe, dass Robert bevorzugt Ketchup?"

„Es geht darum, dass ich noch nie einen Mann getroffen habe, der Mayonnaise genauso liebt wie ich."

„Ich verstehe", nickte Marianna ernst. „Ein Mayonnaise-Mann ist tatsächlich ein Argument."

Katharina lachte.

„Ich weiß, wie das klingt, aber genau deshalb habe ich mich verliebt. Er bemerkt mich einfach. Wenn er mich ansieht, dann nur mich. Nicht zur Seite, nicht über meinen Kopf hinweg.

In diesem Blick gibt es keine Ungeduld, sondern nur Ruhe und Zärtlichkeit.“

„Und Robert?“

„Robert hört gerne seiner eigenen Stimme zu. Jede andere Stimme stört ihn irgendwie, als ob sie sich ungebeten in eine Melodie einmischt, an die Robert gewöhnt ist und die er nicht ändern möchte.“

„Willst du dich scheiden lassen?“

Katharina begann langsam mit dem Kopf zu nicken.

„Ja, Mama, das will ich.“

Zum ersten Mal sprach sie es laut aus. Endlich artikulierte sie etwas, das sie bisher mit Angst erfüllt hatte. Es ist nicht einfach, ohne gewichtige Gründe von jemandem wegzugehen. Was würde sie vor Gericht sagen? Dass ihr Mann sie nicht so ansieht, wie sie es sich wünscht? Dass er zu viele Metaphern verwendet, um das eigentliche Problem zu verschleiern? Dass er manchmal den Helden des Buches nicht von der Person unterscheidet, mit der er zusammenlebt, und vergisst, dass sie es ist, die mehr Aufmerksamkeit braucht? Dass seine Worte, so gerne und oft gesprochen, wenig bedeuten? Und dass er ihr nie Mayonnaise gekauft hat, obwohl er weiß, dass sie danach verrückt war?

Das sind keine Argumente.

Das war eine hysterische Vision ihres Lebens mit Robert. Übertrieben, durchtränkt mit Sehnsüchten, die sie eigentlich nicht präzise formulieren konnte. Aber das Gericht erwartet Konkrete. Klare und einfache Sätze über Charakterunterschiede oder Unvereinbarkeit der Erwartungen.

Er wollte Sex, sie nicht. Oder umgekehrt.

Er verspielte Geld im Kasino, sie betrog ihn.

Das waren deutliche, starke Worte, auf die man eine Scheidungsklage stützen konnte. Und wie würde ihre Argumentation lauten?

In seiner Berührung fehlte die Zärtlichkeit. In seinem Blick fehlte das Interesse.

In seinen Worten fehlte die Essenz.

In ihm fehlte sie.

Konnte das Gericht irgendwie das Niveau der Zärtlichkeit messen? Die Parameter des

Interesses angeben? Das Gewicht der Worte abschätzen?

Mit niemandem hatte sie darüber gesprochen, weil sie sich nicht sicher war, was sie Robert wirklich vorwarf. Erst als sie Martin traf, verstand sie, was ihr gefehlt hatte.

„Wer ist er?" fragte Marianna.

Martin ist Informatiker. Ein präziser, analytischer Geist. Logisch, methodisch. Zahlen, Ordnung, lineares Denken, Schritt für Schritt, Planung, Umgang mit Zahlen, Sachlichkeit, Detailgenauigkeit. Im Grunde gab es nichts an ihm, was Katharina faszinieren könnte. Null Spontaneität, keine Kreativität, keine Vorstellungskraft, keine Träume. Und sie hatte immer gedacht, dass sie genau danach suchen würde. Farben. Bilder. Aber das stimmte nicht und Katharina sagte dies jetzt ihrer Mutter. Und am Ende fügte sie hinzu:

„Ich suche einfach mein Abbild in den Augen eines anderen."

***

Liebe ist ein Element des Lebens.

Nicht die große, pompöse und von Erhebung erfüllte Liebe, sondern die, die aus den fehlenden Stücken der anderen Person besteht. Eigentlich gibt es keine vollständigen Menschen. Der Mensch ist voller Löcher, Andeutungen und unvollendeter Fragmente, die nur die richtige Person füllen kann. Auch er hat seine fehlenden Absplitterungen und sucht jemanden, der sie flickt. Wenn diese beiden Menschen sich endlich treffen, ist das Puzzle fertig.

Katharina fragte sich, warum es ihr so schwerfiel, sich für ein Kind zu entscheiden. Sie war zweiunddreißig Jahre alt, unterrichtete englische Literatur, hatte einen Ehemann und eine Dreizimmerwohnung. Das war eine sichere Basis, auf die man normalerweise hinarbeitet, bevor man den nächsten Schritt macht.

Ein Kind.

Alles sprach dafür, dieser stabilen Grundlage noch eine weitere Schicht hinzuzufügen und sich über den nächsten Punkt auf der Lebensliste zu freuen. Und doch konnte Katharina es nicht. Oder wollte sie es nicht. Oder vielleicht beides?

Martin hatte sie ganz gewöhnlich kennengelernt, während einer internationalen Konferenz „All that Gothic", die zusammen mit dem Lehrstuhl für amerikanische Literatur und Kultur organisiert wurde. Sie hielt einen Vortrag, er betreute die Konferenz von der technischen Seite. Sie trafen sich mit Blicken und begannen dann zu reden, zu diskutieren, und es blieb sogar Zeit für einen Kaffee. Mit der Zeit passten die einzelnen Elemente immer besser zusammen, und Katharina fühlte sich vollständiges, lächelte öfter und öffnete ihre Augen weiter. Sie begann sogar anders zu gehen, mutiger, stabiler. Und sie schaute nicht mehr ständig nach unten auf ihre Füße.

Diese Veränderung bemerkte auch Marianna.

„Tu das nicht", sagte sie eines Tages.

Katharina verstand sofort, worum es ihr ging. Sie sah ihre Mutter an und presste die Lippen zusammen.

„Tu das nicht", wiederholte Marianna, und dann begann sie energisch, die Töpfe zu schrubben.

Eine Weile kamen sie nicht mehr auf dieses Thema zurück, obwohl Katharina spürte, dass ihre Mutter sie beobachtete und all diese allmählichen Veränderungen wahrnahm, auch wenn niemand sonst sie bemerkte. Doch ab diesem Moment an, begann ihre Beziehung noch mehr zu bröckeln. Alle Gespräche endeten in einem Funkenflug.

„Man dosiert Waschmittel nicht nach Augenmaß."

„Mama, hör auf. Das habe ich schon immer so gemacht."

„Auf jeder Verpackung steht die erforderliche Menge Waschmittel", gab die Mutter nicht auf.

„Hör auf."

„Wenn du die Regeln befolgen würdest, angefangen mit denen beim Waschen, dann würden dir die des Lebens vielleicht auch leichter fallen!"

In solchen Momenten floh Katharina sofort. Zuerst hörte sie einfach auf zuzuhören und schaltete mental ab, dann rannte sie einfach aus dem Haus und ging los, tief durchatmet. Sie traf sich einmal pro Woche mit Martin. Magische Dienstage. Sie hatte dann an der Universität frei und tauschte diese Freiheit gegen ein paar wunderbare Stunden mit einem Mann, mit dem sie ohne zu Zögern ein Kind haben könnte. Er stillte all die Bedürfnisse, die sie in sich tief eingeschläfert hatte.

„Ich weiß, was du meinst", sagte Marianna jetzt. „Leidenschaft ist Hunger. Und Hunger muss gestillt werden. Für einen Moment verschwindet dann alles. Familie, Pflichten, Arbeit, Verpflichtungen. Die ganze Welt wird zu dieser anderen Person, mit der man jede Sekunde teilen möchte." Genauso war auch bei Katharina. Sie wusste, dass Leidenschaft wie ein Abenteuer ist, das anzieht und verführt. Dass sie ein Risiko, eine Überraschung, eine Kumulation von Emotionen und tausend Fragezeichen ist. Und genau das faszinierte sie am meisten. Denn Leidenschaft erlaubt es, sich im Verlangen zu verlieren, zu lügen, zu betrügen, eine eigene Realität zu erschaffen. Aber manchmal öffnet sie auch die Augen.

„Du weißt nicht, wie sehr ich dich verstehe." Marianna senkte den Blick.

„Erzählst du es mir jetzt?"

„Noch nicht, frag nach anderen Dingen, die dich am meisten gequält haben."

Katharina wollte nicht auf die Uhr schauen. In ihrem Kopf wimmelten nie ausgesprochene Sätze und tausend Fragen, die sie nie gestellt hatte. Warum ist es am schwierigsten, mit der Mutter zu sprechen? Ist es Scham? Genetisches Unbehagen? Angst, die eigenen Schwächen bloßzustellen? Diesmal durfte sie keine Angst haben. Weil einfach keine Zeit dafür war.

„Warum hast du mich nie umarmt?"

Marianna senkte den Kopf.

„Ich wollte, dass du fest auf dem Boden stehst, dass du in verschiedenen Situationen zurechtkommst. Berührung verweichlicht."

„Das stimmt nicht", widersprach Katharina. „Berührung gibt Kraft. Martin hat mir das beigebracht."

„Und Robert?"

„Robert kann nur mit Worten zaubern. Er hat mich verzaubert, das stimmt. Er hat mich über zehn Jahre verzaubert, und ich kann nicht sagen, dass es schlecht war. Aber jetzt weiß ich, dass es nicht genug war. Und dass seine Worte einfach leer waren.“

„Schlimmer ist es, wenn es überhaupt keine Worte gibt“, sagte Marianna. „Wenn sie immer seltener werden, bis sie schließlich verschwinden.“

„Was meinst du?“

„Dein Vater lehrte mich zu schweigen. Eigentlich haben wir nie wirklich gesprochen, weil er es nicht mochte. Mit jedem Jahr wurde es schlimmer. Ich könnte an einer Hand alle Worte abzählen, die er in einem Monat zu mir sagte. Wenn ich Robert wäre, könnte ich wahrscheinlich etwas Schönes daraus machen, vielleicht sogar ein Kompliment, aber leider habe ich dieses Talent nicht. Ich hörte nur einzelne Wörter, emotionslos, unpersönlich. Anweisungen, manchmal Befehle. Ich lernte sogar, verschiedene Arten von Räuspern und

Halbwörtern zu unterscheiden. Und die Intensität der Geräusche, wenn er Äpfel zerkaute."

„Deshalb bist du immer öfter zu uns gekommen?"

Marianna nickte.

„Ich kam, um zu reden. Über Schuhe, Waschmittel, darüber, welche Reinigungsmittel man verwenden sollte und wie man Koffer für den Urlaub packt. Darüber, dass Brokkoli lecker und gesund ist und wie man Kakteen umpflanzt. Ich redete nicht, um dir etwas beizubringen, sondern um all die Worte loszuwerden, die dein Vater mir im Hals erstickt hatte. Weißt du, was er mir einmal sagte? Dass er meine Stimmlage nicht mag. Und dass Stille perfekt sei. Also versank ich in dieser Stille, weil ich keinen anderen Ausweg hatte. Manchmal wollte ich ihm die Worte, die er mir genommen hatte, entgegenspucken, aber er sah mich so abweisend an, dass es mir die Sprache verschlug. Also trat ich nur den Stuhl, auf dem er saß."

Katharina sah sie erstaunt an. Ihr Vater war tatsächlich schweigsam, aber sie hätte nie gedacht, dass es ihrer Mutter so sehr wehtat.

Robert hingegen benutzte Worte oft und gerne. Katharina lebte in einer Welt der Worte. So wie Klänge sich zu einem Musikstück fügen, farbige Punkte auf einer Leinwand zu einem Bild, so rufen Worte Emotionen hervor, haben einen bestimmten Wert und Bedeutung. Ohne sie kann man nicht leben. Ja, manchmal treffen sie nicht ins Schwarze, manchmal sind sie nur leere Hüllen, aber sie füllen den Alltag. Sie geben ihm einen Sinn und sind auf ihre Weise einfach notwendig. Kann man ohne Worte leben?

„Das wusste ich nicht", flüsterte Katharina.

„Weil ich es dir nie gesagt habe. Das Problem zwischen Müttern und Töchtern besteht oft darin, dass man das verschweigt, worüber man sprechen sollte. Dann bleiben nur noch Diskussionen über nichts übrig. So ein Geschwafel, bei dem sich die Gehirnwindungen glätten."

„Wie damals, als du mich davon überzeugen wolltest, dass Käse im Kühlschrank auf der obersten Ablage aufbewahrt werden sollte?"

„Genau. Oder wie damals, als ich dir einreden wollte, dass du Melisse zu gekochten Kartoffeln hinzufügen solltest."

„Das war schrecklich." Katharina lachte. „Du hast sie jeden Tag mitgebracht und stur wie ein Esel in meinen Topf geworfen."

Marianna hob hilflos die Hände.

„Ich wollte dich und mich davon überzeugen, dass meine Worte etwas bedeuten, dass sie zählen, auch wenn dein Vater anderer Meinung war. Ich wollte, dass mich jemand anhört und dass mein Reden etwas bewirkt. Ich hoffte, dass du schließlich selbst Melisse zu den Kartoffeln geben und den Käse auf die oberste Ablage legen würdest. Das wäre für mich eine Bestätigung gewesen, dass meine Worte nicht ins Leere gehen. Aber ich muss ehrlich zugeben, dass Kartoffeln mit Melisse schrecklich schmecken."

Sie schwiegen einen Moment. Katharina wollte ein bisschen näher rücken und vielleicht sogar ihre Mutter umarmen, aber sie hatte Angst, dass eine zu heftige Bewegung alles zerstören würde. Sie fürchtete, dass die Bank verschwinden würde, die fehlende Stunde in Tausende Sekunden zerfallen und diese sich im Park verstreuen würden, zusammen mit der Chance auf weitere Fragen.

„Erinnerst du dich, wann du am glücklichsten warst?"

„Am Tag deiner Geburt. Als ich mein Gesicht in deinen warmen Nacken drückte und du dann reflexartig meinen Finger umklammert hast. Da dachte ich, dass ich nicht wollte, dass du ihn jemals loslässt."

„Aber du weißt, dass ich es tun musste?"

Marianna nickte mit dem Kopf.

„Darauf kann man sich nicht vorbereiten. Die Trennung ist schmerzhafter als die Geburt selbst. Aber anstatt das zu verstehen und zu akzeptieren, begann ich den Kampf, die Kontrolle zurückzugewinnen. Jetzt sehe ich das."

„Erinnerst du dich an den Sommer am Meer? Ich war neun Jahre alt und hatte Haare, die sich nicht kämmen ließen. Sie waren steif, salzig und unansehnlich. Aber sie waren meine."

Marianna biss sich auf die Unterlippe.

***

Das, was wir als Erwachsene sind, ist eine Summe davon, wie oft wir in unserer Kindheit gebrochen wurden. Wie oft uns die Haare ohne unsere Zustimmung geschnitten, Spielzeug, ohne zu fragen weggeworfen wurde, wie oft wir trotz unserer lähmenden Angst vor dem Abschied in ein Ferienlager geschickt wurden. Die Anzahl all dieser kleinen Dinge, die scheinbar keine Bedeutung haben, wächst mit jedem Jahr, bis sie schließlich kleine Siege davontragen. Die Angst davor, eigene Entscheidungen zu treffen. Die Bereitschaft zur Manipulation. Die Unterdrückung eigener Bedürfnisse.

„Wir gehen zum Friseur", sagte Marianna damals, und obwohl Katharina mit Weinen zu protestieren versuchte, war die Mutter unnachgiebig. „Schau dich doch an. Du hast verfilzte, kaputte und völlig ausgetrocknete Haare. Außerdem mag ich keine Flechtzöpfe."

„Aber ich mag sie", sagte Katharina leise.

Die Haare wurden noch am selben Tag abgeschnitten. Das Leben besteht aus Bildern.

Eine Erinnerung kann lang und ausgedehnt sein, aber sie endet immer mit einem abschließenden Bild, das sie zusammenfasst. Hätte Marianna damals ihre Tochter umarmt und versprochen, dass die Haare nachwachsen würden, wäre das Bild vielleicht nicht so schrecklich traurig gewesen wie das, welches Katharina immer noch vor Augen hatte.

„Für solche Dinge sollte man das Elternrecht entziehen“, gab Marianna jetzt zu.

„Nun, vielleicht nicht die Elternrechte, aber eine Strafe hätte dir gutgetan. Zum Beispiel eine Fahrt mit der Achterbahn, die du mehr hasst als die Reste von Zahnpasta auf dem Spiegel.“

Als sie Robert kennenlernte, erlag sie schnell seinen Worten.

„Du bist so melancholisch verführerisch“, flüsterte er ihr ins Ohr, und Katharina war immer mehr verzaubert.

Erst nach einiger Zeit wurde ihr klar, dass Robert ihr überhaupt nicht zuhörte. Und dass er keine direkten, wahren Worte mochte, solche die seine narzisstische Persönlichkeit entblößten.

Schriftsteller mögen keine Kritik — das lernte sie ziemlich schnell. Vor allem nicht von nahestehenden Personen, und am wenigsten von jemandem, der doch keine Ahnung vom Schreiben hat.

„Ich lehre Literatur. Ich habe wohl eine Ahnung", versuchte sie mit ihm zu diskutieren, aber Robert presste nur den Kiefer zusammen und wandte den Blick ab. „Lesen und Schreiben sind zwei verschiedene Dinge."

„Als Leserin weiß ich, was mir gefällt und was nicht."

„Aber deine Meinung ist subjektiv. Sie ist nicht einmal das Ergebnis mehrerer Geschmäcker, sondern nur dein eigenes Empfinden. Und das bedeutet, dass du dich irren kannst."

Katharina zuckte mit den Schultern.

„Und ich denke, dass ich objektiv bin. Ich mag deine Bücher, also sollte mir theoretisch alles gefallen. Aber das ist nicht der Fall. Nicht bei deinem neuesten Roman."

Robert war wütend. Sie sah die pochende Ader auf seiner Stirn und seine Augen, die sie jetzt feindselig anstarrten.

„Du hast keine Ahnung."

„Möglich", versuchte sie den Konflikt zu entschärfen. „Ich wurde einfach nicht vom Hauptcharakter überzeugt."

„Zum Glück wird er andere überzeugen", beendete Robert das Gespräch, und dann steckte er drei Tage lang fest in der männlichen Version eine Zicke. Er sprach nicht, kochte für sich selbst und schloss sich in seinem Zimmer ein.

Es störte sie, sie versuchte immer, ihn irgendwie zu besänftigen, aber ein Narzisst kann unnachgiebig sein. Umso mehr hatte sie jetzt Mitleid mit ihrer Mutter. Wie lebt man in einer Welt ohne Worte?

Roberts Buch verkaufte sich nicht gut, und die Kritiker waren auch nicht besonders gnädig. Sie wiesen genau auf das hin, was zuvor seine Frau bemerkt hatte. Katharina verspürte keine Genugtuung, sie wollte nur, dass ihr Mann ihr Recht gab, sich entschuldigte und sagte, dass sie doch etwas verstand. Und dass es manchmal wertvoll ist, Kritik zu akzeptieren, selbst von einer nahestehenden Person. Aber er war anscheinend immer noch überzeugt, dass die Meinung einer Literaturdozentin zufällig mit der der Kritiker übereinstimmte. Und dass das noch nichts bedeutete. Das nächste Manuskript gab er ihr nicht einmal zu lesen, also hörte sie auch auf, danach zu fragen.

„Man sagt, dass nicht Worte wichtig sind, sondern Taten", sagte Katharina jetzt. „Vielleicht stimmt das?"

Marianna schüttelte den Kopf.

„Das ist Unsinn. Das Wort ist ein Signal, dass jemandem etwas an dir liegt. Dass du für jemanden zählst. Ich brauchte keine Reden, keine Ansprachen und langen Geschichten. Ich wollte das fühlen, was jemand benannt hat. Liebe. Interesse. Zärtlichkeit. Das Wort erlaubt uns zu leben, weil es unsere Emotionen berührt. Wenn jemand nicht mit dir reden will, fängst du an nur noch auf dich selbst zu hören. Das Wort erlaubt uns, unsere Träume und Geheimnisse auszutauschen. Und es kann manchmal retten. Wenn dein Vater mit mir gesprochen hätte, wenn er mit mir reden wollte, hätte ich euch wahrscheinlich nicht mit meiner Anwesenheit belästigt, nicht mit einem unnötigen Wortschwall überschwemmt, ausgewählten Worten, die ich nur sagte, um überhaupt etwas zu sagen."

Katharina lächelte bei ihren Erinnerungen.

„Woran hast du gerade gedacht?", fragte Marianna.

„Ich erinnerte mich daran, wie Robert einmal geschwollene Augenlider hatte. Er saß die ganze Nacht vor dem Computer und sah am Morgen wirklich schlecht aus. Du hast uns dann einen Vortrag über Gurken gehalten. Wir durften dich nicht unterbrechen. Und dann hast du noch über Massage und Kräutertees gesprochen. Es war schrecklich, ich dachte, du seist in einer Art Trance und redest nur um des Redens willen, und die Massagen, Kräuter und Gurken seien nur ein Vorwand, um uns zu übertönen, zu zuschreien."

Marianna glättete die Falten ihres grünen Kleides.

„Entschuldigung", sagte sie, aber Katharina schüttelte schnell den Kopf.

„Nein, nein, ich verstehe jetzt. Ich verstehe es endlich.“

Marianna hob den Kopf und schaute in den Himmel.

„Ich mag Schnee.“ Sie lächelte den wirbelnden Schneeflocken zu. „Wusstest du, dass in jeder Schneeflocke Dutzende von Eiskristallen sind? Und dass sie etwa fünfzehn Minuten brauchen, um auf die Erde zu fallen. Manchmal kam es mir so vor, als wäre ich eine solche Schneeflocke. Und dass ich, wenn ich den Boden berühre, schließlich verschwinden werde.“

Katharina schniefte.

„Du hast ihn zu früh berührt.“

„Ich weiß nicht. Vielleicht ist es so, dass jeder sein eigenes Tempo hat. Einige werden vom Wind getragen, wie diese Schneeflocken, und schweben etwas länger oben, während andere kopfüber zur Erde stürzen.“

„Wie wir damals auf dem Schlitten“, erinnerte sich Katharina plötzlich.

Die Erinnerungen an ihre Kindheit waren jetzt deutlicher und kamen immer häufiger zurück. Gute und schlechte. Bis vor kurzem sah Katharina nur Fragmente davon, unscharfe Bilder oder Bruchstücke dessen, was war. Ein Teller mit nicht aufgegessener Gurkensuppe, die sie nie mochte, ein Butterbrot mit Mayonnaise, die sie liebte, ein offener Kleiderschrank im Zimmer ihrer Mutter und ihre auf dem Boden verstreuten Tücher, ihr Vater, der im Sessel saß, oder vielleicht nur sein Rücken. Alles seltsam aus dem Zusammenhang gerissen, manchmal lustig, manchmal beängstigend. Die Erinnerungen vermischten sich oft und veränderten sich, sodass Katharina nicht sicher war, ob das, was zu ihr zurückkam, wirklich passiert war oder nur ein Teil ihres Unterbewusstseins war. Aber die Schlittenfahrt sah jetzt aus wie ein fertiges Bild, voller Details, dynamisch und emotional. Als wäre alles gestern passiert.

Januar. Eiskalt, frostig, aber gleichzeitig so faszinierend weiß, dass die Menschen andere Farben vergaßen. Mama holte Katharina früher als sonst aus dem Kindergarten ab, und als das Mädchen nach draußen kam, zeigte Marianna ihr stolz einen Holzschlitten.

„Das ist für dich. Ein älterer Mann verkaufte auf dem Markt Schlitten. Er hat sie selbst gemacht, ein paar Stücke, und alle sofort verkauft. Ich dachte, dass du ja noch nie Schlitten gefahren bist, also vielleicht… jetzt?", zwinkerte sie ihr zu.

Katharina hatte gerötete Wangen, eine rote Nase und heiße Ohren unter einer grünen Wollmütze. Sie hatte ein aufgewärmtes Herz und warme Hände, versteckt in Fausthandschuhen. Sie lachte laut und genauso laut lachte ihre Mutter. Sie rasten schnell herunter, ohne zu bremsen, schrien aus Leibeskräften und freuten sich über jeden Sturz in den kalten, weichen Schnee.

„Es ist seltsam, dass sich Menschen so selten an die guten Momente erinnern", bemerkte Katharina. „Wusstest du, dass es im Englischen etwa tausend Worte gibt, um positive Emotionen zu beschreiben, und über zweitausend für negative? Warum erinnere ich mich an den Tag, an dem du den Friseur beauftragt hast, meine Haare zu schneiden, den Tag, an dem du mein Zimmer aufgeräumt und meine Puppen weggeworfen hast, und an den Schlitten erst jetzt? Dabei muss sich das alles doch irgendwie ausgeglichen haben."

Marianna lächelte sie an.

„Und erinnerst du dich an den Ring vom Jahrmarkt?"

Der Ring war golden und hatte einen roten Stein. Er funkelte schöner als die Sterne am Himmel, zumindest dachte Katharina das. Er war auch viel einfacher zu bekommen. Zwar wehrte sich Marianna anfangs, aber schließlich gab sie nach und kaufte ihn Katharina. Fünfzehn Minuten später verschwanden die bunten Ballons und Holzvögel, wie auch die Zuckerwatte und die glasierten Lebkuchen. Denn Katharina hatte den Ring in der großen Menschenmenge verloren und stand nun vor ihrer Mutter und weinte. Die Welt hörte für sie auf zu existieren, da der Verlust so groß war.

„Hast du ihn vom Finger genommen?" fragte Marianna.

„Ich weiß nicht", schluchzte Katharina. „Vielleicht für einen Moment, weil ich sehen wollte, ob er in der Sonne glänzt, aber ich dachte, ich hätte ihn wieder angezogen.“

„Er ist dir wahrscheinlich herausgefallen.“

Katharina senkte den Kopf.

Da nahm Marianna sie in die Arme, ergriff ihre Hand, brachte sie zum Stand und kaufte ihr einen genau gleichen goldenen Ring mit rotem Stein.

Zwei einander nahestehende Frauen müssen sich nicht in allem einig sein und dürfen sich streiten. Sie können Fehler machen und dumme Dinge tun. Mutter und Tochter sind ein starkes Tandem von zwei unabhängigen Individuen, ein Tandem, das von Liebe angetrieben wird. Katharina verstand das endlich.

„Wirst du es mir jetzt endlich sagen?“

„Ich habe mich verliebt.“ „Nein!!! Du auch? In wen? Kenne ich ihn?“

„Sie.“

Katharina sah aus wie aus heiterem Himmel vom Blitz getroffen.

***

Drei Tage nach dem Tod ihrer Mutter rief Katharina Martin an, als sie endlich wieder normal sprechen konnte. Als sie ihre Stimme zurückgewann und die Worte sich einigermaßen formten. „Bist du wütend auf sie?" fragte er nur.

Anfangs wollte sie verneinen, aber plötzlich wurde ihr klar, dass diese Frage genau ihre Gefühle widerspiegelte. Ja, sie war wütend. Sie war wütend auf ihre Mutter, weil sie so plötzlich verstummt war. Weil sie aufgehört hatte, vorbeizukommen, sich einzumischen, Ratschläge zu geben, über Gurken, Staub, die beste Reisezeit und ob Hunde klüger als Katzen sind, zu reden. Weil sie aufgehört hatte zu fragen, warum Mauritius so seltsam miaut. Jemand, der sie ständig mit zehntausenden von Worten überhäuft hatte, verstummte plötzlich und schenkte eine Stille, die Katharina nicht wollte.

„Ja", gab sie schließlich zu. „Ich bin wütend, verbittert, und am liebsten würde ich ihr ins Gesicht schreien, was ich von all dem halte. Ich habe das Gefühl, dass sie auf ihre Weise wieder ihren Willen durchgesetzt hat. Etwas getan hat, ohne es mit mir abzustimmen, es aus Trotz getan hat." Sie brach fast in Tränen aus.

„Anfang des Jahres habe ich meine Schwester verloren. Wir standen uns nicht nahe, ich weiß selbst nicht genau warum. Sie zog ins Ausland und unser Kontakt brach ab. Wahrscheinlich, weil wir uns überhaupt nicht verstanden haben. Wir stritten uns ständig über alles, und die Meinungsverschiedenheiten waren so groß, dass wir schließlich beide beschlossen, dass es besser wäre, den Kontakt abzubrechen. Manchmal konnte ich kaum glauben, dass jemand wie sie meine Schwester sein konnte."

„Ich weiß nicht, was ich sagen soll. Es tut mir schrecklich leid... Wie hast du sie verloren?" fragte Katharina.

„Ein Zugunglück. Acht Menschen starben, darunter Joanna. Und weißt du was? Als ich das alles begriffen hatte, als ich mir bewusst wurde, dass ich sie nie wiedersehen würde, fühlte ich Wut. Ich war wütend, dass sie mich nie angerufen hat, obwohl ich ihr Karten zu Weihnachten geschickt habe. Dass sie den Kontakt mehr abgebrochen hat, als ich es mir gewünscht hätte. Und dass sie mich in gewisser Weise allein gelassen hat. Obwohl sie in Dänemark lebte, war sie doch meine ältere Schwester, meine Familie. Und plötzlich war sie einfach weg. Und jetzt..." Er brach ab.

„Was jetzt?"

„Ich erzähle es dir später. Jetzt musst du deinen eigenen Zorn durchleben. Und dann die Verleugnung, die Trauer und die allmähliche Akzeptanz. Bis du schließlich wieder lächelnd zu mir kommst. Aber das wird dauern, und ich werde warten."

Martin sagte genau das, was sie hören wollte. Seine Worte trafen ins Schwarze, obwohl sie nicht so schön waren wie die von Robert. Schade, dass sie ihrer Mutter nie von Martin erzählt hatte. Aber das war jetzt nicht das Wichtigste...

***

„Wie? SIE?" fragte Katharina. „Mama, das klingt surrealer als deine Anwesenheit hier. Und dass wir überhaupt sprechen."

91

„Ich habe sie vor etwa zwei Monaten in der Bibliothek kennengelernt. Ich weiß nicht, ob sie Frauen oder Männer bevorzugt, zumindest sexuell. Wir sind nie so weit gekommen, obwohl ich mit Bestimmtheit sagen kann, dass ich mich in sie verliebt habe."

Katharina hielt sich die Hand vor den Mund.

„Aber wie?"

„Siehst du, in unserem Fall hat das Gespräch genauso gewirkt wie bei dir der Mayonnaise. Christine sprach mich an, hörte sich an, was ich zu sagen hatte, und begann dann wieder zu reden. Und von da an wurden unsere Gespräche zu einer treibenden Kraft für alles. Wir telefonierten, schrieben uns, trafen uns und redeten bis zum Umfallen. Nur die Nacht hinderte uns daran, aber wir mussten uns irgendwann regenerieren, schließlich waren wir nicht mehr die Jüngsten."

„Mama..."

„Warte, ich bin noch nicht fertig. Christine ist sieben Jahre jünger als ich und eine Witwe. Sie liebt Bücher und Diskussionen. Und

— lass mich deinen Vergleich stehlen — sie sieht mich an und sieht mich. Und ich sehe mich in ihren Augen. So war das, richtig? Und das hat mir gereicht.“

Katharina schüttelte ungläubig den Kopf. Tatsächlich war ihre Mutter in den letzten Wochen vor ihrem Tod seltener als gewöhnlich bei ihnen gewesen. Erst jetzt fiel ihr das auf. Sie vergaß, am Samstag vorbeizukommen. Und am Sonntag blieb sie nur eine Stunde. Sogar Mauritius war verwundert.

„Ich hatte das Gefühl, dass er dich auf seine eigene katzenhafte Weise vermisste“, sagte sie.

Marianna lachte.

„Vielleicht war ich auch einfach zu oft da.“

„Hast du dich wirklich in sie verliebt?“ flüsterte Katharina.

„Ja. Vielleicht platonisch. Wahrscheinlich war kein Erotismus dabei, obwohl ich mir nicht sicher bin. Ich fühlte mich einfach glücklich. Und ich hatte Schmetterlinge im Bauch, obwohl ich bis dahin sicher war, dass dieser Ausdruck nur in kitschigen Büchern vorkommt. Aber diese Schmetterlinge gibt es tatsächlich. Deine Eingeweide schweben, du weißt nicht warum, und du fühlst dich einfach leicht. Ich hatte einen solchen Mangel an Nähe und Gesprächen, dass die Schmetterlinge fast sofort aus ihren versteckten Kokons schlüpften. Ich habe sogar darüber nachgedacht, deinen Vater zu verlassen und zu Christine zu ziehen."

„Hat sie dir das vorgeschlagen?"

„Stell dir vor, ja. Auch sie fühlte eine Schwäche für mich. Sie gestand es mir beim gemeinsamen Backen einer Erdbeer-Biskuitrolle."

„Mama, ich glaube, ich bin völlig schockiert."

„Das verstehe ich vollkommen. Und ich ärgere mich über mich selbst, dass du Christine nie kennengelernt hast. Dass ich mich nicht getraut habe. Auch wenn es für dich vielleicht ein absurdes Fazit meiner Altersweisheit gewesen wäre."

„Du bist nicht alt."

„Na gut, dann meiner späten Reife, wie eine Augustkirsche. Staccato, wenn ich mich richtig erinnere.“

„Tut es dir nicht leid, dass es nicht geklappt hat?“

„Sehr. Aber hier ist das Bedauern anders. Es geht mehr um Akzeptanz. Versöhnung. Ich weiß noch nicht alles, ich bin ja erst seit kurzem hier.“

„Ich hätte dir so gerne Martin vorgestellt“, sagte Katharina leise.

Marianna sah sie an und setzte ein sanftes Lächeln auf.

„Ich hätte ihn gerne kennengelernt“, antwortete sie.

„Aber du hast mich immer vorwurfsvoll angesehen. Als würdest du mir ständig drohen und mich daran erinnern, dass ich einen Fehler mache.“

„Weil du in gewisser Weise meine Stabilität bedroht hast“, gab Marianna nach einer Weile zu.

„Deine?“

„Ja. Ich hatte mich an dich und Robert gewöhnt. An euch als Ehepaar. An eure Wohnung, an meine häufigen Besuche bei euch. Ich wollte sogar schon Oma werden und einen weiteren Vorwand für Besuche haben. Dein Vater war in den letzten zwei Jahren endgültig verstummt. Er gab nur noch Geräusche von sich, die zu meinen Fragen passten. Ob er hungrig war, Lust auf Pfannkuchen hatte, ob er Wäsche hatte. Diese Laute waren alles, was er mir gab. Als ich merkte, dass du eine Affäre hattest, bekam ich Angst. Aber es war keine Angst um dich, sondern um mich selbst." Sie senkte den Kopf. „Ich fühlte so etwas wie Wut. Es tat mir leid, dass du nicht zu mir gekommen bist, mich nicht gefragt hast, keinen Rat wolltest. Die Tatsache, dass du Robert betrogen hast, tat mir umso mehr weh, weil ich es sehr persönlich nahm. Und du hast geschwiegen. Du wolltest es nicht zugeben, obwohl man aus der Ferne sehen konnte, dass deine Gedanken ganz woanders waren. Dein Gesicht veränderte sich jeden Tag. Als würde jemand immer fehlende Stücke des Glücks hinzumalen."

Katharina sah Marianna neugierig an.

„Glaubst du, dass Glück in Stücke aufgeteilt ist?"

Sie nickte.

„Glück ist nie vollständig, sonst wäre es schwer, sich darüber zu freuen. Wenn du alles hast, fehlt dir nichts. Also kannst du kein Glück empfinden, wenn du etwas bekommst, weil du es ja schon hast."

„Ich bin ein bisschen verwirrt."

Marianna schob eine herabfallende Haarsträhne aus der Stirn und hüllte sich in einen weichen Schal, der bisher über der Lehne der Bank hing.

„Dieser Mann weiß anscheinend genau, wo sich deine Glücksstücke befinden. Er weiß, wie er sie findet und überreicht sie dir, wie einzelne Blumen aus einem Strauß. Ich weiß, wovon ich spreche. Auch wenn erst seit kurzem."

„Glaubst du, dass Robert etwas bemerkt hat?"

Marianna schüttelte den Kopf.

„Das konnte er nicht. Robert ist ein Narzisst. Nur das, was er tut, ist von Bedeutung.

Und Perfektion berücksichtigt keine Ablehnung, weil sie nicht in ihr Selbstwertgefühl passt.“

„Mama...“

„Ja?“

„Weißt du, dass du wahrscheinlich nie Großmutter geworden wärst?“

Marianna sah sie fragend an.

„Was willst du mir damit sagen?“

„Ich habe es vor ein paar Wochen erfahren. Denn weißt du, ich habe zum ersten Mal in meinem Leben das Gefühl gehabt, dass ich ein Kind haben möchte. Dass ich bereit bin und dass ich Mutter werden möchte.“

„Mit Martin?“

Katharina nickte.

„Ich weiß, das klingt verrückt, weil ich ihn erst seit ein paar Monaten kenne. Aber diese Gewissheit kam plötzlich. Ohne Fragezeichen, ohne Angst und Unsicherheit.“

„Aber?“

„Hyperprolaktinämie.“

Marianna sah ihre Tochter an, ohne viel zu verstehen.

„Sprich nicht in Rätseln. Was ist das für ein Teufel?"

Katharina seufzte.

„Ich bin zum Frauenarzt gegangen, um nach einer möglichen Vorbereitung auf eine Schwangerschaft zu fragen. Nein, ich habe nicht mit Martin darüber gesprochen, ich wollte zuerst alles selbst herausfinden."

„Aber was ist diese Hyperprolaktinämie?" fragte Marianna erneut.

„Ein hoher Prolaktinspiegel. Ein erhöhter Spiegel kann auf Tumore der Hirnanhangsdrüse oder Schilddrüsenerkrankungen hinweisen. Prolaktin ist verantwortlich für die Produktion und Abgabe von Milch bei schwangeren und stillenden Frauen. Leider kann ein hoher Prolaktinspiegel bei nicht schwangeren Frauen den Eisprung hemmen."

„Und das ist bei dir der Fall?" Katharina nickte langsam. „Warum hast du mir nichts gesagt?"

„Du weißt, warum."

Marianna schloss die Augen.

„Und Martin?"

„Weiß es auch nicht. Mama, ich möchte so sehr ein Kind mit ihm haben. Weißt du, dass ich sogar über Adoption nachgedacht habe? Obwohl der Arzt mir gesagt hat, dass man Hyperprolaktinämie behandeln kann und dass ich nicht aufgeben sollte. Oft reicht eine medikamentöse Behandlung aus.“

„Du wirst dieses Kind haben“, sagte Marianna plötzlich. „Du kannst mir vertrauen. Ich bin schon auf der anderen Seite und habe Zugang zu bestimmten Informationen. Auch als Neuling.“

Katharina zog die Knie an ihr Kinn. Der Schnee fiel noch immer, jetzt sogar etwas stärker, aber sie fror nicht. Die Flocken tanzten in der Luft, einige setzten sich für einen Moment auf ihren dunkelblauen Mantel. Einmal hatte sie eine Schneeflocke unter dem Mikroskop gesehen. Angeblich sehen diese winzigen sechszackigen Sterne am schönsten aus, wenn die Lufttemperatur null Grad beträgt. Bei starkem Frost sind sie nicht mehr so reizvoll, sie haben nicht mehr diese reine, makellose Struktur, weil der Frost sie zerstört.

Sie sah ihre Mutter an.

„Woher weißt du, dass ich ein Kind haben werde?"

Marianna lächelte.

„Ich weiß es, vertrau mir."

Katharina biss sich auf die Lippen.

„Weißt du, dass du wunderschön sprechen kannst? Nicht nur über Staub und Gurkenmasken. Du sprichst schön über das Leben. Und über mich. Auch über Christine. Ich bedaure, dass ich nicht früher zu dir gekommen bin, dass ich dir nicht von Martin erzählt habe, nicht um deine Meinung gebeten habe, nicht das über die Glücksstücke gehört habe. Manchmal verliert sich ein Mensch in seinem eigenen Zorn, er ist bis zum bitteren Ende stur. Am meisten schadet er sich selbst, aber das erkennt er erst später. Gott, wie dumm ich war."

Marianna dachte nach.

„Auf eine Weise sind wir uns ähnlich. Denn ich habe auch nicht die richtigen Worte benutzt. Und doch sind es die Worte, die unser Leben bereichern und es besonders machen. Ein armer Wortschatz bedeutet ein armes emotionales Leben. Anstatt Worte mit positiver Bedeutung zu wählen, die uns beide gestärkt hätten, konzentrierte ich mich auf die leeren und belanglosen, deshalb wolltest du mir nicht zuhören. Und du hattest recht. Man kann nicht über nichts reden, nur um Geräusche zu machen. Worüber wir sprechen, ist von großer Bedeutung. Das wurde mir zu spät klar." Sie seufzte.

Katharina schniefte. „Wir beide haben uns in den falschen Worten verfangen. Wir haben sie so gewählt, dass sie an Bedeutung verloren, noch bevor wir sie ausgesprochen haben. Warum können Menschen nicht miteinander reden? Manchmal ist Mauritius überzeugender als ich."

„Weil das Sprechen über Gefühle, darüber, was uns verletzt oder glücklich macht, peinlich ist. Es enthüllt unsere Schwächen, nimmt uns die harte Schale."

„Aber du bist meine Mama. Wozu brauchen wir eine harte Schale?" fragte Katharina überrascht.

Marianna seufzte.

„Weil Eltern stark sein müssen? Stärker als die Kinder?" Beide schwiegen und sahen sich an. Mutter und Tochter. Zwei Menschen, die sich einander am nächsten standen und doch das Gefühl hatten, dass sie alles trennt.

„Mama, ich kann mir das morgige Weihnachtsfest ohne dich nicht vorstellen", flüsterte Katharina. „Außerdem habe ich nichts vorbereitet. Vater kommt, und ich habe nicht einmal einen Käsekuchen. Robert hat von seiner Mutter etwas Mohnkuchen und vielleicht Pierogi mitgebracht, aber ich habe nichts gemacht."

„Das musst du nicht."

Katharina sah sie überrascht an.

„Und das sagst du mir?" Sie lachte leise.

Marianna zuckte mit den Schultern. „Der Zwang zu feiern. Jetzt sehe ich, dass es mehr um die Christbaumkugeln und das polierte Besteck ging als um das eigentliche Fest. Aber ich habe ein gutes Rezept für einen Käsekuchen ohne Backen zu müssen." Sie zwinkerte ihr zu. „Du schaffst es sogar noch, ihn morgen früh zu machen. Oder eine Erdbeer-Biskuitrolle. Geht auf die Hüften, aber auch direkt ins Herz. Reines Glück in Rosa."

„Ich werde eine Kürbistarte machen. Vielleicht nicht ganz traditionell, aber für mich wird sie eine symbolische Bedeutung haben. Und Robert kann seinen Mohnkuchen essen."

„Aber ich habe das Rezept noch nicht beendet, und wir haben nicht viel Zeit, etwa sieben Minuten." Marianna warf einen Blick auf die Uhr. „Den Teig musst du aus dem Kühlschrank nehmen, ausrollen, die Tarteform damit auskleiden, an mehreren Stellen mit einer Gabel einstechen und im auf zweihundert Grad vorgeheizten Ofen etwa zehn Minuten vorbacken. Wenn er vorgebacken ist, gießt du die Füllung hinein, bestreust sie mit gehacktem Käse und Kürbiskernen."

„Und wie lange backe ich das?"

„Fünfzig Minuten."

„Mama?"

„Ja?"

„Ich liebe dich."

Die Stunde des blauen Notizbuchs

*Man malt einen Familienkreis
nicht mit dem Zirkel.*
Stanisław Jerzy Lec

Die Storebæltsbroen-Brücke über den Großen Belt verbindet zwei dänische Inseln – Fünen und Seeland. Der Unfall ereignete sich gegen sieben Uhr fünfunddreißig. Ein Personenzug, bestehend aus zwei IC4-Dieseleinheiten, war von Aarhus nach Kopenhagen unterwegs. An Bord waren hundertdreiunddreißig Passagiere und drei Zugbegleiter. Auf dem gegenüberliegenden Gleis fuhr ein Güterzug mit leerem Anhänger der Brauerei Carlsberg, der mit einer Plane abgedeckt war. Ein starker Windstoß verschob einen der Anhänger, der daraufhin auf das Gleis fiel, auf dem der Personenzug fuhr. Trotz der Notbremsung des Zuges konnte eine Kollision nicht vermieden werden.

Die Storebæltsbroen-Brücke, die die beiden Städte Nyborg und Korsør verbindet, blieb für mehrere Stunden gesperrt. Die

Rettungskräfte evakuierten alle Passagiere an Land, aber die Aktion wurde durch den starken Wind erschwert. Auf der Ostsee tobte ein Sturm.

Als Martin diese Informationen las, wusste er noch nicht, dass es Todesopfer gab – insgesamt acht. Unter ihnen waren seine Schwester Joanna und sein Schwager Ebbe. Seine Mutter rief ihn an, um ihm die Nachricht zu überbringen, und legte dann einfach auf. Martin verstand, dass er sofort zu ihr fahren musste. Auch wenn sie so tat, als ob sie alles im Griff hätte – schließlich war sie eine starke Frau – wusste er, dass er sie zumindest in den nächsten Tagen nicht allein lassen konnte. Ein paar Wochen nach dem Tod seines Vaters hatte sie einen Herzinfarkt erlitten, und der Arzt meinte, dies sei auf eine starke Stressreaktion zurückzuführen. Wäre Joanna damals nicht bei klarem Verstand gewesen und hätte sie nicht den Krankenwagen gerufen, hätten sie wohl auch ihre Mutter verloren.

Also setzte sich Martin sofort ins Auto und versuchte während der gesamten Fahrt, seine Gedanken von Tod, Unfall und dem, was gerade unvermeidlich geschehen und auf das er nicht mal im Geringsten vorbereitet war, zu verdrängen. Er verhielt sich, als wolle er all das auf später verschieben, jetzt nur für seine Mutter da sein, die Formalitäten erledigen und sich ganz auf das erfüllen der Aufgaben zu konzentrieren.

„Auf dem zweigleisigen Abschnitt fuhr der entgegenkommende Personenzug in das beschädigte Anhängerstück hinein. Stahlträger durchschlugen nacheinander die Spitze des Personenzuges und richteten schwere Schäden am vorderen Wagen an. Vermutlich wurden dort die Todesopfer gefunden." Martin biss die Zähne zusammen und schaltete das Radio aus.

Er fuhr schweigend weiter.

Joanna. Fünf Jahre älter als er, aber manchmal kam es ihm vor, als lägen fünfzig zwischen ihnen. Sie war immer ernst, fast feierlich, und äußert kritisch gegenüber jeglicher Art von Humor, vor allem dem der absurden Art, den er so mochte. Sie nahm das Leben sehr seriös und mochte es nicht zu lachen. Martin hatte oft das Gefühl, dass sie wie von einem anderen Planeten zu ihnen gekommen war, einem, auf dem Lachen verboten war. Selten spielten sie zusammen, denn Joanna fand ihn kindisch und glaubte, er würde alles kaputtmachen.

So wie damals, als sie eine professionelle „Krankenhausszene" organisierte. Sie war gleichzeitig Krankenschwester und Ärztin, und er sollte ein verletzter Patient sein. Auf ihren Befehl sollte er still mit leidendem Gesichtsausdruck im Bett liegen und sich in blutige Verbände wickeln lassen, die sie mit Filzstiften rot angemalt hatte.

„Aber ich will nicht die ganze Zeit regungslos daliegen. Darf ich wenigstens ein Stück Schokolade bekommen?" fragte Martin, während er sich auf dem Bett unprofessionell hin und her wälzte, während Joanna sich gerade auf die „Operation" vorbereitete.

„Hör auf! Du ruinierst schon wieder alles! Hast du jemals gesehen, dass ein sterbender Patient Schokolade bekommt?" fauchte sie ihn an.

„Aber ich fühle mich gar nicht sterbend," protestierte Martin und versuchte sogar zu kichern, hielt jedoch sofort inne, als er Joannas strengen Blick bemerkte.

„Beruhige dich und lieg still. Ich muss mir deine schweren Verletzungen genauer ansehen und vielleicht sogar dein Bein amputieren.“

Martin sprang auf und rief fröhlich: „Was heißt amputieren? Malst du dann was drauf? Vielleicht einen Drachen? Oder einen Ritter? Oder beides, und dann male ich es aus!“

Joanna schnaubte nur verächtlich. „Nein, Dummkopf. Amputieren heißt abschneiden.“

„Auaaaa!“ schrie Martin plötzlich und sprang vom Krankenbett auf. „Schneid dir doch selbst die Beine ab. Ich gehe zu Mama und esse Pfannkuchen. Und ich sage ihr, dass du durchgedreht bist.“

Natürlich war Joanna nach dieser Szene wütend und spielte tagelang nicht mehr mit ihm, obwohl er versprach, dass sie ihm sogar beide Ohren abschneiden könnte – dann könnte er nämlich vortäuschen, dass er nichts hört, besonders wenn Mama ihn bat, sein Zimmer aufzuräumen.

Mit der Zeit spielten sie jedoch immer seltener zusammen. Schließlich kam Martin zu dem Schluss, dass er keine Schwester hatte, sondern ein „etwas" im Teenageralter, das bei ihnen lebte und absolut keinen Sinn für Humor hatte. Es verschwand oft in seinem Zimmer, trug schwarze Kleidung und wurde nie zu Geburtstagsfeiern eingeladen – ein seltsames Wesen.

Er parkte vor dem Haus seiner Mutter und holte tief Luft.

War Joanna wirklich immer so ernst? So griesgrämig? Die Erinnerungen flackerten wie bunte Dias in seinem Kopf auf, die sie einst zusammen angeschaut hatten. Einige chaotisch, andere zerrissen und manche waren einfach unvollendet. Doch waren darin ein Lachen und eine Art Zärtlichkeit, die er längst vergessen hatte. Und dann tauchte wieder das Bild der verschlossenen Tür zu ihrem Zimmer und Joannas kühler Blick vor ihm auf.

„Jo, was hast du da nur angestellt?" murmelte er leise und betrat das Treppenhaus.

Wie immer roch es dort nach feuchten Blättern. Martin mochte diesen Geruch sogar. Er erinnerte ihn an seine Kindheit.

Am Anfang konnte er es nicht glauben. Es war eine Art der Verdrängung, die sogar ihren Zweck erfüllte. Martin redete sich ein, dass Joanna viel weiter als nur nach Dänemark gereist war, und da sie sich ohnehin selten meldete, war im Grunde nichts anders als sonst. Zumal er ja auch nicht auf der Beerdigung gewesen war.

„Wie bitte? Wir sind nicht eingeladen?"

Nachdem er hörte, was Joannas Anwalt ihm am Telefon sagte, warf Martin einen instinktiven Blick auf das Display, um sicherzustellen, dass er tatsächlich mit einem Menschen sprach und nicht einem böswilligen Bot zum Opfer gefallen war.

„Ich wusste nicht, dass man für eine Beerdigung eine Einladung braucht. Ich verstehe also, dass der König von Dänemark diese Ehre hat?" fragte er noch sarkastisch, obwohl der Anwalt ihm lediglich höflich die Informationen übermittelte.

Seine Mutter hörte bei dem Gespräch mit zu und sah Martin fragend an. Als er auflegte, breitete er ratlos die Hände aus.

„Angeblich hätten sie schon vor Jahren festgelegt, dass, falls einer von ihnen sterben sollte, kein Spektakel daraus gemacht werden soll."

„Wir dürfen also gar nicht dorthin fahren?"

„Wir haben nichts davon. Die Beerdigung hat bereits stattgefunden."

Die Mutter atmete tief ein und ließ sich auf einen Stuhl sinken.

„Wie das? Wann?"

„Vorgestern. Das ist typisch Jo. Wie immer auf ihre Art. Sie mochte die Menschen nie um sich, also dachte sie wahrscheinlich, dass sie selbst auf ihrer eigenen Beerdigung nur gestört hätten."

„Aber wir sind doch ihre Familie."

Martin biss sich auf die Lippe.

„Offenbar bringt uns das keine besonderen Rechte. Mama, ganz ruhig.

Irgendwann fahren wir hin, besuchen das Grab und sagen ihr, was wir von alledem halten, in Ordnung?" Er zwinkerte seiner Mutter zu, um die Stimmung etwas aufzulockern.

Doch er fühlte sich einfach nur traurig.

Einige Monate später brach plötzlich Wut in ihm auf. Zorn, sogar Empörung darüber, dass Joanna sich so einfach von ihm abgeschnitten hatte. Und dass sie nie auf die Karten geantwortet hatte, die er ihr zu Geburtstagen und Weihnachten geschickt hatte. Vielleicht, weil sie ihr nicht ernsthaft genug erschienen? Weil sie ihrer Vorstellung von traditionellen Glückwünschen nicht entsprachen?

Einmal hatte er ihr zum Geburtstag geschrieben, sie sei so alt wie die Niagarafälle, aber ebenso beeindruckend. Und an Weihnachten hatte er sich ein kleines Gedicht ausgedacht, den er für besonders amüsant hielt:

„Gesundheit, Glück und Zufriedenheit! Und schluck die Gräten bloß nicht runter."

Vielleicht hatte Joanna das als typischen Ausdruck seines albernen Humors betrachtet und beschlossen, auf solche Albernheiten nicht zu reagieren. Also hörte er irgendwann auch auf, zu schreiben. Sie schickte nur ihrer Mutter dreimal im Jahr Briefe – der letzte kam immer im Dezember, in dem sie die dänische Weihnacht lobte. Martin versuchte, nicht zu gähnen, wenn die Mutter den Brief laut vorlas, aber als sie eines Tages selbst auf der zweiten Seite fast einschlief, nahm er ihr das Blatt ab und begann in ernstem, tiefem Ton zu deklamieren:

„Lachs und Hering auf verschiedenste Weise zubereitet, Krabben, Hummer, Krebse, Filets von Flunder in Soße, gebratene Würstchen – also Medisterpølse – und Frikadellen mit Rotkohl und Roter Bete. Mein Gott, wie oft muss ich das noch hören? Und wer isst bitte Fleischklöße am Heiligabend, gefolgt von Schweinefilet mit sanfter Zwiebel, schwarzem Pudding mit Sirup, Leberpastete mit Speck und Champignons? Wo bleibt da das einfache Pierogi, Barszcz und Mohnkuchen? Wo bleibt der bescheidene Kohl mit Pilzen?“

Die Mutter kicherte, während sie sich verstohlen die Tränen abwischte, und Martin vorgab, kaum atmen zu können, und seinen

Bauch immer weiter aufblähte, als wäre er prall gefüllt.

„Und als krönender Abschluss: Reis mit Kirschsoße. Halleluja! Nein, halt, Moment – falsche Feier. Also dann: Schlafe wohl, Jesu, mit vollem Bauch wie ein Pascha."

„Martin, hör auf, sonst muss ich dich tadeln!" Die Mutter lachte und drohte ihm mit dem Finger. „Und als Strafe gibt es Fleischklöße an Weihnachten!"

Doch eines Tages traf es ihn hart, dass Joanna ihren keinen solchen Brief mehr schreiben würde, ihnen nicht ein weiteres Mal all die Gerichte beschreiben würde, dass sie sie nie wieder mit dänischen Bräuchen langweilen und nicht mehr anrufen würde, um an Heiligabend zu gratulieren – nie mehr würde er irgendetwas von ihr hören. Einmal war es ihm gelungen, mit ihr zu sprechen, doch Joanna war, wie immer, nicht besonders gesprächig gewesen.

„Bist du jetzt schon dick wie ein Wal von all dem, was du in dich reingestopft hast?"

„Nein, normal."

Klar, es konnte ja gar nicht anders sein. Wann war das? Zwei, drei Jahre her?

Martin presste die Lippen aufeinander.

„Findest du nicht, dass es ein wenig gemein ist, so einfach zu verschwinden? Ich verstehe ja, dass wir unsere kindisch-teenagerhaften Probleme hatten, dass wir uns nicht immer verstanden haben, aber diesmal hast du wirklich übertrieben," sagte er laut und betrachtete das gemeinsame Foto, das in der Schlafzimmerecke seiner Mutter hing. Er war damals fünf, sie zehn Jahre alt gewesen. Und sie sahen sich überhaupt nicht ähnlich. Martin grinste und zeigte die Zahnlücken in seinem mit Schokolade verschmierten Mund, während Joanna ernst und etwas verärgert direkt in die Kamera schaute, als ob sie es störte, neben einem solchen Clown zu posieren. Doch irgendetwas verband sie doch. Sommersprossen, Nase, Mund. Dieselbe Augenfarbe, die gleiche Gesichtsform.

Er lag falsch. Sie sahen sich tatsächlich sehr ähnlich, und das Foto spiegelte auch ihre Charaktere und Temperamente wider. Wahrscheinlich hatte die Mutter es deshalb eingerahmt und rechts neben ihrem Bett aufgehängt. Dort hingen noch andere Fotos, hauptsächlich von Martin, der offenbar gerne posierte und oft lächelte.

„Du hast mich echt wütend gemacht, Schwester. Ich habe Ebbe nicht mal kennengelernt, obwohl er auf den Fotos wie ein cooler Typ aussieht. Und meine Nichte brauche ich gar nicht zu erwähnen … Wie immer muss alles so sein, wie du es willst. Und ich kann nicht mal widersprechen, weil du mich sowieso nicht hörst. Du warst schon immer egoistisch, aber diesmal hast du es echt auf die Spitze getrieben. Ich muss dir ehrlich sagen, dass ich nie gedacht hätte, dass das so enden könnte. Klar, wir hatten unsere Differenzen, aber das, was du jetzt gemacht hast, bringt mich wirklich aus dem Gleichgewischt. Nein, mehr noch: Ich bin stinksauer. Dir ging wirklich alles und jeder am Arsch vorbei", fügte er noch hinzu, obwohl er tief im Inneren wusste, dass das nicht ganz der Wahrheit entsprach.

Als seine Mutter ins Schlafzimmer schaute, drehte Martin schnell den Kopf weg, damit sie seine feuchten Augen nicht sah. Wahrscheinlich konnte er sich nicht mal daran erinnern, wann er das letzte Mal geweint hatte. Wahrscheinlich bei Star Wars, als Prinzessin Leia starb.

Er schniefte und sagte:

„Ich habe im Wandschrank Erinnerungsstücke von Joanna gefunden. Willst du sie dir ansehen?"

Er nickte, auch wenn es ihn ein wenig erstaunte, dass seine Schwester überhaupt etwas zurückgelassen hatte. Als sie nach Kopenhagen zog, hatte sie ihr Zimmer gründlich ausgeräumt, als wollte sie keine Spuren von sich zurücklassen. Martin hatte damals sogar gescherzt, sie solte alles mit Desinfektionsmittel behandeln. Was sie nicht mitnahm, warf sie weg oder verschenkte es. Es war ohnehin nicht viel, denn Joanna war irgendwie eine Minimalistin, besonders in Bezug auf Emotionen, aber auch in ihrem Umgang mit Dingen. Die skandinavische Atmosphäre musste ihr gut gefallen, mit ihrer Hygge-Philosophie, New Nordic und was es da sonst noch so gab.

„Sie hat eine Schachtel oben im Schrank vergessen. Sie blieb an ihrem Platz. Vielleicht hat sie sie nicht bemerkt, weil eine Decke darauf lag", sagte die Mutter. „Eines Tages habe ich sie entdeckt und dachte, ich bewahre sie als Erinnerung auf. Ich wollte die Schachtel ihr irgendwann schenken, aber dazu kam es nie." Sie schniefte. „Also liegt sie hier seit Jahren, und vielleicht... vielleicht ist jetzt der Moment gekommen, sie anzuschauen."

Als Joanna ihre Tochter zur Welt brachte, war Joannas Mutter überzeugt, dass sie sich nun endlich wiedersehen würden. Zum Hochzeitsfest war sie, ebenso wie Martin, nicht eingeladen worden. Joanna hatte ihnen lediglich mitgeteilt, dass die Feier klein und privat gewesen sei und dass sie kein Aufsehen erregen wollten. Angeblich gab es auch keinen traditionellen Schnitt in die Zehenspitzen der Socken des Bräutigams und keinen Schleier der Braut.

„Zehenspitzen der Socken?", wunderte sich Martin damals.

„Keine Ahnung, das stand so im Brief."

„Faszinierende Bräuche. Vielleicht besser, dass wir nicht daran teilnehmen mussten.“

Als Else sieben Monate alt war, reiste Joanna für ein Symposium über die Zukunft der Hotelbranche in Europa nach Warschau. Es war das eine Mal, das sie entschied, die Enkelin ihrer Großmutter zu zeigen. Sie kam buchstäblich nur für ein paar Stunden, obwohl die Mutter für sie ein Zimmer vorbereitet hatte, in der Hoffnung, dass sie länger bleiben würden.

„Willst du wirklich nicht hier übernachten?“

Überrascht sah die Mutter, wie Joanna eine kleine Tasche im Flur abstellte, auf die Uhr schaute und erklärte, dass sie nicht viel Zeit habe.

„Ich habe ein Hotel“, sagte sie nur, als wäre das selbstverständlich. „Morgen früh fahre ich zurück nach Warschau. Ich habe schon ein Zugticket.“

„Aber hier hast du ein Zuhause. Und dein eigenes Zimmer.“

Joanna lächelte höflich, bemerkte, dass der Erdbeerkuchen herrlich duftete, und dass die kleine Else ihrer dänischen Großmutter sehr ähnlich sehe. Fast die ganze Zeit saß sie am Rand des Stuhls, als hätte sie Angst, es sich gemütlich zu machen, als würde das Einsinken in einen Sessel bedeuten, dass sie länger bleiben wollte. Else schlief die ganze Zeit, und die Mutter wusste nicht, ob es ihr erlaubt war, ihre Enkelin auf den Arm zu nehmen und wenigstens für einen Moment an sich zu kuscheln.

Joanna sah irgendwie anders aus, noch fremder als sonst. Sie trug ein elegantes schwarzes Kleid, ein graues Jackett, Schuhe mit einem kleinen Absatz und hatte ihr Haar zu einem glatten Knoten gebunden. Sie trug winzige Herzohrringe und auf den Lippen einen Pfirsich-Lipgloss. Sie sah hübsch und jung aus, aber ein wenig wie eine zufällige Besucherin, die versehentlich in eine fremde Wohnung eingetreten war. Das Gespräch drehte sich hauptsächlich darum, wie wunderbar es in Dänemark sei.

„Nächstes Jahr planen wir, aus der Stadt wegzuziehen um in Helsingør zu leben. Das ist etwa fünfzig Kilometer von Kopenhagen entfernt, an der Nordküste von Seeland. Wunderschöne Landschaften. Dort wird ein neues Hotel eröffnet, dessen Managerin ich werde", sagte Joanna und betonte die Worte besonders, als wollte sie unterstreichen, dass sie Erfolg hatte und in ihrer Branche jemand Wichtiges war.

Doch die Mutter wollte Else nur berühren, sie umarmen und küssen, und das Wort „Managerin" beeindruckte sie daher nicht besonders.

„Na gut", sagte Joanna, erhob sich und sah sich nach ihrem Jackett um.

„Gehst du schon?", fragte die Mutter erstaunt.

„Ich bin schon zu lange geblieben", erwiderte Joanna, ging einfach hinaus, nahm die schlafende Else im Kinderwagen mit und sagte, dass sie wunderbar alleine zurechtkäme. Unten wartete bereits ein Taxi.

„Vielleicht kann die Kleine bei mir bleiben? Du hast doch eine Konferenz, wer kümmert sich da um sie?"

Ein starkes Argument, doch Joanna war bestens vorbereitet.

„Ich habe ein Kindermädchen engagiert.“

„Aber wozu? Noch dazu eine fremde Person.“

„Es ist eine ausgebildete Fachkraft, die mir vom Hotel für solche Gelegenheiten empfohlen wurde.“

„In ein paar Tagen kommt Martin zurück, vielleicht könnten wir uns dann alle treffen?“ Die Mutter versuchte wirklich alles.

„Nein“, erwiderte Joanna schnell und fügte dann hinzu: „Übermorgen fliege ich zurück nach Kopenhagen.“

Als Martin von diesem Besuch erfuhr, war er überzeugt, dass seine Schwester das absichtlich getan hatte. Sie hatte Else nur für ein paar Minuten mitgebracht, um sie zu zeigen und war dann einfach abgereist, obwohl sie wissen musste, wie sehr das ihre Mutter verletzen würde.

Irgendwie verletzte es auch ihn.

Die Schachtel war alt, eine einfache Schuhschachtel. Sie roch ein wenig nach Staub und nach Waschpulver, das die Mutter ebenfalls im Wandschrank aufbewahrte. Martin setzte sich auf den Boden und legte sie sich auf seine Knie. Es war etwas Magisches an diesem Moment – er konnte in die Erinnerungen seiner älteren Schwester eintauchen, die er niemals wiedersehen würde.

Vorsichtig hob er den Deckel und lächelte sofort gerührt. Ein Schlüsselanhänger mit einem kleinen Laserpointer? Er erinnerte sich genau an dieses technische Wunder der Neunziger. Joanna hatte einen blauen, er einen grünen. Sie konnten stundenlang damit spielen, obwohl Joanna ihm immer wieder sagte, er solle damit nicht direkt in ihre Augen leuchten und auf keinen Fall die Katzen im Hinterhof blenden.

Eine Diskette? Er hatte fast vergessen, wie die aussah. Jede fasste etwa 1,44 MB, und manchmal brauchte man ein Dutzend, um ein Spiel zu speichern. Sie hatten stundenlang SimCity und Mortal Kombat gespielt. Bei letzterem hatte er wohl fünf Joysticks verschlissen, so wild war er dabei. Oder Worms! Ein großartiges Spiel mit einer lustigen Bande von Würmern und einem faszinierenden Arsenal an Waffen. Die Bomben waren natürlich am spektakulärsten. Was mochte wohl auf dieser Diskette sein? Vielleicht Pac-Man, Joannas Lieblingsspiel?

„Oh Gott, ein Furby!" rief Martin und hob das rote, flauschige Wesen vorsichtig heraus, um das sie sich ständig gestritten hatten. Ein Furby war der Traum jedes Kindes, damals hatten sie aber leider nur einen einzigen zum Teilen. Sie hatten vereinbart, dass Joanna an geraden Tagen mit ihm spielen durfte und er an ungeraden. Er konnte sich nicht daran erinnern, wann er ihn das letzte Mal in der Hand gehabt hatte, aber anscheinend hatte seine Schwester ihn vor ihm versteckt. Der Furby hatte sogar ein eigenes Bettchen in seinem Zimmer, was Martin sich jedoch nie einmal vor Joanna einzugestehen traute. Er hatte es aus Seifenschachteln gebaut, die er zusammengeklebt und mit Silberfolie umwickelt hatte; sogar ein kleines Kissen hatte er gebastelt. Es wäre eine riesige Peinlichkeit gewesen, wenn das jemand herausgefunden hätte.

In der Schachtel fanden sich auch Figuren aus Überraschungseiern, ein paar Pokémon-Karte, bunte Perlen für die Speichen seines Fahrrads, gebrauchte Telefonkarten, ein paar Postkarten, Kassenbons, Sticker und ein Heft.

Ein blaues Heft.

Martin holte tief Luft. Es kam ihm vor, als sei das Lesen von Joannas Tagebuch ein Sakrileg. Schließlich hatte sie es für niemanden geschrieben; es waren ihre eigenen Gedanken, die sie auf Papier festgehalten hatte. Vielleicht sollte er sie lieber nicht erfahren, auch wenn Joanna es niemals wissen würde.

Das blaue Heft war schon ein wenig verblasst. Es sah sehr schlicht aus. Keine Aufkleber, keine Zeichnungen, nichts, was ihm ein persönliches Aussehen verliehen hätte. Aber so war Joanna eben. Sie mochte keine Blümchen, keine Herzchen, keine rosafarbenen Dinge und diesen ganzen infantilen, mädchenhaften Kram. Ein Heft sollte ein Heft sein und keine Leinwand für einen Künstler.

Martin berührte das Cover, strich über das blaue, raue Papier und schlug das Heft dann zufällig irgendwo auf.

„Wenn du ein talentierteres Geschwisterkind hast, spürst du verständlicherweise den Druck, ihm in allem ebenbürtig zu sein. Dich für dieselben Dinge zu interessieren, genauso ehrgeizige Studien zu wählen, den Eltern zu helfen. Doch wirklich? Denk daran, dass du einzigartig bist und nicht die Kopie eines anderen sein musst, auch wenn dieser jemand deine Schwester oder dein jüngerer Bruder ist. Sie machen etwas hervorragend? Dafür bist du in anderen Dingen besser – du sprichst zum Beispiel fließend Englisch und hast generell ein Talent für Sprachen. Du liest Bücher schnell. Du lernst schnell...“

Er schluckte.

„Talentiertere Geschwister?“ Das konnte sich kaum auf ihn beziehen, denn Joanna hatte ihn nie ernst genommen. Er war nur der jüngere Bruder, der sie nervte und einen albernen Sinn für Humor hatte. Eigentlich waren es nur die

Eltern, die stolz darauf waren, dass er sich so gut in der Schule schlug, der Beste in Mathematik und Physik war, Wettbewerbe gewann und Lob für seine ersten Computerprogramme bekam, die er schon in der Grundschule schreiben konnte. Von seiner Schwester hatte er nie gehört, dass er in irgendetwas gut war oder dass es schön war, ihn als Bruder zu haben. In den Monaten vor dem Jahr Zweitausend berichteten die Medien über eine mögliche Apokalypse; es wurde ein Ausfall von Computersystemen, Stromversorgungen und ein Datenverlust vorhergesagt. Der damals zwölfjährige Martin wusste genau, dass nichts Schlimmes passieren würde, und beruhigte den Bruder seines Vaters, der nervös alle seine Dateien im Computer sicherte.

„Onkel, mach dir keine Sorgen, das kriegen sie in den Griff. Sie werden einfach die richtigen Funktionen hinzufügen, um zweistellige Jahreszahlen richtig zu interpretieren, und alles wird *easy peasy*," sagte Martin damals.

Und wie sich später herausstellte, hatte er recht. Tatsächlich konnten die meisten

Anwendungen und Betriebssysteme bis Silvester 1999 angepasst werden, und sein Onkel prahlte später vor allen, dass sein Neffe schon damals wusste, was zu tun war. Schade, dass sein Vater das nicht mehr erleben konnte.

„Jeder von uns wird mit anderen Fähigkeiten, Bedürfnissen und einem eigenen Temperament geboren. Nutze das, was du hast und was du kannst, bestmöglich. Lass dir nicht einreden, dass du schlechter bist oder im Leben nicht gut zurechtkommst. Lass dich nicht ständig mit anderen vergleichen. Du bist wirklich toll, und das solltest du dir immer wieder bewusst machen. Wirklich, wirklich toll...“

Das konnte kaum etwas mit ihm zu tun haben. Diese Notizen waren seltsam; einerseits klangen sie tatsächlich so, als hätte Joanna sie geschrieben, aber er konnte ihren Sinn überhaupt nicht begreifen. Noch weniger konnte er sie mit sich selbst in Verbindung bringen. Fühlte sich Joanna ihm gegenüber minderwertig? Hatte er ihr etwas gesagt, das ihre Beziehung so seltsam distanziert gemacht hatte? Martin begann laut zu lesen:

„Psychologen behaupten, dass sogenannte Zweitgeborene oft unabhängiger sind, sich selbst beschäftigen können, keine übermäßige Aufmerksamkeit verlangen und weniger egoistisch sind. Sie versuchen oft, ihrem älteren Geschwisterchen nachzueifern, jedoch auf einem ganz anderen Gebiet. Dieser unterbewusste und unfreiwillige Wettbewerb ermöglicht es ihnen, neue Hobbys zu entwickeln, die zu einer Lebensleidenschaft werden können."

Er dachte nach. Hatte er jemals versucht, mit Joanna zu konkurrieren? Als er klein war, hatte er sie immer bewundert, weil sie ihm viel klüger vorkam und so faszinierend ernsthaft war. Mit der Zeit fand er das allerdings langweilig, besonders weil sie sich nie über seine Einfälle amüsierte. Sie teilte auch nicht die Begeisterung ihrer Eltern, die seine kindlichen Experimente und ersten selbst entworfenen Konstruktionen liebten. So wie damals, als er um eine Papprolle vom Küchenpapier, Alufolie, Papier und bunte Perlen bat.

„Die kriegst du nicht, die gehören mir", sagte Joanna.

Aber dann kam Papa und musste ihr wohl ins Gewissen geredet haben, denn sie kam wortlos in Martins Zimmer, überreichte ihm das Döschen mit den Perlen und zwei Bögen Papier – einen blauen und einen schwarzen.

„Ich mach daraus jetzt etwas Schönes und schenk es dir," versprach er, aber sie zuckte nur mit den Schultern und ging, etwas Unverständliches vor sich hin murmelnd davon.

Martin klebte die silberne Folie auf das schwarze Papier, knickte es, wickelte es mit Klebeband um und versteckte es in der Papprolle. An einem Ende befestigte er ein schwarzes rundes Stück Papier mit einem Loch in der Mitte und am anderen Ende ein abgeschnittenes Stück der Rolle, in das er Joannas Perlen füllte. Schließlich klebte er die beiden Teile zusammen und umwickelte alles mit dem blauen Papier. Er malte darauf Blumen, Vögel und sogar zwei Herzen und brachte das fertige Werk stolz zu seiner Schwester.

„Ich hab dir ein Kaleidoskop gemacht", verkündete er und reckte die Brust.

Joanna maß ihn mit einem kühlen Blick, nahm das Spielzeug, ohne hineinzusehen, und stellte es ins Regal.

„Willst du nicht einmal schauen, ob es funktioniert?" Martin verzog den Mund zu einem Schmollmund.

„Könntest du dir nicht wenigstens mal ansehen, was dein Bruder für dich gemacht hat? Irgendein Interesse zeigen?" sagte Papa, während Mama nur den Kopf schüttelte.

Joanna stand schließlich auf, hielt das Kaleidoskop ans Auge und stieß dann eine Reihe bewundernder Ausrufe aus, die Martin sehr gefielen, ihren Eltern aber eher weniger.

„Ach, oh, was für ein geniales Ding, du bist ein absolut perfektes Kind, ich weiß gar nicht, was ich sagen soll, ach, ach!"

So ungefähr klang es.

„Jüngere Geschwister müssen kein Fluch sein, obwohl du sicher schon oft von deinen Eltern gehört hast, dass du als Ältere nachgeben sollst. Helfen, entlasten, deine Sachen teilen. Glücklicherweise wollen sie weder deine Niere noch deine Lunge. Du spürst, dass du in den

Hintergrund getreten bist und deine Wünsche für deine Eltern keine Bedeutung mehr haben. Du fühlst Verbitterung und die Last der Verantwortung. Du musst auf Befehl erwachsen werden und fast wie eine zweite Mutter für dein jüngeres Geschwisterkind sein. Aber du möchtest doch selbst noch Kind sein, das seine Launen hat! Manchmal möchtest du auch das verwöhnte Töchterchen sein. Denk daran, dass deine Eltern dich nicht aufgehört haben zu lieben, doch die lieben dich jetzt ein wenig anders. Sie sehen in dir einen gleichberechtigten Partner, der verstehen sollte, was es bedeutet, kleine Kinder großzuziehen. Sie erwarten deine Hilfe...“

„Finde die guten Seiten daran, eine große Schwester zu sein...“

„So ein Blödsinn. Sie lieben nicht anders, sie lieben weniger. Liebe kann man definitiv in zwei ungleiche Teile aufteilen. Schade, dass das in keinem Ratgeber steht. Überall dieselben Lügen, dass ein neuer Lebensabschnitt für das ältere Geschwisterkind begonnen hat, was aber keineswegs schlechter sein soll.“

„Offenbar waren sie nicht in meinem Zuhause..."

Martin legte das blaue Heft beiseite und holte tief Luft.

Aber Joanna hatte sich doch nie beschwert! Nie hatte sie darüber geklagt, dass sie es schwerer hatte, dass sie sich um ihn kümmern musste, dass sie sich in gewisser Weise ausgenutzt fühlte. Hatte er ihr Leben wirklich vergiftet? Hatten ihre Eltern ihn bevorzugt, ohne dass er es bemerkt hatte? Hatten sie ihn etwa mehr geliebt? Schon der Gedanke daran, dass man weniger Liebe bekommen könnte, als man erwartet, ließ ihn frösteln.

Joanna hatte ein Talent für Sprachen, und dennoch schaffte sie es nicht, an die Universität zu kommen. Und sie wollte es nicht einmal auf einem anderen Studiengang versuchen. Es war ihr einfach egal. Natürlich war Mama enttäuscht und sagte, dass es auch Vater traurig gemacht hätte, wenn er noch gelebt hätte. Aber Papa war schon seit über fünfzehn Jahren nicht mehr da.

„Hast du andere Pläne? Eine Alternative?" fragte sie, doch Joanna zuckte nur mit den Schultern.

Am Ende entschied sie sich für eine Hotelfachschule und ging nach ihrem Abschluss für ein Praktikum nach Kopenhagen. Dort blieb sie dann für immer.

Einzelkinder haben es wirklich am besten. Ihre Position ist nicht bedroht, kein Bruder oder keine Schwester will sie entthronen, und sie werden mit niemandem verglichen.

Joanna entschied sich nur für ein Kind.

Nachdem der Ärger vergangen war, verfiel Martin in eine seltsame Starre. Er konnte sich auf nichts konzentrieren, und hätte er keinen Geschäftspartner gehabt, hätte er wohl viele Projekte vermasselt. Er steckte fest in einer Art innerem Verschluss, unfähig, sich nach außen zu bewegen. Einerseits wollte er all die Emotionen, die wellenartig über ihn hereinbrachen, zulassen; andererseits stieß er sie automatisch von sich. Er leugnete, verdrängte, lief vor seinen Gefühlen davon.

Er erfand für sich sogar eine absurde Beschäftigung mit Gyotaku – welches das Bemalen von Fischen und dann das Abdrucken ihres Bildes auf Papier beinhält. Er erinnerte sich, wie ihm das Schneiden von Mustern in Kartoffeln in der Grundschule Spaß gemacht hatte, die man dann bemalte und auf Papier druckte wie Stempel. Als er einen Gyotaku-Kurs fand, meldete er sich sofort an und bemalte von da an zweimal in der Woche Fische mit Tinte, um sie dann auf Reispapier zu drucken. Es war so absurd, dass er manchmal selbst nicht glauben konnte, was er tat, aber er machte weiter. Nur um nicht zu denken, sich nicht den Kopf zu zerbrechen. Also malte und druckte er Fische, manchmal auch Krabben und Tintenfische, bis er schließlich zu dem Schluss kam, dass er wohl verrückt geworden war.

Der Zeitpunkt kam, an dem er beschloss, seine Gedanken und Gefühle genauer von Nahem zu betrachten. Sie alle an einen Ort zu versammeln, sich ihnen gegenüberzusetzen und auf sie zu blicken wie auf vorbeiziehende Wildgänse oder wie auf eine Schlange von Autos auf der Autobahn. Er betrachtete seine

Emotionen, die Trauer, den Schmerz, die Wut und die Raserei, sog sie in seine Lunge ein und hielt sie dort so lange, bis er ihre Anwesenheit zu akzeptieren begann. Nach einiger Zeit kehrte er in die Welt der Lebenden zurück, obwohl er noch nicht bereit war, endgültig Abschied von Joanna zu nehmen. Manchmal hatte er das Gefühl, dass er keine Haut mehr hatte und jede noch so kleine Erinnerung an sie ihn bis auf die Knochen schmerzte. Er verstand diese Gefühle nicht. Sie waren schließlich kein perfektes Geschwisterpaar. Ihm schien es, als hätte Joanna nur halb gelebt, während er sich an allem gierig berauschte.

„Da liegt ein Schatten auf der Straße. Aber ich weiß nicht, von wem er stammt", sagte er ihr zum Beispiel und zwinkerte ihr zu.

„Hör auf."

„Wirklich. Man müsste prüfen, ob er einen transparenten Körper durchdrungen hat oder genau das Gegenteil. Und wusstest du, dass Halbschatten nicht fünfzig Prozent Schatten bedeutet?"

„Geh weg. Du hast dein eigenes Zimmer, also verstehe ich nicht, warum du ständig zu mir gekrochen kommst und auch noch klugscheißt. Dein Schatten, dein Halbschatten oder transparente Körper interessieren mich nicht."

„Was interessiert dich dann?"

„Stille. Und in ihr gibt es keinen Platz für dich. In ihr bin nur ich."

„Die abwesende, allgegenwärtige Stille des Universums", sagte er in ernstem Ton.

„Mir reicht meine Stille. Und nur sie."

„Die Bewegungslosigkeit der Materie. Doch in der Natur bewegt sich alles."

„Verschwinde, du Dummkopf."

Einmal waren sie zusammen in einem Sportcamp. Martin war damals neun Jahre alt, Joanna vierzehn. Zwei Wochen im Wald, am See, Kanufahren, Laufen, Schwimmen, Klettern im Hochseilgarten, Orientierungslauf. Eines Tages lief er zum Zelt, in dem Joanna mit fünf anderen Mädchen wohnte, aber er vergaß ziemlich schnell, warum er überhaupt gekommen war.

„Ich habe eine ältere Schwester, aber sie studiert schon“, sagte eines der Mädchen.

„Ich habe zwei kleine Zwillingsbrüder. Sie sind erst ein paar Monate alt, und es ist wirklich unmöglich, sie auseinanderzuhalten. Ich weiß nicht, wie Mama das schafft“, sagte ein anderes Mädchen.

„Und ich bin ein Einzelkind“, sagte Joanna.

Martin erstarrte vor dem Zelteingang.

Ein Einzelkind? Und er? Er wollte das sofort richtigstellen und sagen, dass sie sich da wohl geirrt hatte, aber aus irgendeinem Grund kehrte er um und verkroch sich in sein eigenes Zelt. Er hatte nicht einmal Lust auf Abendessen.

Am nächsten Tag ging er zu ihr, als sie sich für die Kanutour bereit machten, und fragte leise:

„Warum hast du deinen Freundinnen gesagt, dass du keine Geschwister hast?“

Joanna sah ihn kühl an.

„Und was? Du hast gelauscht?“

Er zuckte mit den Schultern.

„Ich habe es zufällig gehört. Ich kam gestern zu dir, weil... weil...“ Er verhedderte sich, und Joanna presste die Lippen zusammen und begann, ihren Rucksack zu packen.

„Darf ich wenigstens in den Ferien Einzelkind sein?“

„Aber warum?“ Martin verstand es nicht.

„Darum. Und hör auf, mir hinterherzulaufen.“

In diesem Camp war sie ganz anders als zu Hause. Sie lachte, alberte herum, meldete sich für alle möglichen Aktivitäten, organisierte Schnitzeljagden, half sogar in der Küche und kochte zweimal eine köstliche Erbsensuppe, die beste, die Martin je gegessen hatte. Es war alles sehr seltsam, denn sobald sie nach Hause zurückkamen, schien Joanna zu erlöschen, ihre Energie war plötzlich verschwunden, und sie wurde still und abwesend. War das, weil sie wieder einen Bruder hatte?

„Und jetzt habe ich wirklich keine Schwester mehr“, sagte er laut und spürte, wie sehr es ihn schmerzte.

Am Nachmittag ging er in seine Lieblings-Sandwich-Bar. Die Bar wurde von einer zierlichen, etwas zurückhaltenden Frau betrieben, die etwa fünfzig Jahre alt war. Sie machte mit Abstand die besten Sandwiches weit und breit. Als er diesen Ort entdeckte, beschloss er, dass er nie wieder Sandwiches selbst machen würde.

„Wissen Sie, diese hier schmecken einfach besonders. Es ist ein bisschen wie mit diesen Spezialitäten, die man aus dem Ausland mitbringt. In Frankreich oder Italien schmecken all diese Käse und Schinken so, dass man sich beinahe selbst als Gaumen der Freude empfindet, und zurück zu Hause ist es einfach nur Käse und Schinken.“

Die Frau lächelte ihm zu, froh über seine Worte. In letzter Zeit schien sie ihm jedoch trauriger als sonst. Vielleicht, weil er immer noch nicht schaffte zu seinem „ich“ zurückzukehren. Und traurige Menschen ziehen sofort Gleichgesinnte an. Glück zieht Glück an, und Melancholie bemerkt schnell eine andere leidende Seele.

Er wusste jedoch nicht, ob er sie danach fragen sollte, also lächelte er nur etwas unbeholfen und bestellte ein Sandwich mit Ziegenkäse und Rote Beete. Er setzte sich an den blauen Tisch und stellte den Teller mit dem Sandwich darauf. Er mochte diesen Ort wirklich. Eine kleine, intime Bar mit sieben Tischen, jeder in einer anderen Farbe. Meistens wählte er den blauen, obwohl er auch den lila Tisch in der Farbe von saftigen Trauben mochte. Am roten Tisch saßen zwei junge Mädchen und zeigten sich etwas auf ihren Handys, kichernd und dabei schon ansteckend. Wahrscheinlich hätte er in jeder anderen Situation auch gelächelt, aber jetzt hatte er keine Kraft dazu. Auch die Inhaberin der Bar war heute nicht empfänglich für die Freude der anderen. Der gelbe Tisch war frei, und am grünen Tisch saß eine Frau in braunen Stiefeln und einem dunklen Kleid und schaute immer wieder nervös auf ihre Uhr.

„Ein Date?" fragte sich Martin, doch das Rätsel löste sich schnell, denn ein junger Mann trat in die Bar und ging nach ein paar Sekunden zum grünen Tisch. Die Frau stand auf und begann nervös, ihr Kleid glatt zu streichen. Sie wusste nicht, ob sie ihm die Hand geben oder ihn auf die Wange küssen sollte, also stand sie einfach nur da, während er sie ein wenig neugierig, ein wenig vorwurfsvoll und vielleicht sogar ein wenig ärgerlich ansah. Dann nickte er und beide setzten sich auf die grünen Stühle. Martin bemerkte, dass sie kaum miteinander sprachen. Merkwürdig.

„Schmeckt es Ihnen heute nicht?" Die Besitzerin der Bar trat zu ihm und deutete mit ihrem Blick auf das unberührte Sandwich.

„Ich weiß nicht, ich habe es noch nicht probiert", gab er ehrlich zu. „Ich nehme es mit nach Hause und esse es später", fügte er noch hinzu und lächelte entschuldigend.

„Natürlich, ich verstehe", antwortete sie, als ob sie genau wusste, in welchem Zustand er sich gerade befinden würde. „Ich packe es Ihnen ein."

Als er die Bar verließ, lachten die beiden jungen Mädchen nicht mehr, sondern hörten Musik, teilten sich die Kopfhörer, und die ältere Frau mit dem jungen Mann schwiegen immer noch unheimlich. Martin drehte sich plötzlich zur Besitzerin des Bistros um.

„Wie heißen Sie?“

„Anna.“

„Auf Wiedersehen, Frau Anna. Ich werde es ganz bestimmt genießen.“ Er winkte mit dem in eine blaue Tüte verpackten Sandwich und fuhr noch zu seiner Mutter. Eigentlich hatte er überhaupt keine Lust, aber sie hatte wohl noch etwas für ihn.

„Ein Brief ist für dich angekommen“, sagte sie, bevor er die Tür betreten konnte, und reichte ihm einen weißen Umschlag. „Er sieht wichtig aus“, fügte sie hinzu und zeigte auf die Adresse der Anwaltskanzlei.

Als Vormund eines minderjährigen Kindes sollte in erster Linie die vom Vater oder der Mutter benannte Person eingesetzt werden, vorausgesetzt, sie ist nicht der elterlichen Gewalt beraubt. Grundsätzlich wünschen die Eltern, die einen Vormund bestimmen, nur das Beste für ihr Kind. Die Ernennung kann im Testament, mündlich oder schriftlich erfolgen.

„Ich verstehe das nicht ganz", sagte Martin und schaute den Anwalt fragend an, der ihm gerade diesen Absatz vorgelesen hatte.

Das Treffen fand in einem dunkelgrünen Büro statt, mit großen hölzernen Fenstern, die zum Park hinausgingen. Vor Martin stand ein massiver Eichenschreibtisch, und er saß in einem weichen, sehr bequemen Sessel, bezogen mit grünem Samt. Es war ziemlich düster hier, aber auch irgendwie ruhig. Keine schrillen Bilder, keine Gadgets, die von dem ablenkten, was wirklich wichtig war. Obwohl der weiße Pferdekopf, vermutlich magnetisch und voller Büroklammern, ein wenig seine Aufmerksamkeit auf sich zog. Martin wollte ihn sogar berühren, aber das hätte wohl seltsam ausgesehen.

„Ihre Schwester hat im Testament festgelegt, dass im Falle des Todes beider Elternteile die Großmutter des Kindes, also die Mutter ihres Mannes, für das Kind verantwortlich sein soll. Wenn sie jedoch aus verschiedenen Gründen nicht in der Lage ist, diese Aufgabe zu übernehmen, soll das Sorgerecht an den Bruder der Verstorbenen übergehen, also an Sie", erklärte der Anwalt. „Das Familiengericht in Kopenhagen hat dem Wunsch Ihrer Schwester entsprochen und das Kind nach Abschluss des Verfahrens in die Obhut ihrer Großmutter übergeben. Leider ist die Frau aus gesundheitlichen Gründen nun nicht mehr in der Lage, sich um das Kind zu kümmern, sodass das Verfahren erneut eingeleitet wird. Wenn keine gravierenden Einwände bestehen, wird das Kind Ihnen anvertraut."

„Aber wie zu mir? Ich kenne dieses Kind doch überhaupt nicht!", entgegnete Martin fassungslos.

Der Anwalt blickte ihn ernst an. Insgesamt wirkte er sehr ernst und emotionslos, obwohl es hier nicht um Apfelsorten oder das Wetter ging, sondern um ein kleines Mädchen, das plötzlich unter der Obhut eines völlig fremden Onkels stehen sollte.

„Der Vormund erwirbt Rechte und Pflichten, die sich aus der Fürsorge ergeben, nach Ablegung eines Eides vor Gericht. In diesem Eid versichert der Vormund, die ihm übertragene Obhut mit größter Sorgfalt auszuüben", rezitierte der Anwalt jetzt, als ob er ein Gedicht bei einer Schulaufführung vortrug und wusste, dass ihn sowieso niemand verstand.

„Ich bin mir nicht einmal sicher, wie alt sie ist", Martin wischte sich nervös mit der rechten Hand über die verschwitzte Stirn.

„Fünf."

„Fünf", wiederholte er ungläubig. „Ein fünfjähriges Mädchen, das nie in Polen war. Oder nein, sie war wohl einmal hier, aber da war sie nur ein paar Monate alt und erinnert sich wahrscheinlich an nicht mehr so viel davon", fügte er mit einem Hauch von Sarkasmus hinzu. "Und jetzt soll sie plötzlich in ein fremdes Land ziehen, zu einem Onkel, den sie noch nie mit ihren Augen gesehen hat. Ich glaube, wir beide haben kaum eine Chance auf Erfolg. Hat meine Schwester mich wirklich als Vormund für... ähm..."

„Else", ergänzte der Anwalt.

„Ja, Else, das weiß ich doch. Hat sie das wirklich getan?"

„Sie haben das Recht, abzulehnen, und das Familiengericht kann Sie von der

Fürsorgepflicht entbinden, wenn wichtige Gründe vorliegen. Zum Beispiel eine unsichere finanzielle Lage oder eine schwache Gesundheit. Bitte bedenken Sie jedoch, dass die von den Eltern bestimmte Person vorrangig berücksichtigt werden sollte, sofern keine schwerwiegenden Gründe dagegen sprechen, etwa der Entzug der Bürgerrechte oder der elterlichen Gewalt, oder wenn es eine hohe Wahrscheinlichkeit gibt, dass die betreffende Person ihre Pflichten als Vormund nicht ordnungsgemäß erfüllen wird."

Martin schluckte hörbar. Er wollte Joanna nicht enttäuschen, doch die ganze Situation schien ihm wie ein kolossaler Absurd. Sollte er jetzt einfach so Vater werden, obwohl er bisher nie an ein Kind gedacht hatte? Außerdem wusste er nicht, wie er es Katharina sagen sollte, besonders jetzt, da sie selbst ihre Mutter verloren hatte und in Trauer war. Wie sollte er das alles bewältigen, sein bisheriges Leben damit in Einklang bringen und all die Gewohnheiten, an die er sich gewöhnt hatte?

„Wann soll Else denn voraussichtlich bei mir einziehen?"

„Direkt nach Neujahr. Weihnachten und Silvester wird sie noch bei ihrer Großmutter verbringen, die sich anschließend einer Hüftoperation unterziehen muss."

Na klar. Die ältere Dame konnte sich wirklich nicht um ein fünfjähriges Mädchen kümmern, selbst wenn sie es noch so sehr wollte. Und selbst wenn es Joanna gewesen war, die sie zur Hauptvormundin von Else bestimmt hatte.

Das Mädchen kannte er nur von Fotos. Die Mutter erhielt von ihrer Tochter regelmäßig ein Bild der Enkelin und legte es in eine Kiste mit der dänischen Flagge darauf.

„Mama, möchtest du sie nicht besuchen? Schließlich ist Kopenhagen doch nicht am Ende der Welt?", fragte sich Martin.

Vielleicht hätte sie das gerne getan, aber Joanna hatte es nie erwähnt.

Natürlich.

Ihm antwortete sie nicht einmal auf seine Grußkarten. Und dann entschied sie, dass weder der Bruder noch die Mutter zur Beerdigung kommen sollten. Und jemand wie sie wollte, dass ausgerechnet er sich um ihr Kind kümmerte?

Als er die Kanzlei verließ, war es bereits sechzehn Uhr. Der Oktober-Nachmittag roch nach Herbst und all den Dingen, die man mit ihm verbindet. Ein wenig nach Regen und Nebel, ein bisschen nach Laub, Rauch und Pflaumenmus, obwohl letzterer Geruch aus einer nahegelegenen Bäckerei kam.

„Frische Pflaumenkuchen rund um die Uhr".

Schön. Ein unaufhörliches Aroma von gebratenen Pflaumen.

Martin atmete tief ein, stieg dann ins Auto und fuhr zum Friedhof zum Grab seines Vaters. Er kam lieber im Oktober hierher, noch vor dem großen Trubel im November, wenn die Massen von Besuchern die Intimität dieses Ortes störten. Der Friedhof im Oktober lag nur ein paar Atemzüge vom Totensonntag entfernt und war dennoch wunderbar leer, still und ohne all die Plastikgrabkerzen, die ihm jede Mystik nahmen.

Über dem Grab seines Vaters wuchs ein Ginkgo-Baum mit gelben Blättern. Ein Teil davon war bereits auf die Steinplatte gefallen. Martin räumte sie nie weg, weil sie ihn an ein einfarbiges Mosaik erinnerten, aber seine Mutter war später immer verärgert.

„Diese Blätter verrotten und hinterlassen Flecken auf dem Granit:, ermahnte sie ihn jedes Mal.

Er kauerte sich am Grab seines Vaters nieder und berührte die kalte Steinplatte.

„Vielleicht ist es sogar gut, dass ihr nicht nebeneinander liegt", flüsterte er. „Familiengräber erinnern mich an das Sammeln von Briefmarken in einem Album. Ich weiß, das ist ein ziemlich dummer Vergleich, aber Menschen müssen doch nicht unbedingt nebeneinander liegen nach dem Tod, oder? Besser, wenn jeder seinen eigenen Platz hat, schließlich ändert das ja auch nichts. Ein Physiker sagte einmal, die Seele sei eine Ansammlung von Informationen auf quantenphysikalischer Ebene und würde beim Tod den Körper verlassen, was bedeutet, dass sie sich frei bewegen kann. Vielleicht fliegt deine Seele also nach Dänemark oder Joannas Seele besucht dich. Vielleicht ist sie nach dem Tod sogar geselliger geworden. Ich würde viel dafür geben, um mit ihr zu sprechen. Wusstest du, dass sie entschieden hat, mich zum Vater zu machen? Ich soll Else aufziehen, ich, ein Mann, der nie eine eigene Familie hatte. Was kann ich ihr schon beibringen? Fische auf Reispapier drucken?"

Martin zog eine einfache weiße Kerze aus der Tasche seiner Jacke, stellte sie neben das Grab seines Vaters, um sie etwas vor dem Wind zu schützen, und zündete den Docht an. Am liebsten hätte er sich heute mit Katharina getroffen, um mit ihr über Else zu sprechen, aber er wusste selbst nicht, was er von all dem halten sollte. Er wollte sie nicht erschrecken. Sie kannten sich erst ein paar Monate, tasteten sich gegenseitig ab, berührten vorsichtig die empfindlichsten Seiten des anderen, als wollten sie sich vergewissern, dass sie perfekt zusammenpassten. Unterbewusst spürte jeder von ihnen, dass sie füreinander bestimmt waren. Und dass dieses abgedroschene Sprichwort von den zwei Hälften einer Orange manchmal wahr ist. Aber es gab ein Problem: Katharina war verheiratet, und das schon seit vielen Jahren.

Einmal, als Martin noch ein Kind war, konnte er über eine Woche lang ein Puzzle nicht fertigstellen. Es ärgerte ihn, aber er wollte nicht aufgeben. Schließlich kam Joanna und fand sofort das falsch platzierte Teil.

„Es passt fast, aber du hast es mit Gewalt hineingepresst, außerdem sind diese beiden braunen Puzzleteile nicht identisch. Schau selbst, sie haben unterschiedliche Farbtöne. Angeblich bist du ein Genie und hast so etwas übersehen."

Sie hatte recht.

Viele Jahre später dachte er, dass es genauso mit Katharina und ihrem Ehemann war. Sie passten fast perfekt zusammen, aber er, Martin, war das richtige Puzzlestück im passenden Farbton Braun. Und Katharina wusste das auch.

Aber sollte er ihr jetzt schon von Else erzählen? Ein Kind aufzunehmen wäre doch völlig verrückt. Männer haben neun Monate Zeit, um sich auf die Rolle des Vaters vorzubereiten, und ihm hatte der Anwalt kaum drei Monate gegeben. Das konnte einfach nicht gutgehen.

Die Wohnung von Martin war nicht besonders groß, aber er lebte dort allein. Zwei Zimmer: ein Schlafzimmer, ein Büro und eine Art Essbereich, der mit der Küche verbunden war. Der Essbereich war etwas künstlich abgeteilt – Martin hatte zwei Quadratmeter vom Schlafzimmer abgetrennt, einen vom Flur, und so entstand ein etwas größerer Raum.

Ein Gästezimmer gab es nicht, der Name allein brachte ihn schon zum Schmunzeln. Er fand auch, dass ein solches Zimmer nicht zu seinem Lebensstil passte, denn er lud keine Gäste ein. Freunde traf er meist in Clubs oder Kneipen, und es kam ihm nie in den Sinn, ein Treffen zu Hause bei ein paar Snacks und Chips zu veranstalten. Auch einen Fernseher hatte er nicht; wenn er etwas ansehen wollte, schaltete er einfach den Laptop ein.

Mit Katharina verbrachte er die Zeit gerne in der Küche. Und im Schlafzimmer, offensichtlicher weise. Als sie ihn jedoch zum ersten Mal besuchte, war sie überrascht, dass es weder ein Wohnzimmer mit Sofa noch einen Fernseher gab.

„Weißt du, deine Wohnung sieht ein bisschen aus wie ein Mensch ohne Arme", hatte sie lachend gesagt.

Jetzt stand er mitten im Essbereich und schaute sich um. Ob sich die Wohnung für ein fünfjähriges Kind anpassen ließe? Die Chancen standen schlecht. Er müsste Else entweder das Schlafzimmer oder das Büro überlassen. Das Büro wäre einfacher, er könnte die Bücher und Akten ins Schlafzimmer verlegen, aber das würde das Problem nicht lösen. Das Zimmer war einfach zu klein. Ein Bett, ein Schrank, ein Puppenhaus, dreihundert Kuscheltiere, Puppen, Kinderwagen und Einhörner – all das, was ein kleines Mädchen in ihrem Leben unbedingt brauchte, würde hier kaum Platz finden. Zumindest stellte er sich das so vor.

Außerdem müsste er das Zimmer rosa streichen und Bettwäsche mit Herzchen kaufen und abends Märchen vorlesen oder vielleicht sogar selbst welche erfinden? Er müsste auch lernen, gesund zu kochen, Zöpfe zu flechten und irgendwann Teepartys für die Puppen zu organisieren. Das alles erschien ihm so surreal und weit entfernt von seiner gewohnten Realität, dass er nur den Kopf schüttelte und entschied, dass er definitiv dagegen war.

Wenigstens war er ehrlich zu sich selbst.

Ach ja bitte, noch das Bad.

Es gab keine Badewanne, nur eine Dusche. Kinder bevorzugten doch sicherlich eine Wanne, Schaum und Seifenblasen. Und eine separate Toilette wäre auch hilfreich, damit man nicht in Gegenwart des Kindes pinkeln müsste. Alle Umstände sprachen gegen diese Idee.

Martin wusch sich die Hände und schaute in den Spiegel. Ein junger Mann sah ihm entgegen, ein wenig sommersprossig, mit Haaren, die in alle Richtungen abstanden, und einem leicht vorstehenden Unterkiefer. Seine blauen Augen und das Muttermal neben dem linken Ohr passten eher zu einem Jungen als zu einem Mann, zu jemandem, der durchs Leben rannte und bisher nicht vorhatte, langsamer zu werden.

„Gott, ich drehe mich im Kreis wie ein Hamster im Rad", sagte er zu sich selbst, dann warf er sich die Jacke über und rannte zu seinem Auto.

Er schaltete das Radio an, stellte das Navi ein, bis in das Sandwich, das er gestern bei Frau Anna gekauft hatte, und startete den Motor.

„Ich weiß nicht, warum ich das tue", murmelte er, doch da er in letzter Zeit verstreute Erinnerungen an Joanna sammelte, hatte er das Gefühl, dass er auch zum Dramburg-Seengebiet fahren musste.

Manchmal treffen Menschen spontane und unüberlegte Entscheidungen. Und das ist gut so. Alles zu planen, ist so langweilig wie Tomatensuppe.

„Das Wichtigste im Rotwein sind die sogenannten Bioflavonoide. Sie lindern Allergien, indem sie die Reaktion der Zellen stabilisieren, die auf ein Allergen reagieren. Bioflavonoide findet man auch in Trauben, Äpfeln und Zwiebeln", erklärte eine Stimme im Radio, und Martin konnte dem nur zustimmen. Er war immer der Meinung gewesen, dass man Wein trinken sollte, selbst wenn man keine

Allergie hatte. Er hätte jetzt gern ein Glas getrunken, aber er saß ja am Steuer.

Die Fahrt dauerte knapp zwei Stunden. Als er in seiner Kindheit mit Joanna ins Camp fuhr, schien es eine halbe Ewigkeit zu dauern. Der Ferienort war geschlossen, doch Martin überkletterte einfach den Zaun, ging zum Gebäude, das offensichtlich als Gemeinschaftsraum diente, und blieb vor einer Glasvitrine mit Broschüren stehen.

„Wenn dein Kind vor Energie strotzt – wähle das Multisport-Programm. Hier gibt es von allem etwas: Fußball, Tennis, Volleyball, Basketball, Völkerball, Unihockey, Badminton, Geschicklichkeitsspiele: Tischtennis, Tischfußball, Boule, Schwimmen, Mini-Olympiaden, lustige Wettbewerbe. Und zusätzlich Kajakfahren, Schwimmen, Wasserbombenwerfen, Arschbomben und Water Splash."

In Arschbomben war er definitiv der Beste. Niemand konnte mit solchem Schwung ins Wasser springen, die Wellen spritzen lassen und die Fische erschrecken.

Warum hatte Joanna damals ihren Freundinnen gesagt, dass sie Einzelkind sei? Diese Frage kam mit doppelter Wucht zurück. Wenn sie keinen Bruder haben wollte, warum wollte sie dann, dass ausgerechnet er sich um ihre Tochter kümmerte? Weil sie die gleichen Gene hatten? Das allein konnte doch nicht der Grund sein. Martin schaute sich um. Vieles hatte sich verändert; Zelte waren durch kleine Häuschen ersetzt worden, und Küche und Speisesaal befanden sich jetzt in einem neuen, imposanten Pavillon gegenüber dem Gemeinschaftsraum.

Er schloss die Augen und versuchte, sich an diese zwei Wochen zu erinnern.

Damals hatten sie kaum miteinander gesprochen. Joanna mied ihn, und wenn er mit einer Frage kam, wimmelte sie ihn sofort ab. Doch er störte sich nicht weiter daran, denn er hatte seine Freunde und eine Menge anderer Attraktionen, aber jetzt kam ihm das alles irgendwie seltsam vor. Er trat gegen einen Haufen brauner Blätter, unter denen eine verwirrte Spinne hervorlief. Die Luft roch nach Rauch, genauso wie damals, als sie um das

Lagerfeuer saßen und gebackene Kartoffeln aßen. Er wollte sich sogar neben Joanna setzen, aber sie schüttelte nur böse den Kopf und verzog das Gesicht. Trotzdem ging er kurz zu ihr hin und sagte, dass er alles den Eltern erzählen würde, sobald sie zu Hause waren.

„Daran zweifle ich nicht", sagte sie und musterte ihn mit kaltem Blick. „Ich zweifle auch nicht daran, dass du etwas hinzudichtest, damit es dramatischer wirkt und ich mehr Ärger bekomme. Kleine Ratte."

Er zuckte mit den Schultern und streckte ihr die Zunge raus. Schließlich hatte sie ja angefangen. Ob er wirklich zu Hause davon erzählte, wusste er nicht mehr, aber ein paar Wochen später spielte das sowieso keine Rolle mehr, denn kurz daraufhin war ihr Vater gestorben.

An den dummen Folgen einer Grippe.

Bald darauf begannen Joanna und er, einander kaum noch wahrzunehmen, obwohl er manchmal noch versuchte, zu ihr durchzudringen. Ohne Erfolg. Seine Schwester hatte sich völlig abgeschottet, sowohl von ihm als auch von ihrer Mutter. Alles schien normal, aber das waren nur Fassaden. Joanna erinnerte ihn an einen Roboter, der alle Aufgaben ohne eine Miene zu verziehen erledigte, ohne Lächeln, ohne Anzeichen von Ärger oder Unmut. Sie tat, was sie tun musste, und zog sich dann in ihr Zimmer zurück, wo sie in der Stille verharrte. Sie wurde illusorisch, verlor ihre Konturen, und das, was sie erfüllte, hatte nichts mehr mit der früheren Joanna gemein. Martin konnte diese Veränderung nicht verstehen und begreifte auch nicht, warum die Mutter nichts davon bemerkte und so selten mit Joanna sprach.

Es war schon spät geworden. Der Wind begann sein abendliches Spiel mit den Ästen, und die Blätter wirbelten im Takt einer unhörbaren Melodie. Martin versuchte noch, die Stelle zu finden, an der Joannas Zelt gestanden hatte, doch die neuen Häuschen erschwerten die Orientierung.

„Ich bin ein Einzelkind", hörte er die Worte wieder in seinem Kopf und presste nur die Zähne zusammen, kletterte über den Zaun, stieg in sein Auto und schaltete das Radio ein.

„Auch wenn bis Silvester noch einige Zeit bleibt, ist es jetzt schon an der Zeit, mit den Vorbereitungen zu beginnen. Der Herbst ist der perfekte Zeitpunkt für ein umfassendes Regenerationsprogramm. Je früher wir anfangen, desto besser wird das Ergebnis“, sagte die Sprecherin, und Martin nickte.

„Gut“, stimmte er ihr zu. „So soll es sein.“

„Planst du, ein Kleid zu tragen, das Schultern, Rücken und Beine entblößt? Dann musst du auf deinen Körper achten. Im Herbst und Winter ist deine Haut oft trocken und blass. Die ideale Lösung für diese Probleme ist das Sprühbräunen.“

„Doch, ich werde kein Kleid anziehen. Und auf keinen Fall eines, das meine Schultern, meinen Rücken und meine Beine zeigt.“ Martin trommelte mit den Fingern auf das Lenkrad und schaltete das Radio aus.

Der November dieses Jahres war recht ungewöhnlich. Es schien, als hätte er vergessen, dass er der hässlichste Monat von den zwölften war, und versuchte sich von einer etwas besseren

Seite zu zeigen. Mild, leicht windig, und die Bäume hatten noch immer Laub, obwohl die meisten ihre gelb-roten Farben abgelegt hatten und nun vorwiegend in Brauntönen erschienen. Sie raschelten verführerisch und einladend.

Doch Martin war gegen diese Verlockungen immun. Er war gerade zu dem Schluss gekommen, dass Isolation manchmal der beste Weg ist. Sie hilft, bedeutungsvolle Gedanken von denen zu trennen, die nur Verwirrung stiften. Er hasste es, wenn jemand die Oberhand über ihn gewann, ihn kontrollierte, quälte und nicht locker ließ. Und genauso arbeitete seine Psyche seit einigen Monaten, indem sie Erinnerungen freisetzte, die Martin nicht zu beherrschen vermochte.

„Filtrierung. Es kann doch nicht sein, dass ich das Steuer nicht übernehmen kann. Es ist schließlich mein Kopf", sagte er zu sich selbst und übte sich weiterhin entschlossen darin, Gedanken zu trennen.

Er beschloss, niemandem von Joannas Willen zu erzählen. Weder seiner Mutter noch Katharina. Er beschloss auch, nicht mehr an seine

Schwester zu denken und sich nicht mehr in die Vergangenheit zurückzuversetzen. Und er entschied, das blaue Notizbuch nicht noch einmal zur Hand zu nehmen, nicht mehr über Geschwister, Konkurrenz, Schuld und Bedauern zu lesen. Schlechte Gedanken zerstören die innere Harmonie, und er wollte sie unbedingt wiederfinden.

„Mama, ich habe den Meerrettich gekauft, wie du wolltest, aber ich verstehe wirklich nicht, wofür du so viel brauchst."

„Ich mache ein Elixier."

Er nickte anerkennend, auch wenn er nicht im Geringsten verstand, wozu sie ein Meerrettichelixier brauchte.

„Das ist für die Stärkung, der Abwehrkräfte. Und generell gegen den Herbst- und Winterblues", erklärte die Mutter.

Dann wollte sie etwas über Joanna sagen, Martin bemerkte das sofort, also kam er ihr rasch zuvor.

„Wirklich? Gibst du mir das Rezept? Diktiere es mir, ich schreibe es gleich auf."

„Den Meerrettich schälen und fein reiben, dann mit Wein übergießen, drei Tage an einem dunklen Ort stehen lassen und einmal täglich schütteln. Danach die Mixtur durch ein Leinentuch sieben und mit Honig süßen. Drei Wochen lang, dreimal täglich etwa eine halbe Stunde nach dem Essen einnehmen.“

Genau darin lag die Kontrolle über seine Gefühle. Martin konzentrierte sich auf den Meerrettich und lenkte damit die Gedanken an Joanna ab. Und die Mutter vergaß glücklicherweise, was sie zuvor hatte sagen wollen.

In gewisser Weise kehrte seine Welt in die Normalität zurück, wenn auch nur unter dem wachsamen Auge seines starken Willens. Diese Herangehensweise musste Martin früher oder später in eine Sackgasse führen, doch das wusste er noch nicht. Der Alltag nahm oberflächliche Züge an, all seine Handlungen waren nur leicht angedeutet, wie als würde er befürchten, dass jede tiefere Auseinandersetzung mit dem, was er tat oder sagte, erneut ungebetene Gedanken hervorrufen würde. Dann würde er weiter graben müssen, tiefer und dort lauerten Schuldgefühle. Wenn er Kinder sah, wandte er den Blick ab; wenn Facebook ihm Videos von Vätern und Kindern zeigte, schaltete er sie sofort aus; und wenn jemand in seiner Gegenwart Geschwister erwähnte, hörte er auf zuzuhören. Mit Katharina sprach er hauptsächlich über sie, darüber, was sie mochte, wovon sie träumte und warum sie so gerne nach Finnland reisen wollte.

„Um einmal im Leben eine Schlittenfahrt mit Rentieren zu machen", antwortete sie, und einen Moment lang fragte er sich, ob Finnland auch zu Skandinavien gehörte. So wie … Dänemark.

„Nein", sagte Katharina und lächelte, und Martin wurde klar, dass er die Frage laut gestellt hatte. „Skandinavien umfasst nur Schweden, Norwegen und Dänemark, aber kulturell und historisch kann man auch Finnland dazuzählen. Es sind nordische Länder", fügte sie hinzu.

Martin wechselte blitzschnell das Thema.

Die Trennung unerwünschter Gedanken war nicht einfach, aber er wurde immer besser darin. Es erforderte jedoch ständige

Selbstkontrolle und die Sorge, ob er sich tatsächlich an seine Vorsätze hielt. Mit der Zeit wurde Martin nervös, weil ihn diese Selbstdisziplin extrem erschöpfte. Er wurde ein Sklave seiner eigenen Erinnerungen, die ein Katz-und-Maus-Spiel mit ihm trieben. Einerseits versuchte er, Gedanken an Joanna und ihre Tochter abzuwehren, andererseits kehrten sie immer wieder zu ihm zurück. Selbst wenn er schnell reagierte und diese unerwünschten Erinnerungen mit anderen überschattete, konnte er sich nicht vollständig von den ersten befreien. Bis ihn schließlich alles an seine Schwester erinnerte.

So wie gestern beim Friseur.

Er saß auf dem Stuhl, starrte in den Spiegel und sah sich selbst, als er sechs Jahre alt war. Damals hatte er Joanna gebeten, ihm die Haare zu schneiden.

„Bist du sicher, dass ich das tun soll? Ich möchte nicht, dass du vor Verzweiflung stirbst", antwortete sie ironisch.

Dann nahm sie Vaters Haarschneider, legte ihm ein Handtuch über die Schultern und machte sich an die Arbeit. Sie scherte ihn ruhig, gleichmäßig und präzise. Die weichen Haare fielen zu Boden, und Martin betrachtete mit Erstaunen sein neues Spiegelbild. Plötzlich kam ihm vor, er sei älter, fast erwachsen und würde gleich anfangen, sich mit Mädchen zu verabreden.

Das sagte er auch Joanna.

„Du bist erst sechs und siehst eher wie ein Teddybär als wie ein Mann aus", belehrte ihn Joanna und schüttelte die Haarreste auf den Boden. „Gefällt's dir?"

Er nickte, doch als die Mutter ihn sah, schlug sie die Hände über dem Kopf zusammen und beklagte sich, dass er wie ein gerupftes Küken aussehe. Er jedoch verzog nur den Mund und zeigte auf Joanna.

„Sie war's. Das war ihre Idee", jammerte er.

Jetzt fühlte er sich ein wenig dumm. Er hatte seine ältere Schwester damals wirklich reingelegt, und sie konnte ja nichts dafür. Sie hatte nur das getan, worum er sie gebeten hatte.

Er verzog das Gesicht.

„Wie schneiden wir?“, fragte die Friseurin.

„Mit der Maschine auf Acht“, sagte er schnell.

„Das wird kurz, wissen Sie das?“

„Ja“, nickte er.

Am Nachmittag schaute er im Sandwichladen vorbei.

„Gibt’s was Neues?“

„Birne und Blauschimmelkäse.“

„Frische Birne?“, wunderte er sich.

„Nein, in Essig eingelegt. Selbst gemacht.“

„Dass Sie sich das antun.“ Er schüttelte den Kopf.

Sie zuckte mit den Schultern.

„In letzter Zeit habe ich etwas mehr Zeit, also fülle ich sie mit Dingen, die ich gern tue und gut kann.“

Er hatte Lust sie noch etwas zu fragen, aber Anna sah ihn an, als würde sie das Gespräch abrupt beenden. Sie schien weiteren Fragen aus dem Weg gehen zu wollen, die womöglich zu persönlichen Offenbarungen führen könnten. Er verstand sie nur zu gut. Der Mensch braucht Zeit, bis er sich öffnet und seinen Kummer herausfließen lässt. Bis er ihn frei in die Abwasserbrunnen lässt und anfängt wieder nochmal zu leben.

Also bestellte er sein Sandwich und aß schweigend, doch dann biss er die Zähne zusammen, als er plötzlich ein Mädchen mit Schlittschuhen in der Hand auf der Straße sah. Wieder kamen die Erinnerungen zurück, obwohl er alles tat, um sie zu vertreiben.

„Großartig", murmelte er. „Macht mit mir, was ihr wollt; offenbar bin ich zu dumm, um euch zu beherrschen."

Diesmal gehorchten sie ihm und ließen sofort eine Erinnerung an Joanna aufblitzen, wie sie Pirouetten drehte, während er versuchte, auf dem Eis die Balance zu halten und seine ersten Schritte zu machen.

„Wie machst du das, dass dir die Beine nicht wegrutschen?", stöhnte er, rot vor Angst, Anstrengung und Aufregung.

Da nahm sie ihn an der Hand, und gemeinsam fuhren sie Runde um Runde auf dem Eis, bis er endlich begriff, wie man Schlittschuh läuft, und sich sogar traute, allein über das Eis zu gleiten.

„Ich bin der König des Eises", verkündete er nach einer Stunde, und Joanna klopfte sich an die Stirn.

„Der müde und geschwächte Körper im Winter braucht Unterstützung. Verzichte eine Weile auf Kaffee, starken Tee und greif zu Kräutertees oder Früchtetees, zum Beispiel mit getrockneten Himbeeren oder Hagebutten, die beruhigend wirken und den Herzmuskel besser mit Sauerstoff versorgen. "

Martin schaltete das Radio aus und bereitet sich trotzig einen weiteren Espresso zu. Er kümmerte sich nicht wirklich um den Sauerstoffgehalt seines Herzmuskels, und auch die eigentlich unterstützende Wirkung von Himbeeren war ihm egal. In letzter Zeit war ihm sowieso alles gleichgültig. Alles, außer Katharina.

Er dachte nach.

Liebe ist oft das Zusammentreffen zweier Einsamkeiten. Sie begegnet auch denjenigen, die seit Jahren in Beziehungen leben. Als er Katharina kennenlernte, wurde ihm klar, wie einsam er eigentlich war. Er spürte, dass ihm jemand fehlte, jemand, der einfach nur da ist und für den es sich lohnt, eine zweite Tasse Kaffee aus dem Schrank zu holen. Er hatte sich Hals über Kopf in sie verliebt, wie noch nie zuvor in seinem Leben.

Auch wenn er noch ein bisschen auf sie warten musste.

Das Jahr neigte sich dem Ende zu, und Martin wusste, dass er bald eine Entscheidung treffen musste. Eigentlich war er schon auf eine Absage eingestellt, aber irgendetwas hielt ihn noch zurück.

Er zog das Telefon heraus und wählte die Nummer, während er auf einem großen Platz voller Weihnachtsbäume stand.

„Mama, brauchst du etwas? Ich schaue gerade nach Bäumen.“

„Bist du im Wald?“ fragte seine Mutter erstaunt.

„Nein, ich meine Weihnachtsbäume.“

„Aber ist das nicht zu früh?“

„Ich weiß nicht, vielleicht kaufe ich einen und wir stellen ihn auf den Balkon. Jetzt ist die Auswahl größer“, murmelte er ein wenig unsinnig.

„In Ordnung“, stimmte sie zu. „Im Keller müsste ein alter, brauner Koffer sein. Da sind Christbaumdekorationen drin. Du kannst ihn gleich schmücken.“

„Die Kugeln sind in den Kartons auf den Regalen, ich weiß es, weil ich sie selbst dorthin gestellt habe.“

„Aber ich rede von den Dekorationen, die ihr selbst gebastelt habt. Du und Joanna...“

Martin schluckte. Seine Mutter hatte diese selten an den Baum gehängt. Sie mochte lieber ihre silbernen und goldenen Zapfenkugeln und das Lametta in Silber, dazu winzige Lichter in warmem Weiß.

Er hätte nie gedacht, dass etwas von den selbstgebastelten Ketten und mit Folie umwickelten Bonbons, und den gold bemalten Nüssen übrig geblieben war. Einmal hatte Martin sogar eine ganze Armee kleiner Schneemänner aus Tischtennisbällen und einige kleine Igel aus Papier und Streichhölzern gebastelt. Sie waren nicht besonders schön, hatten jedoch einen Ehrenplatz am Baum gefunden. Joanna hatte damals eine Styroporkugel mit winzigen Perlen beklebt. Das war sehr aufwendig, und Martin kam immer wieder, um zu sehen, wie es voranging.

„Jede einzelne Perle musst du einzeln anbringen?" fragte er fasziniert.

Sie nickte nur.

„Ich habe schon acht Schneemänner gemacht."

„Dann geh weiter Schneemänner machen. Ich erschaffe hier etwas Größeres. Dafür braucht man Talent und Geduld", erklärte sie ihm.

Natürlich lief er sofort zu den Eltern und beklagte sich, dass Joanna meinte, er hätte weder Talent noch Geduld. Doch sie beruhigten ihn rasch und bald war eine Armee kleiner Schneemänner und Igel auf den Zweigen des Weihnachtsbaums zu finden.

Und Joannas Kugel?

Martin konnte sich nicht mehr erinnern, wo sie gehangen hatte. Vielleicht weiter oben, damit jeder sie gleich sehen konnte? Sie war wirklich schön. Jetzt lag sie im Koffer, in weiches Papier gewickelt, doch sie funkelte noch immer so wie damals, vor über zwanzig Jahren. Grün, Gold, Silber, Rot, Rosa, Blau und Orange schimmerten die Perlen, und sie bildeten kleine Landschaften – eine Nacht mit Mond auf der einen Seite, ein goldenes Feld mit einer großen Sonne auf der anderen.

Er erinnerte sich daran überhaupt nicht. Er berührte die farbige Kugel und fühlte zum ersten Mal seit Langem, wie sehr er seine ältere Schwester vermisste. Ihre ironischen Bemerkungen, ihren Skeptizismus und sogar ihren Ärger, wenn er ohne Klopfen ihr Zimmer betrat, sich auf ihr Bett setzte und ihre Aufmerksamkeit einforderte.

„Geh weg“, sagte sie, aber er schüttelte nur den Kopf.

„Spiel mit mir.“

„Nein, ich will nicht.“

„Weißt du, dass Tommy mir den Bagger weggenommen hat?"

Joanna seufzte schwer.

„Das interessiert mich überhaupt nicht."

„Er hat ihn mir weggenommen und gesagt, ich stinke."

„Vielleicht hat er recht?"

Martin schniefte leise vor sich hin, Joanna brachte ihn zur Tür, aber zwei Tage später gab Thomas den Bagger plötzlich zurück und entschuldigte sich sogar. Damals dachte er, dass seine Eltern die Sache geregelt hatten; heute wusste er, dass es Joanna gewesen war. Denn nur ihr hatte er das erzählt.

Schade, dass nur diese Kugel geblieben ist. Joanna hatte so schöne Ketten und dreidimensionale Sterne aus Papier gemacht. Sie konnte sogar einen Engel aus Wolle zaubern, und es war schon merkwürdig, dass keines dieser Dinge überlebt hatte. Seine Schneemänner und Igel lagen noch im alten Koffer, aber die meisten waren beschädigt. Er fragte sich, ob Else auch Weihnachtsdekorationen selbst bastelte, ob Joanna ihr ein Foto von ihm gezeigt hatte, ihr etwas von ihrem jüngeren Bruder erzählt und vielleicht erwähnt hatte, dass er ganz in Ordnung sei?

Seine Mutter trat in das Zimmer und schaute Martin über die Schulter.

„Soll ich zu Weihnachten Kompott aus Trockenobst machen?", fragte sie. „Deine Schneemänner sind wirklich hübsch, so niedlich. Schau, einige haben sogar noch Augen." Sie lächelte und nahm einen Schneemann in die Hand.

Martin reichte ihr Joannas Kugel.

„Ich erinnere mich gar nicht mehr, woher wir die haben. Hübsch. Wir können sie dieses Jahr aufhängen", sagte die Mutter und fragte noch einmal:

„Was ist also mit dem Kompott?"

Martin verließ früh am Morgen das Haus. Er wollte Katharina anrufen, hielt sich jedoch zurück. Sie schlief wahrscheinlich noch.

Morgen ist Heiligabend. Wie immer wird er ihn mit seiner Mutter verbringen, doch dieses Mal wird es anders sein. Joannas Abwesenheit wird spürbarer sein als sonst, obwohl sie das letzte Mal vor vielen Jahren gemeinsam am Weihnachtstisch saßen. Es wird keinen Brief von Joanna geben, in dem sie die ganzen Festtagsgerichte, Pasteten, Fleischsorten und Saucen beschreibt. Plötzlich erschien ihm all das nicht mehr langweilig oder albern.

Er wird sich auch Gedanken über Else machen müssen. Darüber, wie er mit ihr sprechen soll, wie er zu ihr durchdringen kann. Wie er ihr erklären soll, dass sie zwar eine Familie sind, er jedoch keine Ahnung von Kindererziehung hat. Deshalb wird er es nicht wagen. Er konnte immer noch nicht begreifen, wie Joanna auf eine solche Idee kommen konnte. Sie hatte entschieden, ihr eigenes Kind dem Bruder anzuvertrauen, mit dem sie seit Jahren kaum sprach und den sie oft wie ein notwendiges Übel behandelte? Dabei war sie doch immer verantwortungsbewusst, strukturiert, konkret gewesen. Und er war das Gegenteil davon. Zumindest hatte er das immer so empfunden.

Verantwortung.

Sollte er sich nur aus diesem Grund um Else kümmern? Weil er erwachsen ist und damit automatisch als Vormund geeignet? Schweren Herzens wird er vor Gericht argumentieren müssen, dass er nicht in der Lage ist, für dieses Kind zu sorgen. Er ist alleinstehend (hat noch dazu eine Affäre mit einer verheirateten Frau), er plante nie, Kinder zu haben, lebt ein unregelmäßiges Leben und ist oft unterwegs. Das Einzige, was ihn mit seiner Schwester verbindet, ist das gemeinsame Blut. Vielleicht sollte er auch erwähnen, dass er gerne Fische malt und sie auf Reispapier abdrückt. Sicher werden sie denken, er sei etwas labil, vielleicht sogar gefährlich.

„Alles hat sich irgendwie schrecklich verkompliziert," sagte er zu sich selbst. Sein Blick fiel auf das blaue Notizbuch, das auf dem Tisch lag. Er nahm es in die Hand, verließ das Haus, stieg ins Auto und fuhr zu einem nahegelegenen See.

Er wollte Abstand von den Menschen gewinnen. Keine Leute auf der Straße, kein Rauschen, keine Geräusche der Stadt.

Er parkte auf einem Waldparkplatz, zog die Mütze über die Ohren, steckte die Hände in die Hosentaschen und ging in Richtung See, zu einem kleinen Strand, der um diese Jahreszeit glücklicherweise menschenleer war.

Er bemerkte eine Bank. Sie war ihm zuvor noch nie aufgefallen, oder er hatte ihr keine Beachtung geschenkt. Eine schwarze, metallene, etwas abgenutzte Bank mit seltsam gebogenem Rücken. Als er sich darauf setzte, fühlte sie sich überraschend bequem und angenehm warm an, so als wäre sie nicht aus Metall. Er streckte die Beine aus und starrte auf den stillen See. Es war ruhig, noch ein wenig dunkel, doch der Himmel legte langsam sein nächtliches, dunkelblaues Gewand ab und zog sich unauffällig einen grauen Mantel an, von dem die ersten Schneeflocken herabrieselten.

Eine von ihnen blieb für einen Moment am Rand der Bank hängen.

Martin lächelte.

Ob Kristalle flach, sternförmig, nadelförmig oder prismatisch wachsen, hängt von der Temperatur und der Luftfeuchtigkeit ab und steht im Zusammenhang mit schwachen Wasserstoffbindungen, erinnerte er sich aus der Physik.

Er schloss die Augen.

Als Kinder waren sie oft hierhergekommen – er sprang am liebsten direkt vom Steg ins Wasser, während Joanna sich vorsichtig hineinglitt, um ihren Körper langsam abzukühlen. Genauso, wie sie es beim Schwimmunterricht gelernt hatte.

Mama packte immer belegte Brote, Frikadellen, Tomaten und Äpfel in den Korb, und Papa nahm eine Angel mit, was völlig sinnlos war, denn selbst wenn er einen stillen Platz im Gebüsch fand, hatte er keine Chance, in diesem Trubel auch nur einen Fisch zu fangen. Aber wahrscheinlich ging es ihm gar nicht darum. Er behauptete, dass ihn Sonnenbaden ermüdete und das Sitzen mit der Angel ihn beruhigte.

„Doch nie, niemals hat er auch nur einen Fisch gefangen. Zumindest kann ich mich nicht daran erinnern.“

Martin zuckte zusammen, öffnete die Augen und blickte ans andere Ende der Bank.

Joanna.

Seine Schwester mit offenen Haaren, die bis zu den Schultern reichten, in einem roten

Pullover, grauen Wollhosen und Fausthandschuhen, wie sie sie als Kinder getragen hatten – dunkelrot mit weißen Sternen.

„Wir haben eine Stunde", sagte sie leise und sah Martin an.

Sie hatten blaue Augen und ähnliche Sommersprossen auf der Nase, die jetzt im Winter kaum sichtbar waren. Sie hatten auch eine ähnliche Lippenform und einen leicht hervorstehenden Unterkiefer. Und das Muttermal an der gleichen Stelle, neben dem linken Ohr. Wie hatte er je denken können, dass sie nichts verband?

Martin zog das blaue Notizbuch unter seiner Jacke hervor, und Joanna hob die Augenbrauen.

„Du hast es gefunden," sagte sie nur.

„Wusstest du, dass du über die Jacksons geschrieben hast? Wie alt warst du da? Zehn? Zwölf?"

Sie zuckte mit den Schultern.

„Keine Ahnung. Ich erinnere mich nicht daran, sie erwähnt zu haben."

„Dann lese ich es dir vor," sagte Martin und schlug das Notizbuch auf. „„Die Geschichte der Familie Jackson zeigt, dass ein Bruder oder eine Schwester manchmal auch der größte Feind sein kann. La Toya konnte es schon als kleines Mädchen nicht ertragen, dass sie nicht so berühmt war wie ihre Brüder. Sie war eifersüchtig, frustriert und schwor sich oft, dass sie sie irgendwann übertreffen würde. In Joseph Jacksons Gruppe war jedoch kein Platz für Mädchen.""

Joanna lachte.

„Tatsächlich hatte ich damals wohl ein umfassendes Wissen über sie."

„Jo, was ist eigentlich zwischen uns passiert? Ich war doch in nichts besser als du. Ich war nur der jüngere Bruder, der dir immer im Weg war. Hast du dich minderwertig gefühlt? Ist das meine Schuld?"

Seine Schwester sah ihm direkt in die Augen.

„Wahrscheinlich wirst du es abstreiten, aber unsere Eltern haben dich immer mehr geliebt."

„Unmög…“ Er schüttelte den Kopf, doch er beendete den Satz nicht, weil Joanna die Hände hob.

„Ich wusste, dass du mir nicht zustimmen würdest. Und das ich sage dir, weil ich selbst diese Gedanken lange Zeit nicht zugelassen habe. Aber genauso war es. Du wurdest als Frühchen geboren, fast zwei Monate zu früh. Mama hätte dich beinahe verloren, und als sich herausstellte, dass du es doch schaffst, betrachtete sie es als Zeichen des Himmels, als das schönste Geschenk der Welt. Ich habe mich sehr darüber gefreut, dass ich einen kleinen Bruder bekommen würde. Ich dachte, du würdest wie eine lebendige Puppe für mich sein und für immer ganz mein.“

Martin schloss die Augen.

„Aber das hielt nicht lange an, oder?“

Joanna nickte.

Ihr wurde bald klar, dass Martin ihr alles genommen hatte, auch wenn es nicht beabsichtigt war. Mama kümmerte sich nur noch um ihn, und Papa betonte ständig, was für ein begabtes Kind er habe. Ein Kind, keine Kinder. Auf Familienfeiern wurde der Name seines Bruders in allen möglichen Formen genannt. Danach hieß es nur: „Und dann ist da noch Joanna." Das war alles. Mehr hatten sie nicht über sie zu sagen.

Martin biss sich auf die Unterlippe.

„War ich… war ich gemein?"

„Das warst du," bestätigte Joanna. „Als dir klar wurde, dass du in der Konkurrenz um das ‚bessere Kind' gewinnst, hast du es ausgenutzt. Du hast mich verpetzt, dich beschwert und gelogen, wenn ich etwas nicht für dich tun wollte."

Martin verbarg sein Gesicht in den Händen.

„Ich erinnere mich nicht," flüsterte er.

„Erinnerst du dich an den Quetschball?"

Klar. Ein so einfaches Spielzeug, dass es fast schon genial war. Ein gewöhnlicher Ballon, gefüllt mit Mehl, mit einem aufgemalten Gesicht und Wollhaaren. Man konnte ihn in alle möglichen Richtungen ziehen und kneten. Es war nichts Besonderes an diesem Spielzeug, und doch wollte jedes Kind einen haben. Joanna und Martin auch, nur dass er unbedingt wissen wollte, was sich im Inneren befand und ihn daher vorsichtig mit einer Schere anschnitt. Als das Mehl begann herauszustreuen, erkannte er, dass er ihn wohl kaputtgemacht hatte.

„Gib mir deinen," sagte er zu Joanna und versprach, dafür ihr Zimmer aufzuräumen.

„Bei mir ist immer Ordnung," antwortete sie stolz und empfahl ihm, das Loch mit Klebeband zuzukleben.

„Hilfst du mir?" fragte er, und als sie ihm half, rannte er zu den Eltern und jammerte, dass Joanna seinen Quetschball zerstört hat und ihn jetzt mit Klebeband klebte um es zu vertuschen. Noch am selben Tag bekam er nicht nur Joannas Spielzeug, sondern auch noch einen neuen Quetschball, und Joanna durfte zur Strafe eine Woche lang kein Fernsehen schauen.

„Ja, jetzt erinnere ich mich an alles, ich habe ihn tatsächlich mit der Schere aufgeschnitten und unseren Eltern gesagt, dass du es warst" flüsterte Martin.

Joanna nickte.

„Aber wenn ich mich recht erinnere, hast du dich dafür gerächt, indem du mein Tetris kaputtgemacht hast. Ich hatte es auf so einer tragbaren Konsole und liebte es über alles."

„Ich habe es nicht kaputtgemacht. Ich habe einfach nur die Batterien herausgenommen, und du hast es nicht bemerkt. Doch ein paar Monate später bekamst du einen Transformer, und ich durfte ihn nicht einmal für einen kurzen Moment in die Hand nehmen."

Martin rümpfte die Nase.

„Ja, da war so eine Episode."

Er rieb sich nervös die Hände und sah seine Schwester unsicher an.

„Joanna, ich kenne Else nicht," sagte er plötzlich.

„Ich weiß", nickte sie. „Aber ich bin mir sicher, dass du das schaffen wirst. Und dass du gut für sie sorgen wirst."

„Warum bist du nie nach Polen gekommen? Warum habe ich deine Tochter nie kennengelernt?"

Joanna zog ihre Handschuhe aus und legte sie auf die Bank. Sie hatte hübsche, zarte Hände.

„Weißt du das wirklich nicht?“ Sie sah ihn traurig an.

„Sag es mir einfach.“

Joanna hob den Kopf und blickte zum Himmel empor, der in blaugrauen Farben immer mehr Schneeflocken herabrieseln ließ. Einige von ihnen blieben in Joannas Haaren hängen und bildeten so etwas wie einen winterlichen Kranz.

Martin sah sie erwartungsvoll an.

„Ich erinnere mich die ganze Zeit an das, was Mama mir kurz nach Papas Tod gesagt hat. Ab diesem Moment wusste ich, dass ich, sobald ich die Chance hatte von hier zu verschwinden, würde ich wieder niemals zurückkommen.“

„Jo, was ist passiert?“

„Papa ist wegen mir gestorben.“

Martin schwieg einen Moment. Er wusste nicht, wie er reagieren sollte. Was Joanna da sagte, war reiner Unsinn.

„Was? Papa ist doch an einem heftigen Luftröhrenkrampf nach der Antibiotikagabe gestorben.“

„Ja, ich weiß,“ nickte Joanna. „Aber Mama hat mir am Tag seiner Beerdigung an den Kopf geworfen, dass es meine Schuld war. Weil er losgezogen ist, um mich zu suchen, sich dabei erkältet hat und dann diese verdammte Grippe bekam.“

Damals war Martin neun Jahre alt, Joanna vierzehn. Und obwohl sie für ihr Alter recht reif war, verstand sie noch nicht alles, was um sie herum geschah, war mit Bewunderung und Zuneigung für ihren kleinen Bruder belastet.

Als Vater krank wurde und dann wegen ihr starb, fühlte sie, dass sie wie Nini sein wollte, das unsichtbare Mädchen aus dem Moomins Bücher. Nini trug immer eine kleine Glocke um den Hals, damit man immer wusste, wo sie sich aufhielt. Wenn sie sich sicher fühlte, wurden ihre Konturen sichtbar – eine Schleife auf dem Kopf, sogar ihr Gesicht. Doch als der Mumin fragte: „Wer ist das denn?“, verschwand das Mädchen wieder, so sehr fühlte sie sich verletzt. Ähnlich erging es Joanna.

Ja, sie war damals zu einer Freundin gegangen und hatte die Zeit vergessen, aber das war, weil es regnete. Martin hatte sich zuletzt darüber ausgelassen, dass der Geruch von Regen nichts anderes sei als eine Mischung aus chemischen Substanzen, Bakterien und Mikroorganismen, Pflanzenölen und... Verunreinigungen. Für einen Neunjährigen wusste er ziemlich viel, das musste sie zugeben. Also stand sie am Haus ihrer Freundin und versuchte, den Regen zu riechen, um zu verstehen, was ihr Bruder meinte, und verlor dabei völlig das Zeitgefühl, obwohl sie versprochen hatte, vor neunzehn Uhr zurückzukommen.

Ihr Vater ging sie suchen, und ein paar Tage später lag er bereits mit Fieber, Schüttelfrost, einem erschöpfenden Husten und schrecklichen Schmerzen im ganzen Körper im Bett. Als er kurz davor war, das Bewusstsein zu verlieren, brachte die Mutter ihn ins Krankenhaus. Dort gab man ihm ein Antibiotikum, nach dem es ihm jedoch nur noch schlechter ging. Er starb ein paar Stunden später.

„Du hast ihn umgebracht", sagte die Mutter zu Joanna.

Katharina erinnerte Martin ein wenig an Joanna, auch wenn er das anfangs selbst nicht zugeben wollte. Seine Schwester erschien ihm oft kühl und unnahbar, obwohl sie in Wirklichkeit sehr empfindsam war und eine feine Art besaß, die er als Passivität wahrnahm. Schade, dass ihm das erst so spät bewusst wurde.

„Wie ist sie denn, deine Katharina?" fragte Joanna nun.

„Ruhig. Ich mag an ihr, dass es mir reicht, wenn sie einfach nur anwesend ist. Wenn wir zusammen sind, fühle ich mich sicher. Weißt du, so wie damals, als wir allein zu Hause waren, es stürmte, und du in mein Zimmer kamst und mir Märchen vorgelesen hast. Und dann haben wir aus Stühlen und Decken eine kleine Höhle gebaut, in der wir uns vor dem Gewitter versteckten. Wie alt war ich da?"

„Drei, vielleicht vier", antwortete Joanna.

„Oder als der gelbe Hund der Nachbarn auf mich zusprang und mir das Brötchen entreißen wollte."

Joanna lachte.

Martin hatte als Kind fast ständig etwas zu essen in der Hand. Wenn sie nach draußen gingen, nahm er immer ein belegtes Brot, einen Apfel oder ein Stück Kuchen mit. Der Hund der Nachbarn, gelb mit einem braunen Fleck ums Auge, musste auch ständig etwas fressen und am liebsten das, was die Menschen aßen.

„Stimmt, er war wirklich gelb", erinnerte sich Joanna. Nicht sandfarben, beige oder cremefarben, sondern gelb wie die Löwenzahn im Frühling. So einen Hund hatten sie nie wieder gesehen. Als Marin damals in den Hof ging und sich gerade ans Essen seines Leberwurstbrötchens machte, stand der Hund plötzlich, Auge zu Auge, direkt vor ihm und riss das Maul auf. Er erstarrte vor Schreck, doch dann kam Joanna herbei und flüsterte dem Tier irgendetwas ins Ohr.

„Was hast du diesem Hund eigentlich gesagt?"

„Dass du mein kleiner Bruder bist und er dich nicht erschrecken darf. Ich habe ihm außerdem versprochen, dass ich ihm gleich ein eigenes Brötchen bringe."

„Und er hat dich verstanden?“

„Offenbar schon, denn er ging weg, setzte sich neben den Sandkasten und wartete, erinnerst du dich?“

Martin nickte. Joanna war damals hochgegangen, schmierte ein Brötchen mit Leberwurst und gab es dem Hund, der sich seitdem jedes Mal am meisten freute, wenn er sie sah.

„Du hast mich gerettet.“

„Und du hast unseren Eltern später erzählt, dass ich fremde Hunde mit unserer Leberwurst füttere.“

Martin duckte sich auf der Bank.

„Hast du deswegen Ärger bekommen?“

„Ich bekam eine Standpauke, dass Kinder in Äthiopien hungern und ich mit Essen spiele.“

„Ich war ein echter Idiot. So ein nerviger kleiner Bruder, der ständig alles über dich petzte, obwohl du mich immer aus der Patsche geholt hast.“

Joanna schwieg für einen Moment.

„Irgendwann hatte ich darauf keine Lust mehr", sagte sie nach einer Weile. „Ich wollte, dass du irgendwohin gehst, in ein Internat für Hochbegabte. Vielleicht hätten sie mich dann wieder beachtet. Jede Wut, die mir geholfen hätte, mich für mich selbst stark zu machen, kehrte ich gegen mich selbst. Sie schlug in mich mit doppelter Kraft ein. Irgendwann, glaube ich, mochte ich dich nicht mehr wirklich." Sie sah ihn unsicher an.

„Ich kann es dir nicht verdenken", sagte Martin und rieb sich die Nase. „Aber auf die Beerdigung hätte ich kommen können."

„Soll ich die was sagen? Aber sag es nicht Mama, sie würde es wohl nicht verstehen."

„Ich hab jetzt schon Angst."

„In Dänemark wird seit ein paar Jahren die Wärme aus Krematorien in das städtische Heiznetz eingespeist, um Wohnungen zu beheizen. Damit die Energie aus der Verbrennung nicht verloren geht, sondern sinnvoll genutzt wird. Die Dänen finden das sehr ökonomisch, denn so können sie auf teure Abgasanlagen verzichten."

„Jesus, Joanna, willst du mir sagen, dass du nach deinem Tod irgendeine Wohnung beheizt hast?“

„Ich denke, nicht nur eine.“

„Das ist eine Groteske. Ich bin schockiert. Und du kannst sicher sein, dass ich das Mama nie erzählen werde.“

Joanna kicherte.

„Ist dir kalt?“ fragte sie.

„Ich weiß nicht. Ich spüre nichts. Ich denke die ganze Zeit daran, wie du durchs städtische Heiznetz flitzt. Außerdem mag ich den Winter und den Schnee.“

„Ich auch.“ Sie schaute wieder zum Himmel. „Vermutlich willst du mir jetzt wieder was kluges über Schnee erzählen?“ Sie zwinkerte ihm zu.

Er überlegte.

„Also gut. Die größte jemals beobachtete Schneeflocke war 38 Zentimeter breit und drei Zentimeter dick. Sie fiel 1887 in Montana.“

Joanna schnippte mit den Fingern.

„Nicht schlecht, aber es gibt keine Beweise dafür. Damals gab es noch keine Kameras.“

„Stimmt“, gab Martin zu. „Aber trotzdem gilt sie bis heute als Schneeflocken Weltrekordhalter.“

„Was noch?“

„Dass Pulverschnee entsteht, wenn die Flocken auf kalte, trockene Luft treffen, was sie klein und fein macht. Nasser Schnee entsteht, wenn sie in leicht über null Grad fallende Luft eintauchen, wodurch die Kanten leicht schmelzen und sie sich aneinander heften, was große, schwere Flocken ergibt.“

„Das ist schon Physik“, stellte Joanna fest. „Du warst schon immer ein kleiner Genie.

Martin lächelte.

„Früher hast du wunderschön gesungen“, erinnerte er sich.

„Vor dem Spiegel im Badezimmer.“

„Wen hast du nachgeahmt?“

„Kylie Minogue und manchmal Barbra Streisand.“ Sie lachte.

„Und wie ist Else?“ fragte er plötzlich.

Joannas Gesicht leuchtete auf.

Else war etwas Besonderes. Alle Eltern sagen das über ihre Kinder, aber ihre Tochter war wirklich ein wunderbares Kind. Sie liebte es, sich anzuschmiegen.

„Sie kommt einfach und kuschelt sich an mich, genau das, was ich ihr eigentlich beibringen sollte. Nur dass ich es nicht konnte. Else hat es irgendwie gespürt, ich weiß nicht wie, und begann, mich sanft zu berühren. Sie streichelte mich wie ein wildes Kätzchen, das zunächst etwas misstrauisch war.“

„Und Ebbe?“

„Er hat mich auch oft umarmt. Und ich glaube, dass ich gerade ihnen beiden die schwierigsten Zeiten zu verdanken habe, die ich durchgestanden habe.“

„Wie viel Zeit bleibt uns?“

„Eine halbe Stunde.“

Martin schwieg und senkte den Kopf.

Joanna schaute ihn ernst an.

„Else ist deine Nichte.“

„Ich weiß, Jo, aber eine Familie kann man nicht einfach auf ein Blatt Papier malen. Mama, Papa, kleines Mädchen, kleiner Junge, Hündchen, Kätzchen, ein Hamster im Käfig. Familie muss man fühlen, sie haben wollen. Ein Kind plant man, es wird einem nicht einfach geschenkt."

„Manchmal gibt es aber keine andere Wahl. Willst du, dass sie in ein Heim kommt und dann zu fremden Menschen? Glaubst du wirklich, dass das das Beste für sie ist?"

Martin schüttelte den Kopf.

„Natürlich nicht. Aber..."

„Versuch es einfach."

„Aber das ist kein Tetris-Spiel, das man weglegen kann, wenn es langweilig wird."

„Stimmt," sagte Joanna.

„Und auch kein Furby, den du heimlich vor mir versteckt hast. Ich habe ihn in dem alten Schuhkarton gefunden. Hast du mir damals nicht gesagt, die Katze der Nachbarn hätte ihn gestohlen?" erinnerte sich Martin plötzlich.

„Das ist möglich, aber das stimmte nicht. Furby lebte unter meinem Bett und kam nur hervor, wenn du nicht zu Hause warst. Das war meine kleine Rache. Ich hatte mein süßes Geheimnis und Furby ganz für mich allein.“

„Rache?“

„Weil du mir mein Zimmer weggenommen hast.“

Martin schloss die Augen. Wie alt war er damals? Zehn? Elf? Sicher war, dass ihr Vater da schon nicht mehr lebte. Joannas Zimmer war deutlich größer, und Martin hatte das kleinere bekommen, weil er jünger war. Anfangs störte ihn das nicht, aber irgendwann reichte der Platz einfach nicht mehr. Ständig schleppte er alte Prozessoren, Disketten, kaputte Computerteile, Dosen, Lampen, Kabel und Drähte nach Hause. Kein Wunder, dass man kaum noch in sein Zimmer hineinkam. Eines Tages schleppte er sogar ein Stück Blechzaun an. Es war größer als sein Bett.

„Jo, lass uns die Zimmer tauschen. Du hast nur ein paar Bücher und zwei Teddybären“, jammerte er immer wieder.

Joannas Zimmer war tatsächlich ziemlich minimalistisch. Eines Tages hatte sie alle Spielsachen auf den Hof gebracht und an die Kinder verteilt. Sie behielt nur eine Puppe, zwei Teddys, ein Puzzle, ein paar Bücher und Furby, der halb Martins war. Sogar ihr Kleiderschrank schien leer zu sein. Im Gegensatz zu ihren Freundinnen gehörte Joanna nicht zu den Mädchen, die Berge von Klamotten, Taschen, Schuhen und Schals haben mussten. Sie kleidete sich schlicht und fast immer in Schwarz und Weiß.

Eines Tages meinte die Mutter, sie sollten die Zimmer tauschen.

„Warum?" fragte Joanna.

„Weil du nicht so viel Platz brauchst. Martin baut und bastelt ständig etwas, er braucht einfach mehr Raum."

„Aber das ist mein Raum", versuchte Joanna zu widersprechen, obwohl sie schon wusste, dass sie verloren hatte. Es war kein Vorschlag oder eine Frage, sondern ein Befehl.

Zwei Wochen später zog Martin in ihr geräumiges Zimmer, und sie landete auf acht

Quadratmetern. Sie sagte nichts, sah ihn aber so an, dass er den Tausch sofort bereute. Seitdem sprachen sie noch seltener miteinander.

„Das war falsch", sagte er jetzt.

„Ja. Aber das Schlimmste war, dass ich absolut niemanden hatte, dem ich mein Herz ausschütten konnte."

Martin unterdrückte mühsam seine Tränen.

„Warum habe ich das vorher nicht gesehen?"

„Weil jedes Kind in gewisser Weise ein Egoist ist. Es will auf seine Weise glücklich sein, ohne zu verstehen, dass es andere damit verletzt. Das ist wohl normal. Aber weißt du, was das Schönste an einem Kind ist? Ehrlichkeit. Es gibt keine Garantie, dass Else dich sofort mögen wird und mit dir zusammenleben will. Kinder sind brutal ehrlich. Vielleicht wird sie dir sagen, dass du keine guten Pfannkuchen machst, dass du verwaschene T-Shirts trägst und langweilig bist."

„Ich?", fragte Martin überrascht.

„Wenn du nicht bei der Teeparty der Puppen mitmachst, die Lieder aus *Die Eiskönigin* nicht kennst und aus geschnittenem Gemüse kein Fahrrad oder keine Eule basteln kannst, dann besteht eine hohe Wahrscheinlichkeit, dass du als Langweiler abgestempelt wirst."

„Das klingt nicht gerade ermutigend", gab Martin zu.

Joanna lächelte nur.

„Else isst nicht viel."

„Großartig."

„Man muss sich ziemlich anstrengen, sie zum Essen zu bringen, außer es ist ein Ketchup-Sandwich. Aber man bietet Essen nur dann an, wenn sie hungrig ist, ohne ihr alle fünf Minuten einen Happen unter die Nase zu halten. Man lässt ihr Zeit, Hunger zu bekommen. Es sei denn, es ist Rhabarber."

„Gibst du mir gerade einen Schnellkurs in Elternschaft?"

„Ich gebe dir ein paar Tipps. Nur für den Fall."

„Ich werde sie nicht nehmen." Martin vergrub sein Gesicht in den Händen.

„Verstehe. Aber vielleicht wirst du eines Tages meine Ratschläge brauchen. Sie sind kostenlos. Ich habe eine Weile gebraucht, um herauszufinden, wie man mit einem schlechten Esser umgeht. Vor allem gibt man kleinere Portionen. Ein übervoller Teller sieht nicht unbedingt appetitlich aus, das weiß ich noch aus meiner Kindheit. Mama packte immer eine Tonne Essen drauf, und das Schlimmste war der Klecks Spinat. Der breitete sich aus und sah aus wie Kuhschei..." Joanna brach ab.

„Igitt."

Martin konnte ihr da nur zustimmen und lachte bei dieser Erinnerung.

„Etwas anderes ist ein kleines Schnitzel, ein Löffel Kartoffeln und ein bisschen Karotte. Gleichzeitig bemühst du dich, dass das Essen bunt und appetitlich aussieht. Du machst Gesichter aus Gurken oder Ketchup auf die Brote, schneidest Äpfel in Viertel und legst sie als Blüte, formst das Schnitzel zu einem kleinen Entchen. Ein bisschen kulinarische Kreativität kann sehr effektiv sein."

„Jo, das klingt wie ein Albtraum. Kulinarische Kreativität? Ein Entchen aus einem Schnitzel? Bitte!"

„Ich möchte, dass Else zu einem glücklichen Mädchen heranwächst. Ohne Groll, Traurigkeit, Enttäuschungen und Verletzungen. Ich weiß, das ist auch wichtig und man kann es nicht vollständig vermeiden, aber..."

„Weil sie zeigen, dass man getroffen wurde, auch wenn es manchmal ungerecht ist?"

Joanna biss sich auf die Lippe.

„Kinder bekommen manchmal Tritte ohne jeden Grund. Und die tun ein Leben lang weh, auch wenn die blauen Flecken längst verschwunden sind. Ich habe Angst, dass Else nie den Kummer überwinden wird. Dass ihr Leben voller Angst und dieser Art Melancholie sein wird, die ich so lange in mir getragen habe."

„Wegen mir."

„Ach, hör doch auf. Die meisten Dinge hast du unbewusst getan, und ich glaube nicht, dass du mich absichtlich verletzen wolltest. Auch unsere Eltern wollten das wohl nicht, obwohl ihre Ungerechtigkeit am meisten schmerzte. Und die Erkenntnis, dass man – entgegen aller Worte – ein Kind mehr lieben kann als das andere."

„Deshalb wolltest du nicht, dass Else Geschwister hat?"

Joanna dachte einen Moment nach.

„Man sagt, im Erwachsenenalter wiederholt man genau die gleichen Fehler wie die eigenen Eltern. Und obwohl wir uns fest vornehmen, ganz anders zu sein, kommen bestimmte Dinge wie ein Bumerang zurück. Plötzlich sprechen wir mit den Worten unserer Mutter, heben die Stimme wie unser Vater, sind genauso ungerecht und verletzend. Vielleicht wollte ich das vermeiden, um nicht mit der Vergangenheit konfrontiert zu werden. Ich wollte nur Else haben. Und mich ganz auf sie konzentrieren."

„Was müsste ich noch über deine Tochter wissen?"

„Wenn ich sie auf die Schaukel setze, will sie hoch hinaus, schnell und ohne Limit. Zu Hause ist sie immer in Bewegung, überall und ständig aktiv. Sie klettert aufs Sofa, versucht, die Schranktüren in der Küche zu öffnen, kugelt sich über den Boden. Eine Stunde ohne Bewegung, Rennen und Lärm ist eine verlorene Stunde. Sie findet es großartig, auf dem Bett zu hüpfen und auf den weichen Kissen zu landen. Oh, oder Karussellfahren. In solchen Aktivitäten vereint Else alle Sinne, um die Welt zu erforschen, die sie umgibt. Sie berührt, schmeckt, riecht und erlebt sie. So war ich auch einmal. Aber dann hat mich irgendetwas in einen Käfig gesperrt."

„Ich", sagte Martin automatisch.

„Ich sage dir zum hundertsten Mal, es war nicht deine Schuld. Hör auf, dich selbst zu geißeln. Du warst ein ganz normaler Bruder. Ich war diejenige, die irgendwann begann, alles zu hinterfragen und in dir nur noch das Negative zu sehen."

„Hier habe ich noch etwas gefunden." Martin klopfte auf das blaue Notizbuch. „Eine Geschichte über eine Therapie mit einer Katze."

Joanna zuckte mit den Schultern.

„Die habe ich aus irgendeiner Zeitschrift abgeschrieben."

Der siebenjährige Junge hatte vor allem Angst — vor Schultests, vor dem Sport, vor den

Hausaufgaben. Seine Eltern hatten ihm zu viele Pflichten auferlegt, und er wollte sie nicht enttäuschen. Schließlich wurde die Angst ein dominierender Faktor in immer mehr Bereichen seines Alltags. Der Junge wollte nicht mehr einkaufen gehen, fürchtete sich vor Menschenmengen und den Autos auf der Straße. In der Therapie beim Schulpsychologen hatte er sogar Angst vor einem kleinen Kätzchen namens Kiki. Glücklicherweise war auch Kiki eher misstrauisch. „Sie hat Angst vor dir", sagte die Psychologin. Als der Junge versuchte, ihr ein Keksstückchen anzubieten, fauchte sie und kam nicht näher als auf ein paar Meter. Doch bei den nächsten Treffen wurde Kiki nach und nach zutraulicher. „Warum kommt sie immer wieder, obwohl sie Angst hat?" fragte der Junge. Und das war die wichtigste Frage. „Sie kommt, weil sie ihre Angst überwinden will. Sie weiß, dass ihr wahrscheinlich nichts passieren wird, aber trotzdem bleibt eine gewisse Furcht. Jeden Tag wagt sie sich ein kleines Stück weiter vor. So lernt sie, mit ihrer Angst umzugehen."

„Hattest du auch Angst?" fragte Martin.

„Als du geboren wurdest, sagten mir unsere Eltern, dass du wertvoller als ein Diamant bist. Aber gleichzeitig sehr zerbrechlich. Und dass ich vorsichtig sein und lernen müsse, viele Dinge allein zu machen, weil sie nicht viel Zeit für mich haben werden. Sie mussten sich um dich kümmern, zumal du die ersten Wochen im Krankenhaus im Inkubator verbracht hast. Später wurde es nicht besser. Mama sprang bei jedem Niesen, jedem Schrei und jedem Laut von dir, der ihr verdächtig erschien, sofort auf. Einmal hatte ich vergessen, ihr zu sagen, dass im Kindergarten ein Kostümfest stattfand. Also ging ich nicht hin, weil sie keine Zeit hatte, mir ein Kostüm zu nähen. Dabei wollte ich eine Winterprinzessin sein, mit einem weißen Kleid, weißen Schuhen und einer funkelnden, silbernen Krone.“

Martin biss die Zähne zusammen.

„Jo, ich wusste das alles nicht. Ich dachte, du magst mich nicht, weil ich der jüngere, dumme Bruder war, der dir das Leben schwer machte und dich ständig zum Spielen mit mir zwang. Das mit dem Kätzchen ist so treffend...“

„Es war nicht so, dass ich dich nicht mochte und nicht wollte, dass wir etwas zusammen machen. Es endete nur fast immer mit irgendeinem verdammten Missverständnis, das ich verursacht hatte. Mit der Zeit begann ich, alle Vorwürfe, die man mir machte, auf kleine Zettel zu schreiben und in einem Glas zu sammeln. Ich schrieb auf, dass ich ‚egoistisch‘ sei, ‚in der Schule nicht zurechtkäme‘, ‚die Spielsachen meines Bruders kaputtmache‘, und dass ich ‚etwas Zerstörerisches in mir habe‘. Dieses Glas habe ich erst weggeworfen, als ich Ebbe kennengelernt habe. Da wurde mir klar, dass ich keine Angst mehr haben, nichts mehr beweisen musste und dass ich für ihn völlig ausreichte, so wie ich war.“

„Also warst du bis dahin wie dieser siebenjährige Junge, der versuchte, Kiki zu zähmen?“

„Und Kiki ihn“, bestätigte Joanna.

„Spricht Else Polnisch?“

„Ja, natürlich. Sie kann sogar einige Gedichte auswendig und viele Lieder. Und sie tanzt wunderschön.“

„Wie du“, erinnerte sich Martin.

„Ich habe mich nur vor dem Spiegel zum Affen gemacht. Aber sie tanzt mit ganzem Herzen. Und sie liebt Rhabarber."

„Ach ja, das hast du erwähnt."

„Sie isst nicht viel, das stimmt, aber Rhabarber liebt sie. Sie sagte mir einmal, dass er sie an Zauberstäbe erinnert und dass sie, wenn sie ihn isst, magische Kräfte bekommt. Dann würde sie ein ganzes Feld voll Rhabarber herbeizaubern."

„Aber sie mag ihn roh?"

Joanna sah ihn mitleidig an.

„Hast du jemals rohen Rhabarber probiert? Natürlich nicht. Am liebsten essen wir ihn als Kompott, Marmelade oder einfach als Zutat im Kuchen. Kannst du backen?"

„Nein. Wenn ich Lust auf Süßes habe, kaufe ich mir einfach etwas."

„Du solltest es lernen. Beim Backen steckt auch viel Magie und vor allem Chaos, besonders wenn man es mit einem Kind macht. Aber es schmeckt dann doppelt so gut."

Martin sah nicht überzeugt aus.

„Ich weiß, wovon ich rede. Wenn du Rhabarber kaufst, denk daran: Je roter er ist, desto weniger sauer. Und weißt du, dass er eigentlich ein Gemüse ist? Wobei er in den USA als Frucht gilt.“

„Wahrscheinlich, weil er meist in Kuchen oder Marmeladen landet?“, bemerkte Martin.

„Vermutlich. Andererseits kann man auch aus Karotten oder Brennnesseln einen Kuchen backen. Oder sogar eine Torte.“

„Klar.“ Martin schüttelte ungläubig den Kopf. „Aber wenn es dir recht ist, verzichte ich auf Experimente. Ich bekomme auch in der Bäckerei ein Stück Rhabarberkuchen. Oder zumindest ein Hefegebäck.“

Joanna zwinkerte ihm zu.

„Der selbstgebackene ist aber gesünder. Und am besten schmeckt er bis Ende Juni.“

Der dreiundzwanzigste Dezember, acht Uhr zwanzig morgens.

„Ich will nicht, dass du wieder verschwindest.“

„Ich muss es nicht. Aber das hängt ganz allein von dir ab.“

Martin hob den Kopf und blickte in den aufklarenden Himmel. Der Schnee fiel gleichmäßig, und die Flocken schienen immer schneller und eifriger zu wirbeln.

„Stell dir vor, wie Katharina reagieren würde, wenn ich ihr plötzlich sage, dass ich ein Kind haben werde? Das könnte ein Schock für sie sein."

„Aber ich weiß, dass sie sich sehr freuen würde. Vertrau mir, ich bin auf der anderen Seite und habe da etwas bessere Informationen."

Martin sah seine Schwester ein letztes Mal an.

„Kann man den Namen Else irgendwie verniedlichen?"

„Das liegt bei dir."

„Ich werde sie Furby nennen."

„Wunderbar."

„Jo?"

„Ich muss gehen. Hast du eine Entscheidung getroffen?"

Martin nickte und brach dann in Tränen aus wie ein Kind.

Die Stunde der Blumen

Ehe ist ein ewiges Gespräch.
Betty Jane Wylie

Sie war dick.

Eine Allegorie aus Donut und Schweinswal zugleich.

Anna versuchte, objektiv zu bleiben, aber es fiel ihr kein anderer Vergleich ein. Dick, klein, mit einem recht freundlichen Gesicht, ja, aber Männer suchen doch normalerweise nach schlanken, straffen, jüngeren Frauen mit festem Körper, oder? Bisher war sie überzeugt gewesen, dass alle Männer aus denselben Gründen eine Affäre begangen – sie suchten nach dem, was sie zu Hause nicht hatten, griffen nach etwas, was bisher unerreichbar gewesen war. Neue Geschmäcker, neue Düfte, neue Empfindungen. Denn warum zur Hölle sollte man etwas wählen, das dem, was man schon hat, ähnlich ist? Oder gar etwas Schlechteres?

Anna beobachtete diese Frau verdeckt. Sie kam sich ein wenig lächerlich vor mit der

Schirmmütze und der Sonnenbrille, besonders weil es ziemlich bewölkt war. Aber sie wollte ihr Gesicht nicht zeigen, und ihr fiel keine bessere Tarnung ein, auch wenn die Wahrscheinlichkeit, dass die Frau sie kannte, verschwindend gering war. Anna sah zu und versuchte zu verstehen. Sie folgte dieser Frau seit über einer Stunde.

Dick. Einfach nur dick.

Es ist völlig normal, dass in einer Beziehung irgendwann Langeweile einzieht. Anfangs ist sie winzig, nicht größer als ein Bakterium, doch mit der Zeit wächst sie, genährt von Gleichgültigkeit, und ehe man sich versieht, nimmt sie monströse Ausmaße an. Sie erhebt sich, dominiert, bis sie schließlich die letzten Überreste der Liebe verschlingt, die nur noch durch harte Arbeit wieder zusammengesetzt werden könnten. Manche merken es rechtzeitig und stellen sich dem Kampf, andere verschlafen den Moment – und wenn sie erwachen, ist es meist zu spät.

So war es bei Anna und Mathias. Tröstlich war nur, dass sie beide in dieselbe Gleichgültigkeit gefallen waren, sodass keiner von ihnen litt. Sie lebten nebeneinanderher, tranken zusammen Kaffee, obwohl jeder sich seinen eigenen zubereitete. Morgens verließen sie das Haus, um sich am Nachmittag wieder dort zu begegnen, wechselten ein paar Worte, manchmal ein paar Sätze, und verschwanden dann in ihren eigenen häuslichen Bereichen. Mathias auf dem Sofa vor dem Fernseher oder irgendwo in der Garage, Anna in der Küche oder im Schlafzimmer.

Mit der Zeit hatten sie gelernt, sich geschickt zu umgehen, sodass sie einander selten in die Quere gerieten. Wenn sie sich abends trafen, grüßten sie sich wie Fremde im Zug.

„Guten Abend.“

„Guten Abend.“

Würde man viele Ehen genauer betrachten, würde man feststellen, dass ein großer Teil genauso funktioniert, auch wenn die meisten es vehement abstreiten würden. An alles kann man sich gewöhnen. Es ist schließlich unmöglich, ein Leben lang in ununterbrochener Verzückung zu verharren und beim Anblick des

Partners in Ekstase zu geraten, während er gerade seine Socken wechselt.

„Ich komme heute später nach Hause. Der Kunde kann sich die Wohnung erst am Abend ansehen", sagte Mathias.

Anna nickte nur. Kein Problem. Sie saß ja sowieso bis siebzehn Uhr in ihrem Blumenladen, und wenn sie danach ins Kino ging, dann wohl allein. Für einen Moment wollte sie es ihm sogar vorschlagen, aber sie winkte nur ab.

„Auf Wiedersehen."

„Auf Wiedersehen."

So lief es seit fünf, vielleicht sechs Jahren. Und dann, plötzlich, kamen die Blumen.

Rosen sind schön und voller Widersprüche. Sie duften und stechen. Sie sind relativ pflegeleicht und verlangen dennoch viel Geduld.

Manche Menschen ähneln ihnen sehr. Sie sind charmant, schön, fast perfekt – kein Wunder, dass jeder ihre Gesellschaft schätzt. Doch sie können auch schmerzhaft verletzen, besonders wenn sie sich betrogen fühlen. Ein Rosenmensch braucht Emotionen, um sich voll zu entfalten. Er braucht Wärme, Pflege, Aufmerksamkeit. Er ist stolz und selbstbewusst. Er hasst Lügen, Verrat, Illoyalität. Eine Rose hat eine starke Wirbelsäule (einen festen Stiel und scharfe Dornen), das heißt, sie ist nicht so zerbrechlich wie andere Blumen und kann viel aushalten. Doch in entscheidenden Momenten ihres Lebens – Trennung, Scheidung, Jobverlust – braucht sie jemanden, der sie stützt. Sie ist stark, manchmal titanisch, aber das heißt nicht, dass sie ihre Probleme allein tragen kann. Eine Rose braucht Gesellschaft, Bewunderung und Unterstützung. Sie blüht in Gemeinschaft auf, sie verdorrt, wenn niemand sie braucht. Sie ist herrschsüchtig, sinnlich, impulsiv. Man muss wissen, wie man mit ihr umgeht. In der Freundschaft ist sie loyal, ehrlich, aufrichtig. Man kann sich immer auf sie verlassen und sie scheut sich nicht davor, die Wahrheit zu sagen.

Anna führte ihren eigenen Blumenladen seit siebzehn Jahren. Früher hatte sie als Kunstlehrerin gearbeitet, aber als in ihrer Schule Stellen abgebaut wurden, half sie ihrer Mutter in der kleinen Blumengärtnerei aus. Es war ein winziges Geschäft, ein kleiner Stand, den sie für einen Spottpreis mieten konnten. Schnell fand Anna sich in dieser Welt der Blumen zurecht, auch wenn sie nie gedacht hätte, dass sie so lange darin bleiben würde.

Als ihre Mutter starb, wollte Anna den Laden sogar verkaufen. Doch sie verwarf den Gedanken schnell wieder. Sie begriff, dass sie all diese Asparagusse, Schleierkräuter, Zierkohlarten, Buchsbäume, Seggen, Cordylinen und Miscanthus liebte.

„Das ist dein Platz", hatte Mathias damals gesagt. Und er hatte recht.

Nach all den Jahren wusste sie fast alles über Zierpflanzen und behandelte sie wie Menschen. Die Kunden kamen nicht nur wegen der Blumen, manchmal suchten sie auch Rat. Sie fragten, welche Blumen für ihre Mutter, ihren Freund oder ihre große Liebe passen würden. Anna tauchte gerne in diese Welt ein, nutzte ihre eigene Blumenpsychologie, auch wenn manche glaubten, so etwas gäbe es gar nicht.

„Ich suche etwas für meine Schwiegermutter. Sie ist ziemlich temperamentvoll, laut und ist schwer sie mit etwas zu beeindrucken.“

„Ich würde Pfingstrosen in einer einzigen Farbnuance empfehlen, ohne überflüssigen Schnickschnack. Arrangiert in einem weißen Korb.“

Pfingstrosen – üppig, duftend, unglaublich dekorativ – passten perfekt zu reifen, entschlossenen Frauen. Schüchternen, bescheidenen Frauen empfahl Anna Maiglöckchen oder Freesien in Pastelltönen, gebunden zu kleinen Sträußen in Form von Tautropfen. Für elegante, leicht altmodische Damen wählte sie die Verbindung von Weiß und Silber oder Beige und Gold – alles in Form von Muff-Bouquets oder Wasserfallsträußen. Extravagante Frauen konnten auf Fächer- oder Kugelbouquets aus Orchideen oder schwarzen Tulpen zählen.

Anna hatte ein untrügliches Gespür für die Vorlieben ihrer Kunden. Warum sie gern immer wieder zu ihr zurückkamen. Mit der Zeit konnte sie sich keine andere Arbeit mehr vorstellen.

„Ich möchte schöne Blumen kaufen.“

Der Mann vor der Theke wurde knallrot.

„Dumme Frage, ich weiß, schließlich bin ich in einem Blumenladen. Aber diese Frau ist besonders, also sollte der Strauß es auch sein.“

Verhedderte er sich ein wenig.

Anna lächelte.

„Wie heißt sie?“

„Michaela“, sagte er lebhafter. „Sie ist sanft, aber gleichzeitig selbstbewusst. Sie entwischt mir ständig, wie ein Regenbogen. Ich weiß, das klingt schrecklich kitschig, aber ich meine es so: Einen Regenbogen kann man nicht fangen. Man kann ihn nur aus der Ferne bewundern.“

„Eustoma“, sagte Anna.

Der Mann schaute sie fragend an.

„Schauen Sie selbst.“

Sie deutete auf die zarten Blüten in Weiß, Rosa und Blau.

„Sie sind filigran, kunstvoll, erinnern an Rosen. Ein wenig auch an Mohnblumen. Kaum zu glauben, dass ihre Heimat die Prärien sind, von Nebraska bis Texas. Das sind einige der interessantesten Blumen in meinem Laden. Fein, ungewöhnlich, anders als alle anderen.“

„Ja.“ Der Mann lächelte. „Genauso ist Michaela.“

„Und wie heißen Sie?“

„Alex. Vielen Dank. Das ist genau das, wonach ich gesucht habe.“

Sagte er und sein Gesicht erstrahlte.

Anna bekam von ihrem Mann keine Blumen. Schließlich hatte sie sie täglich um sich. Kein Wunder also, dass sie sich erschrak, als er eines Tages, Ende Februar oder Anfang März, plötzlich mit Rosen vor ihr stand – einfach so, ohne Grund. „Für welchen Anlass sind die denn“, fragte sie nur.

Er zuckte mit den Schultern.

„Keine Ahnung. Ich war heute auf dem Markt, um Tomaten zu kaufen, und da habe ich einfach ein paar Rosen mitgenommen. Eine reizende alte Dame hat sie verkauft. Sie meinte, sie kämen aus ihrem eigenen Garten. Sie sind irgendwie miniaturhaft, oder?“

Anna nickte.

„Ja, das ist eine Zwergform der Chinesischen Rose, Rosa chinensis. Sie blüht die ganze Saison über und ist ziemlich pflegeleicht, weil sie kaum anfällig für Krankheiten ist", sagte sie mehr zu sich selbst als zu ihm.

„Aha", bejahte Mathias, denn von Blumen hatte er keine Ahnung. Seine Welt waren Immobilien. Vermietung, Verkauf, Vermittlung. Er war ein gefragter Makler, weil er, ähnlich wie Anna mit ihren Kunden, die Menschen verstand und sie nicht bloß als Geschäft behandelte. Er sprach gerne mit ihnen, hörte sich ihre Probleme an, beriet sie und suchte immer nach der besten Lösung.

Anna fragte sich, warum ihr Mann ihr plötzlich Blumen gebracht hatte. Hätte er eingelegte Froschschenkel gekauft, wäre sie wohl weniger überrascht gewesen.

Später kam der Lavendel.

Ein Setzling im Topf.

„Er soll den Winter draußen überstanden haben und wird bestimmt gut anwachsen", sagte Mathias.

Anna sah ihn verblüfft an, aber er bemerkte ihren Blick nicht, da er sich bereits abgewandt hatte und ins Badezimmer ging. Sie stand mit dem Topf in der Hand da und konnte sich für einige Sekunden nicht rühren.

Lavendel. Duftet wunderbar, beruhigt die Sinne, heilt. In der Naturheilkunde wird er als Beruhigungsmittel eingesetzt – gegen Schlaflosigkeit, nervöses Herzklopfen und innere Unruhe. Ein paar getrocknete Zweige reichen, um jedem Gericht eine besondere Note zu verleihen. Getrockneter Lavendel wird oft zwischen die Kleidung im Schrank gelegt, damit sie herrlich duftet.

Die Lavendelfrau ist ein guter Geist. Immer hilfsbereit, voller Energie. Sie hilft gern. Egal, worum man sie bittet – ob sie sich während des Urlaubs um den Hund kümmern soll, beim Umzug helfen, gemeinsam shoppen gehen oder in schweren Zeiten Beistand leisten soll – Lavendel steht immer an deiner Seite. Sie ist unkompliziert, kennt keine Eifersucht, schmollt nicht grundlos. Sie verlangt auch keine ständige Bewunderung und Aufmerksamkeit. Es genügt ihr zu wissen, dass andere gerne von ihrer Hilfe Gebrauch machen. Menschen fühlen sich wohl in ihrer Nähe, weil sie ihnen guttut.

All diese Gedanken schossen Anna durch den Kopf, doch sie fühlte sich nicht ruhiger. Mathias schenkte ihr selten Blumen. Als er ihr einen Heiratsantrag machte (Maiglöckchen). Als sie ihren Sohn zur Welt brachte (Lilien). Dann Rosen – diesmal aber ohne besonderen Anlass. Und jetzt Lavendel.

Die meisten Menschen mögen Überraschungen – solange sie ihr Gleichgewicht nicht stören. Doch wenn plötzlich etwas Unerwartetes geschieht, kann Unruhe aufkommen. Nicht jeder will überrascht werden.

Sie beschloss, die Sache zu klären, nur um ihrer eigenen Ruhe willen. Sie bereitete das Abendessen vor, und obwohl sie seit Ewigkeiten nicht mehr zusammen gegessen hatten, rief sie Mathias in die Küche.

„Was ist das?“ fragte er überrascht.

„Ich habe uns ein Abendessen gemacht.“

Auch Anna war erstaunt, dass ihr Mann eine so offensichtliche Frage stellte.

„Soll ich mich an den Tisch setzen?“

„Ja, bitte.“

Manchmal entfernen sich Mann und Frau so weit voneinander, dass selbst ein gemeinsames Essen ihnen seltsam erscheint.

Als sie sich an den Tisch setzten, breitete sich ein peinliches Schweigen aus. Anna wollte es brechen, aber sie wusste nicht, wie. Belanglose Gespräche hatten sie längst verlernt. Andres als nur noch klare, trockene Informationen. Reine Mitteilungen.

„Schmeckt es?“

„Ja.“

„Das ist Salat.“

Mathias nickte.

„Ja, sehe ich.“

„Römersalat und Feldsalat.“

„Oh.“

„Was?“

„Nichts, warum fragst du?“

„Ich dachte, es wäre etwas passiert.“

„Alles in Ordnung. Feldsalat, das ist der mit den kleinen Blättern, oder?"

„Genau."

„Und der Römersalat?"

„Na ja, das ist der andere."

„Stimmt."

Den Rest des Abends verbrachten sie schweigend, denn Anna kam zu dem Entschluss, dass sie keine Lust mehr hatte nach dem Lavendel zu fragen. Vielleicht hatte Mathias ihn von einem Kunden bekommen oder in einem Haus gefunden, das heute zur Vermietung freigegeben wurde, und wollte nicht, dass er vertrocknete?

Bestimmt war es so.

Es machte keinen Sinn, sich um diesen Lavendel eine Geschichte zurechtzulegen. Menschen steigern sich manchmal unnötig in Dinge hinein, und am Ende endet es mit Bauchschmerzen und einem Strudel aufdringlicher Gedanken.

Nach dem Abendessen nickten sie einander zu, ohne sich in die Augen zu sehen.

Dann sagte Mathias, dass er noch ein wenig an seinem alten Trabi herumbasteln würde (er weigerte sich standhaft, ihn zu verkaufen – er wollte ihn lieber in ein faszinierendes Meisterwerk der Automobilkunst verwandeln), und Anna begann, den Tisch abzuräumen, obwohl sie sich nichts sehnlicher wünschte, als sich sofort mit einem Buch ins Schlafzimmer zu verkriechen oder einfach unter die Decke zu schlüpfen und einzuschlafen. Ihre Laune war völlig dahin.

Sie sah die Lavendelsetzling an, den sie auf die Fensterbank gestellt hatte.

Sie musste ihn einpflanzen. März war der perfekte Monat dafür, selbst spätere Nachtfröste würden ihm nichts anhaben. Wenn er den Winter im Freien überstanden hatte, war er seinem natürlichen Wachstumsrhythmus entsprechend gezogen worden und widerstand jeder Art von Erschütterung.

Ganz im Gegensatz zu Anna.

***

Eines Tages, Anfang April, tauchte eine Orchidee in der Küche auf.

Als Anna von der Arbeit nach Hause kam, stand der Phalaenopsis mitten auf dem Tisch. Sie wusste nicht, woher er kam oder ob er vorhatte, länger zu bleiben. Ein faszinierendes Werk der Natur – das mussten selbst jene zugeben, die keine besondere Vorliebe für ihn hatten.

Anna berührte die weichen Blütenblätter.

Die Orchidee ist eine außergewöhnlich schöne und originelle Blume. Sie verlangt unglaubliche Geduld und eine gute Hand. Sie ist launisch und schwer zu kultivieren. Die eine Sorte liebt die Sonne, die andere Feuchtigkeit, wieder eine andere braucht einen speziellen Platz, an dem sie sich voll entfalten kann. Ihre Muster und Farben sind unzählbar.

Laut Anna war die Orchideenfrau eine Frau, die wusste, dass sie etwas Besonderes war – und das auch gerne betonte. Sie mag es, umsorgt zu werden, sie liebt es, im Mittelpunkt zu stehen. An erster Stelle steht immer sie selbst und ihr eigenes Wohl. Sie wählt ungewöhnliche Berufe und exotische Hobbys...

Sie steckt andere mit ihrer Originalität an und kann inspirieren. Es war die Orchidee, die dich zum Rafting mitnehmen, dich zu einer Ballonfahrt überreden oder mit dir nach Barcelona reisen würde, um den Friedhof der vergessenen Bücher zu suchen. Ihre Ideen sind oft überraschend – doch genau das macht sie so einzigartig. Mit einer Orchidee konnte man sich nicht langweilen. Sie will nicht, dass das Leben ihr zwischen den Fingern zerrinnt oder sich auf die Größe einer Küche zusammenzieht. Sie will mehr – und sie nimmt es sich.

Man darf sie jedoch zu nichts zwingen, sie nicht mit Ratschlägen überschütten oder mit Kritik überhäufen. Die Orchidee als Blume verträgt weder zu viel Sonne noch zu viel Wasser oder ständiges Umtopfen. Die Orchideenfrau mag keine Belehrungen, keine übertriebene Kritik und keine Dominanz. Für sie sind Freiheit und Einzigartigkeit das Wichtigste.

Anna verkaufte Orchideen oft, besonders nachdem sie ihr psychologisches Porträt entwickelt hatte und es ihren Kunden mit einem

Augenzwinkern verriet. Manche lächelten nur, andere nahmen ihre Worte sehr ernst.

„Oh, sehen Sie! Das passt perfekt zu meiner Bekannten, meiner Mutter, meiner Tante, meiner Cousine, meiner Freundin oder sogar meiner Schwiegermutter!“

So sagten sie dann, zufrieden mit ihrer Wahl.

Mit dieser kleinen Inszenierung ließ sich jede Blume so personalisieren, dass sie den Status eines perfekten Geschenks erhielt.

„Phalaenopsis“, sagte sie laut.

Als Mathias von der Arbeit nach Hause kam, war es bereits dunkel.

Anna saß immer noch in der Küche und starrte auf die Orchidee.

Er schaltete das Licht ein – doch seine Frau rührte sich nicht.

„Verdammt!“ schrie er auf, als hätte er sich verbrannt. „Du hast mich zu Tode erschreckt! Warum sitzt du hier allein im Dunkeln?“

Sie sah ihn ohne ein Lächeln an.

„Ich sitze allein, weil außer dir niemand mit mir lebt. Ich habe nicht gemerkt, wann es dunkel wurde. Warum bringst du mir Blumen?“

Die Frage kam unerwartet, und Mathias geriet ins Stocken.

„Was meinst du?“ fragte er nur.

„Genau das, was ich gefragt habe. Warum bringst du mir seit Februar Blumen? Das hast du früher nie getan.“

Er zuckte mit den Schultern.

„Ich dachte, ich mache dir eine Freude. Außerdem hat mir die Farbe gefallen. Ich weiß, dass du jeden Tag von Blumen umgeben bist, aber das ist doch etwas anderes, oder?“

„Stimmt. Nur arbeite ich seit Jahren in einem Blumenladen – und du kommst plötzlich zu dem Schluss, dass du mir Blumen schenken solltest?“

Mathias breitete hilflos die Arme aus.

„Du meinst, ich hätte es immer tun sollen?“

„Nein. Ich will nur wissen, warum ich plötzlich Blumen bekomme.“

Mathias wollte etwas sagen, seufzte aber nur schwer.

„Es war spontan. Dir kann man es wirklich nicht recht machen."

„Das ist keine Antwort."

„Ich habe keine andere. Ich wollte einfach nett sein. Das ist alles."

Anna nickte und zwang sich zu einem Lächeln.

„Dann danke ich dir. Magst du noch etwas essen? Es ist noch etwas Thunfisch-Pasta übrig."

„Ich habe in der Stadt gegessen."

Diese Antwort hätte sie nicht überraschen sollen. Und doch fühlte sie, dass er es auf eine andere Weise sagte als sonst.

Auch sie war heute in einer kleinen Sandwich-Bar gewesen. Sie wurde von einer alten Bekannten ihrer Mutter geführt – Teresa, die sie seit einiger Zeit drängte, das Geschäft zu übernehmen.

„Annalein, willst du dich wirklich nicht umorientieren? Mir fehlt langsam die Kraft und die Begeisterung. Ich glaube, ich bin endlich so weit, in Rente zu gehen. Ich habe mich lange mit Händen und Füßen dagegen gewehrt, aber irgendwann muss der Mensch sich eingestehen, dass er eine Pause braucht. Und das bedeutet nicht, dass er die Watten niederlegt – nur, dass er sich in den Zustand glückseliger Faulheit begibt, welche er sich wohl verdient hat. Und das habe ich mir wirklich verdient. Einfach mal liegen und duften. Oder wenigstens liegen."

„Teresa, meine Liebe, ich habe doch meinen Blumenladen."

„Hast du ihn noch nicht satt?"

Anna lachte.

„Ich liebe doch Blumen. Und ich kann mir nicht vorstellen, dass ich Sandwiches genauso lieben könnte. Der Blumenladen ist ein Drittel meines Lebens und ein Andenken an meine Mutter."

Teresa seufzte schwer.

„Aber versprich mir, dass du zumindest darüber nachdenkst."

„Na gut. Du hast einen Samen gesät – mal sehen, ob er keimt."

Anna verscheuchte die Gedanken an das Sandwich-Bistro, griff nach der Orchidee und begann vorsichtig, sie aus dem Topf zu lösen.

„Was machst du da?" fragte Mathias überrascht.

„Ich muss sie umtopfen. Das Substrat ist schon zu fest, und die neuen Triebe haben immer weniger Platz. Zeit für ein neues Zuhause."

„Aber sie gefällt dir?"

Sie sah ihn kühl an.

„Ja, ich mag gelbe Orchideen."

„Weißt du, dass vor ein paar Jahren eine Orchidee für über hundertsechzigtausend Pfund versteigert wurde?"

Anna lächelte nur.

„Shenzhen Nongke. Die Züchtung dieses Exemplars hat Orchideenliebhabern in China viele Jahre gekostet. Sie blüht nur einmal alle acht Jahre – aber angeblich lohnt sich das Warten wegen ihres Duftes."

„Tja, war ja klar, dass ich dich nicht überraschen kann."

Da lag er allerdings ein wenig falsch.

Überraschend war für sie nicht die Orchidee, sondern das Gespräch selbst. Eine so lange Unterhaltung hatten sie seit Monaten nicht mehr geführt.

***

Als Nächstes kamen die Margeriten.

Diese Blumen wachsen schnell und sind relativ pflegeleicht. Sie lieben Sonne und Wasser. Ohne regelmäßiges Gießen welken sie rasch, und ihre Blütenblätter beginnen braun zu werden.

Die Margeritenfreundin möchte die wichtigste Person in deinem Leben sein. Sie genießt es, wenn du ihr viel Zeit widmest. Wenn sie sich als etwas Besonderes fühlt, wird sie dir stets treu und hingebungsvoll bleiben. Margeriten mögen es nicht, in den Schatten gestellt oder vergessen zu werden.

Kritische Momente in ihrem Leben sind die Hochzeit einer Freundin oder die Geburt ihres Kindes. Dann spürt sie, dass sie in den Hintergrund rückt. Sie zieht sich zurück, ruft nicht mehr an, meidet Treffen. Es braucht viel

Geduld, um ihr zu zeigen, dass sie weiterhin wichtig ist und gebraucht wird.

Anna setzte sich vor den Spiegel im Schlafzimmer und schaltete die kleine Lampe ein. Sie betrachtete ihr eigenes Spiegelbild und verfiel in Gedanken.

Sie war zweiundfünfzig Jahre alt. Und plötzlich wurde ihr klar, dass sie bereits die Hälfte ihres Lebens hinter sich hatte. Wahrscheinlich eher sogar mehr als die Hälfte.

Im Großen und Ganzen war sie zufrieden mit dem, was sie erreicht hatte. Sie war stolz auf ihren Sohn, der in Spanien studierte, auf den Blumenladen, auf das kleine Haus, das sie fast abbezahlt hatte. Sie mochte sich selbst. Selbst ihre Ehe hielt sie für einigermaßen gelungen, auch wenn sie in den letzten Jahren von Schweigen geprägt war.

Fehlt mir etwas? Oder sehne ich mich nach etwas, das ich nicht benennen kann? fragte sich Anna.

Glück ist schwer zu definieren, denn dessen Algorithmen sind wandelbar.

Doch wenn sie jetzt, vor ihrem Spiegelbild, ohne Zeugen, ohne die Notwendigkeit, etwas zu beschönigen, ehrlich und direkt antworten sollte, dann wäre die Antwort:

„Nein, mir fehlt nichts." sagte sie laut.

Und genau das überraschte sie am meisten.

Das Schlimmste war, dass die Blumen von Mathias sie in der Überzeugung bestärkten, dass etwas nicht stimmte.

Etwas rüttelte sie wach aus einem merkwürdigen Schlaf.

Mit jedem neuen Blumenstrauß dämmerte es ihr mehr und mehr, dass sie nicht glücklich war. Oder zumindest nicht so glücklich, wie sie es sein wollte.

Ein Mensch sollte im Schlaf lächeln. Er sollte mit einem Lächeln aufstehen und sich an den kleinen Dingen erfreuen. Den Duft des Kaffees würdigen, die Sonnenstrahlen, die durchs Fenster fallen und den Raum erhellen, die morgendliche Stille in der Küche, wenn die Welt gerade erst erwacht und sich noch schlaftrunken die Augen reibt.

Jeden Tag bewusst genießen.

Anna jedoch tat alles automatisch, ohne sich auch nur zu fragen, ob sie mochte, was sie tat.

Sie war wie eine Maschine, die auf Befehle reagiert.

In gewisser Weise galt das auch für ihre Arbeit – eine Erkenntnis, die sie mit plötzlicher, erschreckender Klarheit traf.

Ja, sie liebte Blumen, sie liebte es, Sträuße zu komponieren.

Aber war es noch wahre Leidenschaft – oder längst nur noch Routine?

Vielleicht hat jeder Mensch seine eigene Schwelle der Begeisterung. Ein Limit. Und wenn dieses einmal erreicht ist, kann nichts ihn mehr wirklich verzaubern.

Das Gefäß ist voll.

Manche merken es sofort und suchen nach neuen Herausforderungen. Andere bemerken nicht einmal, dass das Wasser längst überläuft. Seit Monaten.

Vielleicht seit Jahren.

Anna wurde bewusst, dass sie ihr Gefühl für Glück längst verloren hatte.

Die Frage war: *Was jetzt?*

Es war Anfang Juli.

Draußen lag ein Duft von heißer Sommerluft.

Die Menschen aßen Eis und ließen ihre Füße in Brunnen baumeln. Sie fuhren in den Urlaub oder kehrten gerade von dort zurück, saßen auf Bänken, schlenderten träge durch die Parks.

Und sie?

Sie saß vor dem Spiegel im Schlafzimmer und dachte über ihr Leben nach. Und darüber, dass sie nicht glücklich war.

Im Hintergrund stand ein Korb voller Margeriten.

Manche Entscheidungen trifft man spontan.

Ohne Kalkulation der Vor- und Nachteile, ohne langes Nachdenken, ohne Rücksprache.

Manchmal muss man einfach auf seine innere Stimme hören, auch wenn andere sich kopfschüttelnd an die Stirn tippen würden.

Anna griff nach ihrem Telefon und rief Teresa an.

„Hallo Teresa, hör zu. Willst du dein Geschäft immer noch in gute Hände geben?"

Teresa atmete erleichtert auf.

„Kind, du fällst mir vom Himmel. Ich wollte meinen Laden gerade zum Verkauf anbieten, aber ich habe mir selbst noch zwei Tage Zeit für ein Zeichen gegeben. Keine 24 Stunden sind vergangen – und hier ist es. Komm vorbei."

Anna tupfte sich etwas Rouge auf die Wangen und tuschte ihre Wimpern.

Sie wollte dem Moment Bedeutung verleihen – also tat sie es auf eine weibliche Art und Weise.

Make-up. Ein Kleid statt ausgeleierter Jogginghosen. Hochgesteckte Haare.

Sie konnte sich nicht erinnern, wann sie das letzte Mal so ausgesehen hatte.

Zur Arbeit ging sie meist ohne Make-up, in Jeans und einem bequemen T-Shirt.

Sie war schlank, aber seit einiger Zeit störten sie Bauch und Hüften ein wenig.

Sie hatte sogar daran gedacht, abends joggen zu gehen – doch nach dem ersten Training hatte sie es gleich wieder aufgegeben.

Eigentlich mochte sie ihren Körper.

Auch wenn er nicht mehr so straff war wie früher.

Das Sandwich-Bistro, das Teresa führte, war weder besonders groß noch sonderlich einladend.

Schwarz-weiße Fliesen auf dem Boden, ein paar Tische – alle irgendwie nichtssagend, ziemlich langweilig.

An den Wänden hingen Fotos berühmter Menschen in Restaurants und Bars rund um die Welt. Paul Newman, der Pfannkuchen verschlang, Elton John mit einem riesigen

Sandwich, Cindy Crawford, die sich über einen Salat beugte.

Obwohl Teresas Sandwiches lecker waren, hatte Anna bereits eine Idee, wie sie sie aufpeppen konnte.

„Was hältst du davon, wenn ich essbare Blumen zu den Sandwiches gebe?"

„Liebes, du kannst sogar essbare Käfer und Raupen hinzufügen, wenn das deine Vision ist. Ich bin einfach überglücklich, dass du dich endlich entschieden hast. Und was ist mit dem Blumenladen?"

„Ich werde ihn verkaufen," sagte Anna ruhig. Und es tat ihr nicht einmal besonders weh.

„Weiß Mathias davon?"

Anna schüttelte den Kopf.

„Ich habe noch nicht mit ihm darüber gesprochen, aber es ist mein Blumenladen – und ich glaube nicht, dass er etwas dagegen haben wird. Ich tausche einfach ein Geschäft gegen ein anderes. Ich denke, meine Mutter hätte das verstanden."

Teresa kratzte sich am Kinn.

„Weißt du, dieses Bistro ist vielleicht keine Goldgrube, aber es hat mir gereicht. Und ich bin mir sicher, dass du daraus noch viel mehr machen kannst. Schließlich sieht jeder von uns die gleichen Dinge aus einer anderen Perspektive."

Anna schloss die Augen und lächelte bei dem Gedanken an die Zukunft.

Wie schön war es doch, wieder das Gefühl zu haben, ein leeres Gefäß füllen zu können.

***

Man nennt sie die Königin der Zierpflanzen.

Die Kamelie.

Früher in Europa waren ihre blühenden Zweige ein unverzichtbares Accessoire zur Abendgarderobe – Damen steckten sie an ihre Kleider, Herren trugen sie im Knopfloch.

Die Blüten der Kamelie sind elegant, vielschichtig, majestätisch.

Sie vertragen weder Frost noch Kälte, bevorzugen Licht und ein wenig Feuchtigkeit.

Wenn der Wind zu stark weht, der Regen zu heftig fällt oder die Sonne zu intensiv scheint, hört die Kamelie auf zu wachsen – und ihre Blütenblätter fallen ab.

Die Kamelienfrau mag keine Veränderungen.

Sie fühlt sich wohl, wenn ihr Leben von Ritualen durchzogen ist. Sie schätzt keine unangekündigten Besuche und hasst abgesagte Verabredungen. Man gewinnt eine Kamelienfrau langsam und systematisch – mit Geduld und Ruhe. Wenn sie sich sicher fühlt, öffnet sie sich in ihrer vollen Pracht und zeigt ihre besten Seiten: Treue und Verbundenheit. Aber eines sollte man nicht vergessen – wer eine Kamelie einmal betrügt, gewinnt ihr Vertrauen vielleicht nie zurück.

Die Kamelie war die letzte Blume, die Anna von Mathias bekam.

Doch ausgerechnet war Ende August, warm, grün, noch immer voller Sommerdüfte. Nur an diesem Tag hatte es sich der Himmel anders überlegt und es begann zu regnen.

„Ich fahre zu einem Kunden, aufs Grundstück." sagte Mathias.

„Wozu?" fragte Anna. „Es ist doch Sonntag."

Mathias sah sie überrascht an – und ein wenig, als würde es ihn freuen.

Aber vielleicht bildete sie sich das auch nur ein.

„Willst du es wirklich wissen?"

Eigentlich wollte Anna über die Kamelie sprechen.

Sie wollte Mathias dazu bringen, endlich etwas zu sagen.

Und vielleicht auch erwähnen, dass die Sandwich-Bar eine großartige Idee war – obwohl er anfangs ziemlich skeptisch auf diese Veränderung reagiert hatte.

„Ja, ich will es wissen." Sie nickte.

„Mein Kunde hat mit dem Bau seines Hauses begonnen, aber leider seinen Job verloren. Jetzt kann er den Kredit nicht mehr abbezahlen. Deshalb will er das Grundstück mit bereits gegossenen Fundamenten so schnell wie möglich verkaufen. Am besten noch vor dem Winter."

„Mathias…"

„Ich muss los. Ich bin am Abend zurück."

Er winkte zum Abschied.

Für einen Moment dachte sie, er könnte sie auf die Wange küssen. Ehemänner verabschieden sich doch so von ihren Frauen. Aber dann fiel ihr ein, dass sie das seit Jahren nicht mehr praktizieren. Irgendwann hatte jemand damit aufgehört – und es war so geblieben. Sie stellte fest, dass sie es sogar vermisste. Aber sie war sich nicht sicher, ob sie sich nach der Nähe ihres Mannes sehnte – oder einfach nur nach einer Berührung.

Bis jetzt hatte sie nie an andere Männer gedacht.

Nie an einen Neuanfang. Nie an dieses langsame Annähern, das Abtasten, das Zusammenfinden. Andererseits hatte sie auch nie gedacht, dass sie ihren Blumenladen aufgeben würde. Für Veränderungen muss man reifen. Sie machte sich einen Kaffee, blätterte durch einige

Zeitungen, räumte in der Küche herum und ging schließlich in den Garten.

Der Regen hatte aufgehört.

Sie mochte solche langsamen Sonntage, auch wenn sie sie allein verbrachte. Sie liebte das Gefühl eines freien Tages – an dem man Kuchen backt, Sträucher und Blumen schneidet, in der Hängematte liegt, in den Himmel schaut und sich auf einen ruhigen Abend freut.

Aber dann kam ihr der Gedanke, dass wenn man das alles zu zweit machte, war es noch viel schöner. Vielleicht sollten sie und Mathias nächstes Wochenende mit einem gemeinsamen Kaffee auf der Terrasse beginnen. Wer weiß – vielleicht würde es sie einander wieder näherbringen?

Doch am Abend kam die Polizei.

Und die Beamten erklärten ihr in einer seltsam chaotischen Weise, dass es einen Unfall gegeben hatte. Die Straße war rutschiger als gewöhnlich gewesen, doch am Ende war es ein Mensch, der den Fehler gemacht hatte – jemand hatte überholt, völlig unnötig. Und leider war Mathias das Opfer dieser Tollkühnheit geworden. Er war noch vor dem Eintreffen des Krankenwagens gestorben. Auch der Unfallverursacher hatte nicht überlebt. Glücklicherweise hatte die Beifahrerin, die mit Mathias im Auto saß, nur leichte Verletzungen davongetragen, die nicht lebensbedrohlich waren. Sie wurde ins Krankenhaus in der Schweizer Straße gebracht.

Ihr Name war Janette Dobraniecka.

Anna betrachtete die Polizisten schweigend.

Ihre Worte erreichten sie nur mit Verzögerung.

Rutschig…

Überholmanöver…

Leichtsinn…

Verstorben…

Noch vor dem Eintreffen des Rettungswagens…

Krankenhaus an der Schweizer Straße…

Janette Dobraniecka?

Die Kamelie ist eine launische Pflanze, doch wenn man sie gut behandelt, dankt sie es mit prächtigen Blüten. Gepflegte und richtig versorgte Orchideen erkranken selten – doch manchmal werden sie von Viren, Pilzen oder Bakterien befallen. Die Margerite ist die Königin des Sommers. Zart, weiß, bezaubernd. Rosen haben immer eine ungerade Anzahl an Blättern. Im Grabmal Tutanchamuns, das 1922 geöffnet wurde, fand man Lavendel, der selbst nach über dreitausend Jahren noch einen Hauch seines Dufts bewahrt hatte.

Die Welt geriet ins Schwanken.

Und Anna mit ihr.

***

Natürlich hatte sie etwas geahnt, aber jedes Mal schob sie diese Gedanken von sich. Oder wollte sie es vielleicht gar nicht wissen, weil sie Angst vor ihrer eigenen Reaktion hatte?

Es war eine Sache, die Liebe zu ihrem Mann erlöschen zu lassen – und eine ganz andere, zu erfahren, dass jemand anderes sie in ihm wieder entfacht hatte. Bis jetzt hatte sie Frauen verachtet, die einen Betrug akzeptierten. Sie konnte ihre Erniedrigung nicht nachvollziehen, der sie sich freiwillig unterwarfen.

Im Namen wovon?

Scham?

Angst vor der Einsamkeit, vor einem selbstständigen Leben, vielleicht nicht ganz so bequem und komfortabel? Ein Mensch sollte seinen Stolz haben und den Ort verlassen, an dem er nicht mehr gewollt wird.

Als sie jedoch selbst den Duft einer anderen Frau wahrnahm, verstand sie, dass man mit ihm leben konnte – vorausgesetzt, man verlor nicht den eigenen. Dass man sich irgendwie damit arrangieren, es sanft akzeptieren konnte. Es reichte, nicht laut darüber zu sprechen und die Tür nicht weiter zu öffnen, als es die eigene Würde zuließ.

Mit Mathias verbanden sie ein Sohn, ein Kredit, ein Ehevertrag, Gewohnheit – und eine elektrische Zahnbürste mit zwei Aufsätzen. Rot für sie, blau für ihn. Und dann noch das gemeinsame Schlafzimmer, das allerdings nichts mit Sex zu tun hatte. Sie hatten vor sieben Jahren zum letzten Mal miteinander geschlafen, danach hatte keiner von ihnen mehr den Versuch unternommen, etwas zu initiieren. Die gemeinsame Bettdecke tauschten sie gegen zwei kleinere, wodurch sie sich endgültig voneinander abgrenzten – von der Körperwärme, von Berührung. Mit der Zeit hörten sie auf, es zu vermissen, obwohl Anna manchmal die Kälte ihrer eigenen Haut spürte und sich dann für einen Moment fragte, ob das Verlöschen der Liebe genau wie die Trauer eines unberührten Körpers war.

Misstrauisch wurde sie erst, als auf dem Küchentisch plötzlich eine Orchidee mit gelben Blüten erschien. Von da an beobachtete sie Mathias diskret – sie verfolgte ihn nicht, sie hörte ihn nicht ab, sie durchsuchte nicht sein Telefon. Sie sah ihn sich nur ein wenig länger an als sonst.

Schnell bemerkte sie Nuancen, die für einen Außenstehenden möglicherweise bedeutungslos gewesen wären. Doch eine Ehe bestand genau aus solchen Nuancen, aus Kleinigkeiten, Albernheiten, Belanglosigkeiten – und man musste sehr eingeweiht sein, um die feinen Farbveränderungen zu erkennen, die jede Beziehung durchzogen.

Dass sich jemand häufiger rasiert als sonst.

Länger vor dem Kleiderschrank steht, um seine Kleidung auszuwählen.

Das Telefon beiseitelegt, wenn er weiß, dass du hinsiehst.

Später als gewöhnlich nach Hause kommt – und zu diesem „später" noch eine Stunde hinzufügt, manchmal zwei.

Dass seine Augen leuchten. Und dass er Blumen mitbringt. Anfangs wollte sie mutig, modern und tolerant sein. Ruhig fragen, ein Gespräch führen, vielleicht sogar darüber scherzen. Doch sie konnte es nicht. Das Bewusstsein, dass eine andere Frau ihren Mann berührte, die Landkarte seines Körpers kannte, wusste, wo seine Leberflecke waren und die winzige Narbe von einem Sturz mit dem Fahrrad, erfüllte sie mit einer seltsamen Angst. Sie spürte, dass etwas zu Ende ging – und dass es ohne ihr Zutun geschah. Es ist viel einfacher, eine Tür selbst zu schließen, als sich hinausschieben zu lassen. Sie beschloss, sich auf ihr neues Projekt zu konzentrieren, um sich von den Gedanken an ihre Ehe abzulenken.

Zunächst nahm sie Teresas Vorschlag nicht ernst – schließlich war es nur ein kleiner Sandwichladen. Ein Café, ein Restaurant, vielleicht sogar eine Konditorei – das wäre etwas anderes. Aber eine Bar?

„Trotz allem habe ich hier eine recht angenehme Liste treuer Kunden. Sie haben ihre Lieblingsmenüs, ihre festen Tage, ihre Tische. Ich langweile mich nicht – und darum geht es in diesem Geschäft", sagte Teresa, zwinkerte Anna zu und führte sie in den Hinterraum.

„Alles, was du brauchst, ist hier. Vor zwei Monaten habe ich sogar einen neuen Kühlschrank gekauft, der mit dir labert."

„Warum?" fragte Anna erschrocken.

„Keine Sorge, keine Magie. Er sagt mir nur, wann das Verfallsdatum von Produkten naht oder welche bereits abgelaufen sind. Er hat auch eine Null-Grad-Zone – eine spezielle Schublade zwischen Kühl- und Gefrierfach. Und insgesamt sieht er ziemlich futuristisch aus. Ich muss sagen, wir haben uns auf Anhieb verstanden.“

Anna lachte.

„Ich hoffe, dass auch ich mich mit ihr anfreunden kann.“

Teresa zwinkerte ihr zu.

„Änderst du manchmal die Speisekarte?“ fragte Anna.

„Ab und zu füge ich etwas Neues hinzu, aber in letzter Zeit eher selten. Der Mensch ist ein Gewohnheitstier, und wenn ihm etwas schmeckt, wird er es fast bis zum Lebensende essen.“ Sie kicherte. „Mein seliger Mann hatte seine Lieblingsbonbons – Iris. Eigentlich waren das die einzigen Süßigkeiten, die er sich gönnte. Als er erfuhr, dass die Produktion eingestellt wurde, kaufte er alle Packungen in den umliegenden Läden auf. Dann fuhr er durch die ganze Stadt und hortete weiter. Einige bestellte er sogar online, und wochenlang kamen Pakete mit Bonbons bei uns an. Er sortierte die Iris nach Farben und legte sie in Kartons. Die in silber-grünen Verpackungen mochte er am liebsten. Die in silber-blauen am wenigsten. Zwei Stück pro

Tag – das war seine Regel. Und weißt du was? Nach acht Jahren waren sie einfach aufgebraucht. Und zwei Wochen später starb er. Natürlich war das ein Zufall, offiziell ist er an einem Herzinfarkt draufgegangen, aber ich weiß, dass er ohne seine Iris einfach nicht mehr leben wollte." Teresa lächelte wehmütig. „Ich habe es ausgerechnet – in diesen acht Jahren muss er fast sechstausend Bonbons gegessen haben. Kannst du dir das vorstellen? Sechstausend Iris. Er war der beste Beweis dafür, dass es schwer ist, sich von etwas zu lösen, an das man sich gewöhnt hat. Es sei denn, natürlich, es geht um eine Jüngere." Sie zwinkerte.

Anna schluckte.

„Sechstausend Iris," wiederholte sie nur, aber in ihrem Kopf hallte weiterhin Teresas letzter Satz nach: *Es sei denn, es geht um eine Jüngere.*

In letzter Zeit erinnerte sie alles an dasselbe.

Als ob die Welt ihre Signale senden würde, sie mit dem Finger piksen und fragen: *Bist du sicher, dass du nicht blind bist?*

„Aber ich kann neue Sandwiches auf die Karte setzen?" fragte sie nach einer Weile.

„Liebes, ich habe dir bereits gesagt, dass du hier sogar eingelegte Brennnesselblätter oder getrocknete Tarantel verkaufen kannst, wenn du willst. Das wird ganz allein dein Ort."

„Ich würde diesen Ort gerne etwas Farbe verleihen."

„Farbe?" Teresa runzelte die Stirn. „Inwiefern?"

„Die Tische und Stühle würde ich in verschiedenen Farben anstreichen. Wie einen Regenbogen. Und wenn jemand ein Sandwich an einem orangefarbenen Tisch bestellt, bekommt er es in orangefarbenem Papier eingewickelt."

„Das ist genial!" Teresa nickte anerkennend. „Und wahrscheinlich wirst du auch passende Servietten haben?"

„Und Gläser ebenso. Ich habe welche in allen Regenbogenfarben gesehen. Und zu den Sandwiches werde ich saisonales Gemüse hinzufügen. Im Frühling mit frischen Kräutern, im Herbst mit Grünkohl und Roter Bete, im

Winter mit eingelegtem Gemüse. Und ich werde ihnen eigene Namen geben."

„Personalisierte Sandwiches?" Teresa lachte. „Das gefällt mir. Wer weiß, vielleicht gelingt es dir ja, diesen Ort in etwas ganz Besonderes zu verwandeln. Ich wünsche es dir von Herzen."

„Und du? Was wirst du jetzt tun?"

Teresa kochte einen starken Kaffee, dann setzten sie sich an einen Tisch am Fenster.

„Ich glaube, mir ist klar geworden, dass das Leben aus verschiedenen Phasen besteht. Und dass wir jede davon brauchen, auch wenn es uns am schwersten fällt, die letzte zu akzeptieren. Niemand will sich eingestehen, dass ihm die Kraft ausgeht, dass sein Atem flacher wird, dass er immer seltener Lust hat, morgens aus dem Bett zu steigen. Und wenn er es doch tut, muss er erst mal seine eingerosteten Knochen in Schwung bringen. Oder eher: seine morsch gewordenen. Das Alter ist nicht schön, aber vielleicht notwendig. Es geht darum, die Reife zu erreichen, um sich einzugestehen, dass man das Feld anderen überlassen kann. Dass man niemanden mehr etwas beweisen muss. Und dann kommt die Ruhe.“

„Aber du stirbst doch nicht?“ fragte Anna plötzlich erschrocken.

Teresa nahm einen großen Schluck Kaffee und blähte die Wangen auf.

„Ich habe absolut nicht vor, irgendwohin zu verschwinden. Aber ich will das Tempo drosseln und mir etwas süßes Nichtstun gönnen. Einen Spaziergang ohne ständigen Blick auf die Uhr. Selbstgebackene Kuchen. Ja, ich liebe Torten, aber ich verzichte immer darauf, als müsste ich mir einreden, dass ich morgen an einem Wettbewerb für die schmalste Taille teilnehme. Ich werde mir erlauben, länger zu schlafen. Manchmal die abendliche Dusche zu vergessen. Frühstück – und vielleicht auch das Mittagessen – im Bett zu genießen. Und all die Bücher zu lesen, die ich mir über die Jahre in Stapeln aufgestellt habe. Es sind bestimmt achtzehn, aber bitte, verrate mich nicht. Weißt du, dass ich *Auf der Suche nach der verlorenen Zeit* von Proust noch nie gelesen habe? Weil ich einfach keine Zeit hatte.“ Sie lachte. „Die Arbeit hier war angenehm, aber sie fing an, mich zu ermüden. Und ich habe, glaube ich, meine Begeisterung verloren."

„Willst du mir sagen, dass du dich unter einer Decke verkriechst und Klassiker der Literatur liest, während du Pavlova naschst?" fragte Anna im verschwörerischen Flüsterton.

„Schlimmer. Ich werde auch Liebesromane lesen, weil ich kitschige Bücher über die Liebe mag, in denen er immer schön ist und sie mehr liebt als sich selbst – was, wie wir wissen, völliger Unsinn ist. Auf der rechten Seite meines Bettes werde ich einen Eimer voller Kokosmakronen hinstellen, auf der linken eine Karamelltorte. Und das Beste wird sein, dass es mir nicht einmal schadet, wenn ich mir abends nicht die Zähne putze – weil ich ja sowieso ein Gebiss habe!"

Jetzt lachten sie beide lauthals.

***

Wenn der Mensch, der einem am nächsten steht, plötzlich stirbt, ist die natürliche Reaktion Verzweiflung. Manchmal Verleugnung, vermischt mit einem Schmerz, der einen von innen heraus zerreißt. Es kann aber auch sein, dass man nichts fühlt. Dass man erstarrt, verhärtet, als würde nichts mehr zu einem durchdringen.

Währenddessen verspürte Anna jedoch eine wachsende Wut.

Mathias war nicht zu einem Kundentermin gefahren – er war auf dem Weg zu einem Rendezvous. Sie hatte keinen Beweis, aber sie wusste es mit jeder Faser ihres Körpers. Seine Beifahrerin war „die Dritte". Die Frau, die schon seit einiger Zeit in ihre Ehe eingedrungen war, die aber erst jetzt einen Namen, ein Gesicht und persönliche Daten bekommen hatte. Und nun lag sie im Krankenhaus mit einem gebrochenen Handgelenk und einer möglichen Gehirnerschütterung.

„Du verdammtes Hurensohn!" rief Anna laut, als sie vor dem Kleiderschrank ihres Ehemannes stand.

Zuerst wollte sie alles rausschmeißen, verbrennen, den Obdachlosen spenden – sich von jedem einzelnen Stück trennen, um jede Erinnerung an diese verdammte Ehe auszulöschen, die auf die schlimmste Weise geendet hatte.

Mathias' Tod hatte für sie an Bedeutung verloren, weil die Wut alles überschattete.

Der Zorn hatte Besitz von ihr ergriffen und ließ keinen Raum für Trauer.

Sie griff nach den Pullovern und warf sie mit einer einzigen Bewegung auf den Boden. Dasselbe tat sie mit den Hemden, Anzügen und Hosen. Doch plötzlich verließen sie die Kräfte. Sie sackte zu Boden und begann hemmungslos zu weinen – wie ein kleines Mädchen.

Warum kann ich nicht einfach normal leiden, dich beweinen und meine Trauer durchleben wie jeder andere Mensch?

Sie fühlte nichts als Hass, eine verdammte Wut darüber, dass er sie belogen hatte. Dass er sie zur unerwünschten Ehefrau gemacht hatte, alt und überflüssig, eine, die ihm langweilig geworden ist.

Doch tief in ihrem Inneren wusste sie, dass sie nicht Recht hatte.

Mathias hatte ihr nie das Gefühl gegeben, dass er sie nicht mochte.

Ich war es doch, die Nähe vermieden hat.

Sie wollte keine gemeinsamen Spaziergänge, keine Gespräche – geschweige denn Sex. Sie war es, die Grenzen zog, die zwei getrennte Bettdecken kaufte.

Und trotzdem fühlte sie sich betrogen.

War Janette Dobraniecka zwanzig Jahre jünger als sie?

Hatte sie schlanke Beine, einen festen Po und volle, sinnliche Lippen?

Liebte sie es, mit ihm zu schlafen, immer dann, wenn er es wollte?

Wer war sie?

Wie klang ihre Stimme?

Wie bewegte sie sich?

Was aß sie gern? Bedeckten im Sommer Sommersprossen ihre Nase? Was taten sie in ihrer Freizeit? War es ein Griff nach den Sternen oder eher gewöhnlicher Alltag – Spaziergänge, Gespräche, gemeinsame Abendessen?

Zwei Tage lang lebte Anna wie in Trance.

Sie wusste nicht, ob sie etwas gegessen hatte, ob sie sich die Zähne geputzt hatte, ob sie überhaupt geschlafen hatte. Es fühlte sich an, als stecke sie in einem seltsamen Dämmerzustand fest – sie war sich dessen bewusst, was um sie herum geschah, aber gleichzeitig sah sie Bilder aus der Vergangenheit.

Die ersten Blumen, die sie von Mathias bekommen hatte.

Die letzte Kamelie im Topf.

Ein Spaziergang am Meer, als eine Möwe sich auf ihre Waffeln stürzte. Ein Abendessen im Park unter freiem Himmel. Ihr Entsetzen, als sie zum ersten Mal Jakobsmuscheln serviert bekam – und sich nicht traute, sie zu probieren.

Ihr erstes Treffen an der Bushaltestelle, im Regen. Sie selbst, hochschwanger, als sie kaum noch laufen konnte. Mathias, der sie auslachte und meinte, sie sehe mit ihrem Bauch aus wie eine große, strahlende Sonne, an die jemand Arme und Beine drangetackert hatte und noch das Bad im See bei Sonnenuntergang. Es war kitschig – aber dennoch schön.

Nach zwei Tagen wurde ihr bewusst, dass sie die ganze Zeit im Bett lag.

Sie hatte ein Dutzend verpasster Anrufe von Teresa, einige von anderen Bekannten und vier von ihrem Sohn. Sie schluckte und wählte seine Nummer. Sie versuchte, ihre Stimme ruhig klingen zu lassen.

„Ja, die Beerdigung ist am kommenden Samstag. Es tut mir leid, dass ich nicht rangegangen bin, ich hatte einfach so viel zu erledigen. Natürlich hole ich dich vom Flughafen ab. Ich liebe dich auch. Alles wird gut.“

Sie trank ein Glas eiskaltes Wasser in einem Zug aus und wählte Teresas Nummer.

„Es tut mir leid, dass ich nicht rangegangen bin, ich hatte einfach so viel um die Ohren. Danke, dass du dich um den Laden gekümmert hast. Und dass du bei der Organisation der Beerdigung geholfen hast. Ich liebe dich auch. Alles wird gut.“

Dann stand sie auf und ging unter die Dusche, um die letzten Reste dieser Halbschlafbilder von sich abzuwaschen, die sich immer wieder in ihrem Kopf abspielten. Sie wollte wieder in die Welt der Lebenden zurückkehren – denn schließlich gehörte sie ja noch dazu.

Drei Tage später, als sie Mathias' Kleiderschrank ausräumte, fand sie Briefe.

Diesmal jedoch reagierte sie ruhig. Die Wut hatte sich für einen Moment auf den Grund ihrer Seele gesetzt und beobachtete sie nur aufmerksam. Sie wusste, dass sie noch nicht mit ihr fertig war, aber fürs Erste war sie passiv.

Das war gut. Das war sogar sehr gut.

Anna faltete sorgfältig die Kleidung und packte sie in Kartons.

Die Briefe lagen unter den T-Shirts, mit einem grünen Band zusammengebunden. Sie berührte die cremefarbenen Umschläge, und obwohl sie genau wusste, was darin war, spürte sie, wie ihr Herz schneller schlug. Nun würde das, was sie schon lange geahnt hatte, schwarz auf weiß bestätigt werden. Oder besser gesagt – auf Cremeweiß.

Sehnsüchte, Gedanken, Wünsche – all das fand sich auf diesen wenigen Seiten wieder, und trotz des Stiles, welcher einfach und wenig überschwänglich war, drang er brutal in eine

Welt ein, die bis jetzt nur Anna und Mathias gehört hatte. Sie fühlte sich, als würde jemand ihr Stück für Stück diese Welt entreißen, sie immer besser verstehen, immer näher rücken – und wirklich lieben. Aus Janettes Zeilen tauchte jener Mathias auf, den sie vor vielen Jahren gekannt und in den sie sich verliebt hatte.

Gütig, ruhig, fürsorglich, ein wenig in sich gekehrt.

Mit einer Leidenschaft für alte Autos, einer Vorliebe für weiße Schokolade, Himbeereis und Bildbände über die größten architektonischen Meisterwerke der Welt. Mathias, der es liebte, Pilze zu sammeln und sie danach einzulegen. Der einen kleinen, lustigen Fleck über dem rechten Knöchel hatte, ein Muttermal, das wie ein Luftballon an einer Schnur aussah.

Es tat weh zu wissen, dass jemand anderes das alles auch bemerkt hatte. Dass jemand darüber Bescheid wusste. Mehr noch – dass jemand es bewunderte und wertschätzte. Dass sie seit Jahren nicht mehr wirklich miteinander gesprochen hatten, stattdessen höfliche Floskeln und bedeutungslose Sätze austauschten, bedeutete nicht, dass sie nicht mehr zusammengehörten. Dass sie keine Einheit mehr waren.

Jetzt fühlte sich Anna, als hätte jemand plötzlich einen Stromkreis unterbrochen, von dem sie ein Teil war. Wenn durch eine Sicherung zu viel Strom fließt, brennt der Draht durch, schmilzt und unterbricht den Stromkreislauf.

Janette war genau dieser „zu große Strom".

Im buchstäblichen wie im übertragenen Sinne.

Anna las alle Briefe. Und es fühlte sich an, als wäre Mathias ein zweites Mal gegangen. Wobei ihr der Autounfall plötzlich weniger grauenvoll vorkam. Und sie wusste, dass es keine solche Kraft gab, die sie davon abhalten konnte, Janette kennenzulernen. Sie wollte sie sehen, ihre Stimme hören und verstehen, warum Mathias sich mit ihr getroffen hatte.

Wenn du mich ansiehst, spüre ich es – selbst mit geschlossenen Augen. Und ich drehe mich wie ein Farn zur Sonne...

Anna schloss die Augen.

Dann begann sie mit aller Kraft zu schreien.

Es dauerte mehrere Minuten. Dann fiel sie einfach auf die Knie und kippte zur Seite. Sie schlief acht Stunden ohne Unterbrechung. Alle war Schwarz.

„Hier, zünd dir eine an." Teresa hielt Anna einen Joint hin.

„Marihuana?"

„Ja. Aber denk jetzt nicht darüber nach. Überleg nicht, ob das gut oder schlecht ist – zieh einfach zwei- oder dreimal dran. Aber nicht mehr. Es geht nur darum, dass du dich ein wenig betäubst. Im Moment bist du wie ein Ei ohne Schale – es braucht nicht mehr viel, damit du zerfließt."

Ohne Teresa hätte Anna sich bei der Beerdigung wohl kaum unter Kontrolle halten können. Und die ganze Zeit über fragte sie sich, ob Janette auftauchen würde.

Ob sie irgendwo abseits stehen und ihren Geliebten betrauern würde – oder ob sie sich vielleicht sogar in die Kirche setzen und sich als Bekannte ausgeben würde.

„Ich habe Angst, dass sie hier auftaucht“, flüsterte sie Teresa zu. „Und dass sie so etwas wie ein zusätzlicher, seltsamer Schuldvorwurf sein wird. Obwohl es auch sein kann, dass ich nur Unsinn rede.“

Teresa zog sie in eine feste Umarmung.

Anna wollte eine Zeit lang niemandem von Mathias' Affäre erzählen, aber sie spürte, dass dieses Geheimnis nicht lange für sich behalten konnte. Sie wollte diese Last loswerden, ihre Wut hinausschreien, sich endlich bei jemandem ausweinen und Verständnis finden. Nach dem Tod ihrer Mutter war Teresa die wichtigste Person in Annas Leben geworden. Zwanzig Jahre trennten sie, doch Teresa hatte nie gesagt, dass man etwas nicht tun, nicht sagen durfte, dass es Normen und Regeln gab, an die man sich ab einem bestimmten Alter zu halten hatte. In ihren Augen waren Normen einfach nur die Summe dessen, was das Leben einem zugemutet hatte – also durften sie flexibel sein, individuell für jeden Menschen.

„Weißt du, wer sie ist?" fragte sie schließlich.

„Nein, aber ich kenne ihren Namen. Und ich muss sie sehen. Vielleicht verstehe ich es dann und kann ihm sogar verzeihen – oder mich wenigstens mit allem abfinden. Am schlimmsten ist, dass ich meinen Schmerz nicht wirklich zulassen kann. Weil ich ihn ständig mit ihr sehe. Und diese Blumen… Er hat sie mir gebracht, weil er sich schuldig fühlte. Weil er sich damit rechtfertigen wollte."

Sie vergrub ihr Gesicht in den Händen.

Teresa atmete tief durch.

„Aber du weißt doch, dass eine Affäre nicht aus dem Nichts entsteht, oder? Und dass es keine klare Trennung zwischen Huren und Heiligen gibt – weil diese Rollen sich manchmal ganz einfach umkehren können?"

Anna zuckte mit den Schultern.

„Ich weiß. Aber dieses Wissen hilft mir kein bisschen. Und ich weiß auch, dass ich in gewisser Weise mitschuldig bin – aber gerade geht mir das am Arsch vorbei. Denn am Ende war ich diejenige, die betrogen wurde."

Teresa strich ihr sanft über den Kopf.

„Du hast jedes Recht, wütend zu sein. Ja, sogar rasend vor Wut. Und ich glaube auch, dass du sie sehen solltest. Vielleicht hat das eine therapeutische Wirkung – hoffentlich im positiven Sinne. Manchmal klären solche Begegnungen etwas, weil plötzlich Dinge klar werden. Ich weiß es nicht, ich war noch nie in so einer Situation. Aber ich glaube, ich würde auch wissen wollen, wer die Geliebte meines Mannes war. Wenn du sie nicht siehst, wirst du für immer über sie nachdenken."

***

Sie war dick.

Die Allegorie eines Krapfens und eines Schweinswals in einem.

Anna wollte objektiv bleiben, aber ihr fielen keine anderen Vergleiche ein. Zwei Wochen nach der Beerdigung, als sie wieder anfing, normal zu denken, Frühstück zu essen und sich sogar Kaffee zu kochen, beschloss sie, ihrer Rivalin ins Gesicht zu blicken. Vielleicht nicht direkt – sie wollte sie zunächst aus der Ferne beobachten.

271

Aber sie fühlte sich bereit.

Alle Daten von Janette Dobraniecka standen in Mathias' Notizbuch.

Adresse, Telefonnummer, E-Mail, Arbeitsplatz. Ohne Probleme fand sie sie auf Facebook – und ebenso leicht in der realen Welt.

Ich habe dich beobachtet, als du Zwiebeln geschnitten hast. Es war so wundervoll.

Janette Dobraniecka war fünfzig Jahre alt, geschieden und hatte zwei Kinder.

Sie hatte kein Studium abgeschlossen, war keine herausragende Schriftstellerin, keine Malerin oder gefragte Anwältin. Sie arbeitete in Gewächshäusern am Stadtrand. Sie war eine gewöhnliche Frau. Aber sie konnte sich für Mathias begeistern, wenn er Zwiebeln schnitt und hielt ihn für außergewöhnlich. Sie glaubte, endlich Frieden gefunden zu haben. Sie schrieb ihm, dass er ihr Leben wieder in Ordnung gebracht hatte und dass er ein winziges Teil des Universums war, das ihr zufällig begegnete. Was für ein Kitsch. Ein Harlequin-Roman in Echtzeit.

Anna presste die Kiefer zusammen.

Dieses verdammte Zwiebelschneiden ließ sie nicht los. Sex – im Hotel, im Auto, sogar bei ihr zu Hause, wo auch immer – das wäre etwas anderes gewesen. Geheime Dates, gemeinsame Ausflüge – das alles war eine Sache. Aber das Zwiebelschneiden bedeutete Nähe. Es überschritt eine ganz andere Grenze als Sex. Und paradoxerweise war es viel intimer.

„Hast du etwas über sie herausgefunden?" fragte Teresa einige Zeit später.

Anna nickte langsam.

„Ja. Und weißt du, was das Schlimmste ist? Sie ist überhaupt nicht besser als ich. Weder jünger noch schöner, nicht einmal schlanker. Und dazu arbeitet sie auch noch in einem ähnlichen Bereich. Sie verbringt ihre Tage in Gewächshäusern. Sie ist von Blumen umgeben. Mein Gott, was für eine Ironie. Wofür brauchte er jemanden, der mir so ähnlich ist? Jemanden, der so gewöhnlich und... dick ist?"

Teresa lachte laut.

„Hattest du auf eine schlanke Blondine getippt, mit Beinen, die die Erdkugel umwickeln könnten?"

„Ungefähr so."

„Mit Brüsten wie pralle Grapefruit-Hälften, saftigen Lippen und Wimpern wie Schmetterlingsflügel?"

„Ja, genauso hatte ich sie mir vorgestellt." Anna nickte. „Sogar der Name hätte gepasst."

„Und, bist du enttäuscht?"

„Ich bin überrascht. Und ich verstehe alles noch weniger als zuvor. Aber am schlimmsten ist, dass ich ihn nicht mehr fragen kann. Manchmal starre ich auf sein Foto und warte darauf, dass er anfängt zu reden. Ich sehe ihn intensiv an, als könnte ich ihn dazu zwingen, wieder lebendig zu werden. Ich weiß, das ist krank..."

Teresa schüttelte den Kopf.

„Nein, ich verstehe dich vollkommen. Aber vielleicht ist es besser, dass sie gewöhnlich ist? Vielleicht würdest du dich einfach schrecklich fühlen, wenn sie wirklich Beine hätte, die länger sind als unsere zusammen, und einen Mund, der eine ausgewachsene Zucchini umfassen könnte? Dann wärst du am Boden zerstört, fühltest dich hässlich, minderwertig, wertlos."

Anna dachte einen Moment nach.

„Vielleicht. Im Moment fühle ich mich einfach nur bestohlen. Als hätte mir jemand einen Teil von mir selbst genommen. Und ich kann das nirgends melden.

Ich kann keine Entschädigung verlangen."

„Und was hast du vor?"

„Ich weiß es nicht. Erst mal muss ich mich um den Laden kümmern. Ich habe gerade erst angefangen, es wäre dumm, nach vier Wochen aufzugeben."

„Denk daran, dass ich dir helfen kann.", erinnerte sie Teresa.

„Ich weiß. Aber ich muss das alleine schaffen. Ich will aufhören, über all das nachzudenken, denn das ist schlimmer als Gift. Ich fühle mich, als wäre etwas in mir ausgelaufen und würde meine Organe von innen heraus angreifen. Manchmal wache ich mit Schmerzen im ganzen Körper auf, und ich weiß schon, dass keine Tablette helfen wird. Da hilft nur: Zähne zusammenbeißen und durchhalten."

„Trinkst du?"

„Glaub mir, ich wollte es. Ich habe mir sogar ein paar Flaschen Wein gekauft und den Whisky aus der Bar geholt. Aber das ist nichts für mich. Ich mag keinen Alkohol. Ich habe es geschafft genau einmal zu betrinken – und danach gekotzt, und zwar richtig heftig. Ich wollte mich betäuben – und das Gegenteil ist passiert."

Die nächsten Wochen verbrachte Anna mit intensiver Arbeit.

Sie perfektionierte die Details, kaufte bunte Servietten und Teller, stellte ein neues Menü zusammen und kontaktierte sogar eine Werbeagentur, die eine kleine Kampagne für ihr Bistro vorbereiten sollte.

Sie versuchte, die Gedanken an den Tod zu verdrängen – und daran, dass die zweite Bettdecke jetzt in einer Truhe verstaut war und Mathias' Lieblingsbecher, der blaue, aus dem er immer seinen Kaffee trank, nie wieder benutzt werden würde.

Auch an Janette wollte sie nicht mehr denken, aber manchmal schaute sie doch auf ihr Facebook-Profil und hoffte insgeheim, dort etwas Besonderes zu finden. Sie wusste nicht einmal genau, was sie suchte.

Vielleicht eine Anspielung auf Mathias?

Ein Fragment eines Briefes, den Janette ihm geschrieben hatte?

Eine Art Abschiedswort?

Aber Janette hatte seit Wochen nichts mehr gepostet.

Sie war verschwunden, hatte sich aus dem virtuellen Leben zurückgezogen, als wollte sie ihre Trauer in Einsamkeit verdauen. Anna verspürte den Drang, ihr zu schreiben. Ihr ein Zeichen zu geben, dass sie es wusste. Dass sie es immer gewusst hatte. Und dass Mathias sie nie verlassen hätte. Dass sie nur die Geliebte gewesen war – selbst wenn er für sie Zwiebeln geschnitten hatte.

„Lass es sein", riet ihr Teresa. „Das ändert nichts mehr – du machst dich nur unnötig verrückt. Konzentrier dich auf das Hier und Jetzt. Und auf das, was noch kommt. Die Vergangenheit ist nur eine Erinnerung – und die kann man nicht ändern."

Anna wusste, dass Teresa recht hatte.

Eine Weile lang versuchte sie wirklich, nicht mehr zurückzublicken. Mathias war tot – und mit ihm seine neue Liebe, die sie nicht hatte akzeptieren können. Und doch kam irgendwann wieder dieser Impuls.

An einem Samstagmorgen war es so weit. Anna wachte nach einer weiteren schlecht durchschlafenen Nacht auf – voller absurder Träume und nächtlicher Ängste.

„Ich muss sie noch einmal sehen. Und vielleicht dann noch einmal. Ich will mehr sehen als nur ein Gesicht und einen Körper", sagte sie laut zu sich selbst. Sie wusste selbst nicht, warum sie das tun musste – aber sie musste.

Am Nachmittag rief sie Teresa an.

„Wenn ich dich bitte, mir eine Zeit lang im Bistro zu helfen – würdest du es tun, ohne Fragen zu stellen?"

„Sag mir nur, dass du nichts Dummes planst."

„Das hängt wohl vom Blickwinkel ab. Aber ich muss das tun."

„Gut. Dann tu es. Aber komm schnell wieder zurück."

Teresa nickte, als würde sie alles verstehen.

***

Am Morgen des dreiundzwanzigsten Dezembers begann es leicht zu schneien, als wollte der Himmel vorsichtig stärkere Schneefälle ankündigen. Bis Heiligabend würde alles mit weißem Pulver überzogen werden. Genauso, wie es die Menschen am meisten liebten – wie auf den Postkarten und in den schönen Weihnachtsfilmen.

Anna wachte ungewöhnlich früh auf.

Sie setzte sich im Bett auf, wickelte sich in die dunkelgrüne Bettdecke und blickte auf die wirbelnden Schneeflocken vor dem Fenster.

Natürlich konnte es kein glückliches Weihnachtsfest werden. Wäre Teresa nicht wie gewohnt unangekündigt hereingeschneit, hätte sie wahrscheinlich zum ersten Mal seit Jahren weder Käsekuchen noch Mohnkuchen noch Kraut mit Pilzen gehabt.

„Erwarte mich an Heiligabend", verkündete Teresa.

„Meine Tochter und ihr Mann kommen am frühen Nachmittag, dann fahren sie zu seinen Eltern. Und in der Zwischenzeit packe ich alles in Behälter und tauche bei dir auf wie der Weihnachtsmann – zwar ohne Bart, aber dafür mit Geschenken."

„Das wäre doch nicht nötig", versuchte Anna halbherzig zu protestieren, doch Teresa winkte nur ab.

„Natürlich wäre es nicht nötig, aber ich kann einfach nicht anders. Ich bin infiziert, verseucht mit dem Weihnachtsfieber, und nichts kann mich davon heilen. Man hat es oft versucht – und jedes Mal endete es in einer Katastrophe."

„Aber ich habe nichts für dich", flüsterte Anna noch.

„Perfekt. Ich schenke viel lieber, als dass ich beschenkt werde. Ich weiß nie, ob ich mich ausreichend bedankt habe. Und ich habe ein kleines Trauma – mein seliger Mann, übrigens kannst du das jetzt auch von deinem Sagen" – sie zwinkerte Anna zu – „beschenkte mich immer mit etwas dramatisch nicht gelungenem. Du hast ja keine Ahnung, wie es sich anfühlt, wenn du eine kristallblaue Vase auspackst – oder eher smaragdgrün – und dann dein Gesicht zu einem Lächeln verziehen musst, vielleicht sogar ausrufen solltest: *‚Davon habe ich schon immer geträumt!‘* Während deine ästhetischen Sinne rebellieren und schreien: *‚Nein!‘* Und wenn du denkst, es könnte nicht schlimmer werden, bekommst du ein Jahr später eine Schmuckschatulle – aus Muscheln. Deine Augen brennen vor Schmerz, wenn du sie ansiehst, aber du hebst tapfer den Blick und sagst: *‚Ich bin außer mir vor Begeisterung.‘* Deshalb bin ich froh, dass du nichts für mich hast. So ersparen wir uns peinliche Momente und falsche Grimassen."

Anna zog Teresa in eine Umarmung, und diese klopfte ihr sanft auf den Rücken.

„Es wird alles gut, du wirst sehen. Die ersten solchen Weihnachten sind immer die schwersten, weil wir das zweite leere Gedeck auf dem Tisch nicht gewohnt sind. Ich gestehe dir: Nach Waldemars Tod habe ich ein komplettes Weihnachtsessen vorbereitet. Ich hätte zu meiner Tochter gehen können, aber ich entschied, mich meiner Angst zu stellen. Ich musste jedoch den Raum wechseln und neues Geschirr kaufen, um es anders zu machen – ich wollte keine unvollständige Kopie erschaffen. Also feierte ich Heiligabend in der Küche.“

„Und, hat es funktioniert?“ fragte Anna.

Teresa überlegte einen Moment.

„Heute denke ich, ja – ich habe es geschafft. Ich bat meinen Schwiegersohn, dass wir uns keine persönlichen Wünsche machten, sondern dass er einfach in den Raum hinein sprach. So, dass die Worte jeden erreichten, aber ohne direkte Konfrontation von Angesicht zu Angesicht. Damit man sie greifen und für einen Moment festhalten konnte, bevor man sich an den Tisch setzte und sich all das auf den Teller lud, was mir damals kaum die Kehle hinunterging."

„Ich glaube, morgen wird es mir ähnlich gehen."

„Durchaus möglich", stimmte Teresa zu. „Ich werde dich zu nichts zwingen, aber du solltest wissen, dass ich einen Käse-Mohn-Kuchen mit karamellisierten Orangen obendrauf gemacht habe – und ich glaube nicht, dass du ihm widerstehen kannst."

Anna lächelte ihr dankbar zu.

Am dreiundzwanzigsten Dezember, um sieben Uhr zwölf, zog sie sich an und ging in den Garten hinaus, um den ersten Schnee zu betrachten und ein wenig zu frieren – damit sie danach umso mehr ihre heiße Tasse Kaffee und die dunkelgrüne Bettdecke zu schätzen wusste, unter die sie sich gleich wieder kuscheln wollte.

Sie liebte ihren Garten. Er war nicht besonders groß, aber er begeisterte jeden, der ihn betrat. In Weiß gehalten, schlicht und ein wenig märchenhaft. Anna fand immer, dass Weiß ihm eine besondere Eleganz verlieh. In der Saison blühten alle Pflanzen in Weiß – von niedrigen

Steingartenstauden bis zu Sträuchern und Bäumen. Sie hatte die Sorten so gewählt, dass immer etwas blühte – vom ersten Frühlingsgruß bis zum späten Herbst. So konnte sie sich die ganze Saison über an der weißen Pracht erfreuen. Den Anfang machten Krokusse und Schneeglöckchen. Dann gesellten sich weiße Vergissmeinnicht, duftende Maiglöckchen, Schleifenblumen und Küchenschellen hinzu. Es gab Tulpen, Hyazinthen, Freesien, Narzissen, Acidantheren, Gladiolen, Lilien und natürlich Anemonen. Sowie Glockenblumen, Alpen-Gänsekresse, Edelweiß und Prachtscharte.

Jetzt aber schlief der Garten, als wäre er mit einer weißen Serviette bedeckt – gewebt aus Schneeflocken.

Unter dem weißen Hartriegel stand eine Bank.

Damals hatten Anna und Mathias sie gemeinsam auf einem Flohmarkt entdeckt und sofort gedacht, dass sie in ihrem Garten wunderschön aussehen würde.

Wie lange war das her? Zwölf Jahre? Fünfzehn?

Sie hatten sie damals mit einem geliehenen Anhänger von den Nachbarn nach Hause transportiert. Die Bank war schwarz, aus Metall, doch mittlerweile blätterte die Farbe an einigen Stellen ab.

Anna setzte sich.

Trotz der winterlichen Kälte fühlte sie sich angenehm warm.

Sie schloss die Augen.

„Wie viel Zeit haben wir?" fragte sie leise.

„Eine Stunde", antwortete Mathias.

Er trug ein graues Wolljackett, eine graue Hose und ein helles Hemd. Keine Krawatte – nur einen bordeauxroten Schal. Den hatte er einmal von Anna bekommen. Er mochte ihn, weil er aus weicher Wolle war, nicht kratzte, sondern eher ihn sanft am Kinn streichelte.

„Warum?" fragte sie schlicht.

Er antwortete nicht sofort.

Er überlegte es, als würde er jedes Wort sorgfältig abwägen.

Eine Stunde war entweder unglaublich viel oder erschreckend wenig Zeit – je nachdem, ob danach noch eine weitere folgte oder nicht.

„Ich wollte mich wieder fühlen wie früher. Den Glanz in den Augen eines anderen sehen. Hören, wie jemand über meine Witze lacht. Eine Berührung auf meiner Haut spüren. Glauben, dass ich besonders bin. Einzigartig. Gewollt. Erträumt.“

„Du wolltest dich also besser fühlen?“

„Ich wollte gesehen werden. Ich habe einmal gelesen, dass das schlimmste Zuhause eines ist, in dem nichts passiert. In dem man gezwungen über Nichtigkeiten spricht, sich mit Widerwillen ansieht und Berührungen vermeidet. Und genauso ein Zuhause haben wir uns geschaffen.“

Anna schluckte.

Sie wusste es ja längst.

Aber erst als Mathias es laut aussprach, traf sie die Traurigkeit dieser Worte mit voller Wucht. Tatsächlich war in ihrem Haus kaum etwas passiert. Es lebte nicht – es vegetierte einfach nur vor sich hin. Es bestand aus Wänden, ein paar Zimmern, einem hübschen Garten. Aber es war keine Familie darin.

„Und ich muss dir noch sagen, dass ich daran eine große Mitschuld hatte", gab Mathias zu.

„Nicht nur du hast dich verschlossen – ich bin mit der Zeit einfach verstummt. Ich habe aufgegeben. Resigniert. Jetzt sehe ich, wie seltsam das war – dass ich so viel Energie in die Restaurierung eines alten Wartburg gesteckt habe, aber unsere Ehe einfach aufgegeben habe."

„Wir haben beide aufgegeben", sagte Anna.

„Als wäre es uns nicht mehr wichtig gewesen. Als wären uns die Farben ausgegangen, um weiter zu malen."

„Liebst du mich noch?" fragte Mathias plötzlich.

„Natürlich, schließlich sind wir... oder waren wir... verheiratet", antwortete sie automatisch.

„Es hat sich nur ein bisschen verlaufen. Ist in verschiedene Richtungen entwischt. Aber wir waren ja immer noch zusammen. Bis… Bis diese verdammte Janette auftauchte.“

Mathias stupste ihr sanft gegen die Schulter.

„Bist du eifersüchtig?“

Sie nickte.

„Weißt du, dass ich genau das wollte?“

„Was meinst du?“

„Ich habe auf deine Eifersucht gewartet. Ich wollte, dass es dir wehtut. Ich hoffte, dass du zu mir kommst, mir Vorwürfe machst, mich anschreist. Ich war sogar bereit für Handgreiflichkeiten.“

„Bist du wahnsinnig?“

„Ist dir aufgefallen, dass ich mir in letzter Zeit drei neue Hemden gekauft habe?“

„Das sollte mich auf die richtige Fährte bringen?“

„Bis dahin warst du es, die mir meine Hemden kaufte. Dann begann ich, später von der Arbeit nach Hause zu kommen. Aber auch das ließ dich kalt. Erst bei den Blumen bist du aufgewacht.“

„Also waren sie gar nicht dazu da, um dein schlechtes Gewissen zu beruhigen?"

Mathias breitete die Arme aus.

„Ich wollte, dass du anfängst, es zu ahnen. Und dass du irgendwie darauf reagierst. Einmal wären wir fast zu so einem Gespräch gekommen – erinnerst du dich, als ich die Orchidee mitgebracht habe? Aber du hast das Thema sofort abgewürgt. Trotzdem hatte ich gehofft, dass du von da an misstrauischer wirst. Und dass du endlich platzt. Ich weiß selbst nicht genau, was ich erwartet habe. Wahrscheinlich irgendein Zeichen, dass ich dir noch wichtig bin. Ich weiß, das war ein Spiel auf dünnem Eis. Aber mir fiel nichts anderes ein."

Anna schüttelte ungläubig den Kopf.

„Ich verstehe nicht. Hast du die Affäre erfunden? Hast du sie nicht geliebt?"

„So war es nicht. Nicht ganz. Als ich Janette kennenlernte, dachte ich absolut nicht an eine Affäre. Sie suchte nach ihrer Scheidung eine kleine Wohnung – und wir verbrachten viel Zeit damit, uns verschiedene Objekte anzusehen. Mit der Zeit wurden wir Freunde."

„Ihr wart euch wohl ziemlich nah, wenn du für sie Zwiebeln geschnitten hast“, murmelte Anna.

„Woher weißt du das?“

„Egal.“

„Ich habe dir mal eine Pilzpfanne mit Zwiebeln gemacht – in Sahne, mit frischem Koriander. Erinnerst du dich? Deine Lieblingsspeise.“

Anna biss sich auf die Lippe.

„Ihr auch?“

Mathias antwortete nicht, sondern fing eine Schneeflocke mit der Hand.

„Mich haben diese kleinen Kunstwerke schon immer fasziniert. Rein chemisch betrachtet sind sie nur eine Ansammlung von Eiskristallen, aber schau sie dir genau an.“

„Ist sie noch nicht geschmolzen?“ fragte Anna erstaunt.

Mathias lächelte.

„Das ist einer der Vorteile, wenn man auf der anderen Seite ist. Ich kann für dich eine

Schneeflocke so lange festhalten, wie ich will. Eine Art Magie."

Anna beugte sich über seine Hand.

„Tatsächlich sechseckig. Und gar nicht so flach, wie ich immer dachte. Sie sieht aus wie ein winziges Prisma, durchsichtig noch dazu – dabei dachte ich immer, Schnee wäre weiß."

„Weiß ist nichts anderes als reflektiertes Licht in den Eiskristallen."

Anna betrachtete sie mit Staunen.

„Erinnerst du dich, wie du vor siebenundzwanzig Jahren, als ich ein riesiges Nilpferd mit unserem Sohn im Bauch war, ein Iglu für mich im Garten deiner Eltern gebaut hast? Du hast sogar Decken und Kissen mitgebracht, und wir haben die Nacht darin verbracht. Wir haben eine Kerze angezündet und uns Geschichten aus der Zukunft erzählt. Wie unser Sohn einmal aussehen würde – und dass wir ihm keine Schokolade geben würden, damit er sich nicht zu früh in Süßigkeiten verliebt."

„Ich glaube, meine Mutter hat diesen Plan gründlich ruiniert. Zum ersten Geburtstag bekam er von ihr so viele Schokoriegel, dass er locker die halbe Krabbelgruppe damit versorgen konnte. Leider hatte er schon zwei gefressen, bevor wir das Wort *Nein* überhaupt aussprechen konnten."

Anna lachte.

„Und von da an wollte er ständig etwas Süßes. Und deine Mutter sagte immer, wir wären verrückt – ein Kind, das ohne Schokolade aufwächst, könne niemals glücklich sein."

Mathias schmunzelte über diese Erinnerungen und sah Anna an.

„Ist dir nicht kalt?"

„Eigentlich eher warm. Komisch."

„Bist du noch wütend auf mich?"

„Ein bisschen. Sag mir ehrlich – hast du dich in sie verliebt? Ich muss es wissen."

***

Mathias hatte keine Affäre geplant.

Er war ein ehrlicher Mann, hatte seine Prinzipien und liebte seine Frau – zumindest hatte er das immer geglaubt. Doch als er Janette kennenlernte, wurde ihm klar, wie vieles ihm im

Leben fehlte. Es ging nicht um materielle Dinge. Nicht um eine junge, schöne Geliebte.

Es fehlte ihm an Alltag, an Gesprächen, an gemeinsamem Kochen, am Sitzen auf dem Sofa, am leichten Schnarchen, während sie einen Film schaute. An der Einfachheit gemeinsamer Morgen – mit Kaffee und Radio. An ziellosen Spaziergängen. An einer einzigen Decke im Ehebett. Janette schenkte ihm all das, ohne Fragen, ohne Forderungen. Sie gab sich ihm völlig hin, obwohl sie wusste, dass sie immer die Zweite bleiben würde. Manchmal ist es jedoch besser, einen selbstgebackenen Kuchen zu genießen, als sein ganzes Leben auf eine Hochzeitstorte zu warten.

Vor zwei Jahren hatte sie eine schmerzhafte Scheidung durchgemacht. Zwei weitere Jahre lebte sie mit ihrer Mutter unter einem Dach – einer Mutter, die ihr nicht verzieh, dass ihre Ehe gescheitert war.

„Mama, aber er hat mich verlassen."

„Du musst ihm einen Grund gegeben haben – eine andere Möglichkeit sehe ich nicht", erwiderte ihre Mutter.

Und als sie diesen Satz zum hundertsten Mal hörte, wusste Janette, dass es Zeit war auszuziehen. Monatelang suchte sie nach einer kleinen, günstigen Wohnung – nach etwas, das ein wenig gemütlich war und keine allzu großen Kompromisse erforderte, insbesondere keine ästhetischen. Damals lernte sie Mathias kennen – einen der wenigen Makler, die auf Anhieb verstanden, was sie suchte. Mit einem Lächeln auf den Lippen zeigte er ihr eine Wohnung nach der anderen, und wenn sie den Kopf schüttelte, verstand er sofort.

„Ich weiß – hier ist es einfach trostlos", sagte er dann.

Und dann fand er für sie ein gemütliches Dachgeschoss zu einem guten Preis – auch wenn es eine kleine Renovierung brauchte.

Als sie es sah, sagte sie sofort *Ja*.

Offener Raum, ein Schlafzimmer, das durch eine halbe Wand abgetrennt war, eine relativ große Dusche. Stein, Holz – schlicht, aber mit Seele. Genau das, wonach sie gesucht hatte.

„Wenn Sie möchten, kann ich beim Renovieren helfen", sagte Mathias.

Und für sie klang es wie ein Gedicht.

Es klang so für die nächsten Monate – denn sie verliebte sich so sehr in ihn, dass ihr manchmal der Atem stockte. Es war eine Liebe, die nicht ganz ehrlich war, einseitig, mit wenig Hoffnung auf eine gemeinsame Zukunft – und doch griff sie danach, mutig, mit leuchtenden Augen. Mathias kostete dieses Glück vorsichtiger, schlich sich langsam daran heran, statt kopfüber hineinzuspringen.

Aber mit der Zeit besuchte er sie immer öfter, hinterließ immer mehr Spuren.

Eines Tages ließ er sogar einen Pullover auf dem Dachboden liegen. Und als sie ihn darauf ansprach, sagte er nur:

„Das macht nichts. Häng ihn einfach in den Schrank.“

Für sie bedeutete das mehr als jedes Liebesgeständnis.

„Wie schön, dass du da bist“, sagte sie einmal zu ihm.

Und Mathias wurde klar, wie sehr er gebraucht hatte genau das zu hören.

„Ich habe etwas Schreckliches getan“, sagte Anna jetzt.

„Du?“ Mathias sah sie überrascht an. „Du kannst weder schreckliche noch böse Dinge tun. Du hast es nie gekonnt.“

„Und doch ist es mir gelungen.“

Sie lächelte schwach.

„Ich habe Janette beschattet und herausgefunden, welches Auto sie fährt.“

„Einen roten Corsa?“

„Ja.“

„Moment mal – du hast sie verfolgt? Wozu?“ fragte Mathias, als er sich fing.

Anna zuckte mit den Schultern.

„Ich weiß nicht genau. Ich musste wohl sehen, wie sie aussieht – und warum ausgerechnet sie. Ich wollte in ihre Welt eintauchen, frag mich nicht, warum. Ich war überrascht, dass sie… ähm… pummelig ist“, beendete sie schnell.

„Du hast mit einer langbeinigen Elfe gerechnet?“

„Ich habe mit jemandem Besseren gerechnet", gab sie ehrlich zu.

Mathias lachte leise.

„Es geht nicht um die Kleidergröße, nicht um die Brustform und nicht einmal um Faltenfreiheit."

„Sondern?"

„Um das Lächeln. Um Aufmerksamkeit. Um echtes Interesse. Vor allem darum, dass jemand dir das Gefühl gibt, gebraucht zu werden. Jeder Mensch ist ein wenig egoistisch – ein kleiner Mittelpunkt der Welt, wenn es um seine Bedürfnisse geht. Man will sich wichtig fühlen. Gesehen werden. Ich sage dir: Jeder will sogar, dass jemand um ihn weint, wenn er stirbt. Ziemlich egozentrisch, oder?"

„In gewisser Weise schon", stimmte Anna zu.

„Aber es ist doch normal, um jemanden zu trauern, den man kannte."

Mathias schnippte mit den Fingern.

„Aber es geht nicht um Tränen, die aus der Situation heraus entstehen – durch die

297

Atmosphäre einer Beerdigung. Es geht um echte Sehnsucht nach jemandem, der sich gerade für immer abgemeldet hat.“

Anna öffnete den Mund, aber die Frage blieb ihr im Hals stecken.

„Nur raus damit“, ermutigte sie Mathias.

„Das ist wirklich die letzte Gelegenheit.“

„Hast du dich in sie verliebt? Antwort ehrlich, ich habe das Gefühl, du weichst aus.“

Er dachte einen Moment nach.

„Und lüg mich nicht an“, fügte sie hinzu.

„Was denkst du von mir?“ erwiderte er entrüstet.

„Außerdem kann man von hier aus nicht lügen. Aus irgendeinem Grund muss man die Wahrheit sagen.“

Anna lachte leise.

„Am Anfang war ich fasziniert von ihrer Faszination. Triboelektrisiert.“

„Wie bitte?“ Anna sah ihn erstaunt an.

„Na ja – positiv geladen. Ich habe mal irgendwo diesen Begriff gefunden. Es ging um elektrische Ladungen, die andere Objekte aufladen. Ich dachte, das passt zu mir. Ich fühlte mich wie unter Strom – aber im besten Sinne. Ich habe mich einfach wieder lebendig gefühlt."

„Und dann kam die Liebe?"

Mathias schüttelte den Kopf.

„In solchen Dingen bin ich altmodisch. Ich glaube an die eine Liebe bis ans Lebensende – auch wenn sie unterwegs in tausend Stücke zerbricht."

„Aber hast du dich verliebt?" hakte sie nach.

Mathias zwinkerte ihr zu.

„Bevor ich dir das beantworte, musst du mir erst erzählen, was du Schreckliches Janette angetan hast. Oder besser gesagt - ihrem Auto."

Anna senkte den Kopf und flüsterte:

„Ich habe mit einem Edding *Schlampe* darauf geschrieben."

„Jesus!" Mathias riss die Augen auf. „Auf die Motorhaube?"

„Nein, hinten, neben dem Auspuff. Eine winzige Schrift, fast unsichtbar. Aber trotzdem hat es mich erleichtert. Obwohl es mir jetzt peinlich ist. Es war unglaublich dumm und irgendwie primitiv. Und eigentlich hat es mir überhaupt nicht geholfen.“

***

Das war ein Reflex.

Anna gehörte wirklich nicht zu den Menschen, die sich rächten, lange Groll hegten oder andere hassten. In dieser Hinsicht war sie Mathias ähnlich. Sie mochten Menschen, vertrauten ihnen und versuchten immer, jedem eine zweite Chance zu geben. Doch diesmal hatte Anna aus einem überwältigenden Gefühl heraus gehandelt. An jenem Samstag, als der Impuls sie packte, ging sie in die Dorfstraße und stellte sich vor das Mietshaus, in dem Janette wohnte. Sie wusste, dass sie unter dem Dach lebte, wusste, welches Auto sie fuhr, wann sie zur Arbeit ging und wann sie nach Hause kam.

Zwei Wochen lang verfolgte sie sie fast jeden Tag.

Sie bemerkte, dass Janette am liebsten weite Röcke und Tuniken trug, die ihre breiten Hüften und ihren Bauch kaschierten. Dazu lange Strickmäntel und bequeme Schuhe mit flachen

Absätzen. Wenn es regnete, zog sie Gummistiefel an und eine wattierte Regenjacke in Frühlingsgrün. Es war das einzige farbenfrohe Kleidungsstück, das sie besaß – der Rest ihrer Garderobe bestand aus Schwarz und Grau.

Diese Farben passten nicht wirklich zu ihr, aber Anna wusste, dass es ihre Trauer um Mathias war. Eigentlich führte Janette ein ziemlich eintöniges Leben. Eintönig, routiniert. Keine abendlichen Ausflüge, keine Gäste. Arbeit, Wohnung, gelegentlich Einkäufe.

Sie hatte helles Haar, das sie zu einem zerzausten Dutt hochsteckte oder zu einem lockeren Zopf flocht. Sie schminkte sich kaum und roch nach etwas Zitrusartigem. Anna nahm den Duft wahr, als sie hinter ihr in der Supermarktschlange stand. Janette kaufte ein paar Äpfel, Suppengrün, Hähnchenflügel, dunkle Schokolade, eine Packung Nusswaffeln und zwei Kilo Mehl.

„Bitte?“ fragte Anna, als sie merkte, dass die Kassiererin sie etwas gefragt hatte – und dass diese sie jetzt mit hochgezogenen Brauen feindselig ansah.

Kein Wunder.

Anna hatte keinen Einkaufskorb, legte nichts aufs Band und stand mit leeren Händen in Sonnenbrille vor ihr. Im November.

„Entschuldigung", murmelte sie nur und eilte aus dem Laden.

„Das ist sinnlos", flüsterte sie, als sie ins Auto stieg.

Und doch fuhr sie nicht nach Hause, sondern zurück zu Janettes Haus. Sie wartete, bis es dunkel wurde, stieg aus, ging zu dem roten, schon ziemlich ramponierten Corsa und schrieb mit einem schwarzen Edding das Wort *Schlampe* darauf.

Der Schriftzug war kaum sichtbar, und doch fühlte sich Anna, als hätte sie den gesamten Bundestag mit Spraydosen besprüht. Dann fuhr sie nach Hause und beschloss, Janette Dobraniecka nie wieder nachzustellen.

„Weißt du, damals war ich wahnsinnig wütend auf dich – und das hat lange nicht nachgelassen."

„Wirklich?" fragte Mathias.

Sie nickte mehrmals.

„Diese Wut hat mich geblendet. Aber jetzt verstehe ich dich viel besser", gestand sie leise.

„Und ich glaube, du musst meine Frage gar nicht mehr beantworten, ob du dich verliebt hast. Ein Mensch ohne Gefühle erlischt. Und wenn er die Chance bekommt, sein Licht zurückzugewinnen, greift er danach – ohne zu zögern, ohne Bedenken, ohne Angst. Es passiert einfach. Wie wenn du einen trockenen Zweig ins verlöschende Feuer wirfst. Ich glaube, ich hätte genauso reagiert. Dankbar, dass sich jemand noch die Mühe macht, einen Funken zu entzünden. Hoffend, dass ich wieder aufleuchte."

„Ich mag deine Sandwiches", wechselte Mathias plötzlich das Thema. „Weißt du, dass ich extra einen Taxifahrer geschickt habe, um sie zu holen? Ich musste unbedingt jede einzelne probieren – ich habe sogar eine Liste meiner Favoriten gemacht."

„Warum bist du nicht einfach selbst gekommen?" fragte Anna erstaunt.

„Weil du mich nie eingeladen hast. Ich weiß, ich bin dein Ehemann – und vielleicht denkst du, dass ich keine Einladung brauche. Aber ich habe darauf gewartet. Sollte ich das nicht inzwischen in der Vergangenheitsform sagen?“

Er runzelte die Nase.

Anna war ein wenig beschämt.

„Es tut mir leid, ich habe nicht darüber nachgedacht… Es schien mir selbstverständlich, dass du kommen kannst, wann du willst. Aber ja, ich hätte es klarer sagen sollen. Vor allem, weil wir in letzter Zeit kaum noch etwas gemeinsam getan haben. Ich habe dich nicht einmal gefragt, was du über den Blumenladen denkst. Ich habe ihn einfach verkauft.“

Sie senkte den Kopf.

„Und welches Sandwich hat dir am besten geschmeckt?“ fragte sie nach einer Weile.

„Das mit Roter Bete und Schafskäse – die *furiose Schaf*. Schöner Name übrigens. Und noch die *Violette Fantasie* mit gegrillter Aubergine. Ich habe noch nie etwas so Gutes gegessen. Aber es fehlt noch eins mit eingelegten Pilzen – ich liebe sie. Versprich mir, dass du darüber nachdenkst. Du hast doch sicher schon Stammkunden?"

„Ja, viele. Am häufigsten kommt Marcin. Etwa dreißig Jahre alt, Informatiker, immer ein bisschen in Eile, aber irgendwie mag ich ihn. Und dann ist da noch Tamara, obwohl ich sie schon lange nicht mehr gesehen habe. Sie ist ein paar Jahre jünger als ich. Sie spricht wenig, lächelt manchmal. Sie kam immer allein, aber einmal war sie mit einem Mann hier. Sie sprachen kaum miteinander, sie verschlangen sich eher mit den Augen – und dann brach sie in Tränen aus, und er ging. Ich dachte, es sei eine gescheiterte Affäre, aber sie sahen nicht aus wie ein Paar. Er war viel jünger als sie, aber heute ist das ja kein Skandal mehr. Wenn ich sie das nächste Mal sehe, werde ich sie fragen. Ich glaube, sie wartet darauf, dass jemand zuerst das Wort an sie richtet, und ich hatte in letzter Zeit keinen Kopf dafür. Alles drehte sich um deinen Tod. Und um Janette."

Mathias rückte seinen Schal zurecht.

„Du hast schon immer gern Menschen beobachtet. Du hast ein Gespür für sie. Ich erinnere mich, wie du damals meine Mutter mit einem Strauß Wiesenblumen erweicht hast. Zuerst hast du lange überlegt, was du für sie aussuchen sollst, und dann hast du mich plötzlich angewiesen, das Auto neben einer Wiese anzuhalten, und hast Kornblumen, Mohnblumen und diese gelben, die so intensiv duften, gepflückt.“

„Königskerzen“, nickte Anna. „Und da waren noch rosa Futter-Esparsetten und Zottige Ziesten, die du mir nicht helfen wolltest zu pflücken, weil du sie für Brennnesseln hieltest.“

„Daran erinnere ich mich genau! Ich dachte, meine Mutter würde uns mit diesem Unkraut davonjagen, aber sie war begeistert. Du hast perfekt erkannt, dass sie keine Rosen oder Lilien mochte und schon gar nicht Orchideen. Kein Wunder, dass sie sich sofort in dich verliebt hat. Genau wie ich übrigens. Erinnerst du dich?“

Anna lachte.

Es war eine völlig banale Begegnung an einer Bushaltestelle. Und eine ebenso banale

Situation – der Bus kam einfach nicht. Es regnete, und sie standen da und wurden nass, weil die Haltestelle nicht einmal ein Dach hatte.

„Damals, als wir so völlig durchnässt dastanden, hast du mich plötzlich gefragt, ob wir uns vielleicht gemeinsam im Hortex aufwärmen und eine Donauwelle essen wollen.“

„*Donauwelle*!“ rief Mathias begeistert. „Das perfekte Gebäck mit Sauerkirchen und einer ganzen Menge Sahne.“

„Buttercreme.“

„Ernsthaft? Das war keine Sahne?“

„Sahne war in dem Bienenstich.“

„Ah, stimmt“, gab Mathias zu. „Wir haben damals zwei Stücke gegessen, mir wurde ein bisschen übel, aber ich war begeistert, dass du nicht zu diesen Mädchen gehörtest, die ständig auf Diät sind.“

„Ich war verdammt hungrig“, gestand Anna.

„Und du hattest einen grauen Mantel an, der völlig durchnässt war.“

„Wir saßen dort bestimmt vier Stunden. Du hast mir von deiner Kindheit erzählt und davon, wie du das Meer zum ersten Mal gesehen hast. Und dass du geweint hast, weil dich seine Unendlichkeit erschreckt hat. War das wirklich so?“

„Ach, ich habe damals alles erzählt, was mir in den Sinn kam, weil ich nicht wollte, dass du plötzlich sagst: ‚Ich muss jetzt gehen.‘ Ich wollte diesen Moment so lange wie möglich festhalten.“

„Ich erinnere mich, dass meine Mutter unglaublich wütend auf mich war, als ich nach Hause kam. Ich hatte vergessen einzukaufen, und sie wollte Gurken einlegen. Ich hatte weder Gurken noch Dill dabei.“

„Das Wichtigste war, dass du mir deine Adresse hinterlassen hast.“

„Und du bist gleich am nächsten Morgen gekommen und hast mir Sandwiches mit Hüttenkäse gebracht.“

„Und Radieschen“, erinnerte er sich. „Aus dem Garten meiner Eltern. Die waren höllisch scharf.“

„Und danach konnten wir uns nicht mehr voneinander trennen."

„Weil es Liebe war. Das war Liebe."

Mathias lächelte sie breit an, und Anna spürte, wie ihre Wut verschwand, ihr Zorn verdampfte und eine Ruhe in ihr aufkam – genau die, die sie immer fühlte, wenn sie mit ihm zusammen war.

„Ich werde dich noch einmal fragen. Liebst du mich?" Mathias hob sanft ihr Kinn an.

Anna sah ihm direkt in die Augen.

„Du hattest recht, als du sagtest, dass sich die Liebe manchmal in tausend Stücke zerbricht. Aber das bedeutet nicht, dass sie verschwindet. Ein Teil von ihr bleibt für immer in uns, selbst wenn er nicht mehr viel mit dem Gefühl zu tun hat, dass es am Anfang war. Jetzt sehe ich, dass ich dich wahrscheinlich nicht so geliebt habe, wie ich es hätte tun sollen, und nicht so, wie du es verdient hättest. Meine Eifersucht entsprang dem Egoismus, von dem du gesprochen hast. Und sogar einer gewissen Überheblichkeit. Einer völlig unbegründeten Gewissheit, dass du immer nur mir gehören würdest, obwohl du nichts dafür bekamst – oder zumindest nicht viel. Aber das war keine Liebe mehr, nur ein winziger Splitter davon“.

„Und ich glaube, dass du deine Seelenverwandte noch finden wirst. Und dass du diese Schmetterlinge im Bauch wieder spüren wirst“. Mathias lächelte.

„Ich weiß nicht, ob ich mich jemals noch einmal verlieben werde. Sicherlich nicht so wie in dich. Ich glaube auch nicht, dass es jemandem gelingen wird, mich so gut zu kennen wie du. Du warst ein Teil von mir, perfekt passend. Du kannst dir nicht vorstellen, wie sehr ich dich vermissen werde. Ich vermisse dich jetzt schon, sogar unser Schweigen. Ich wünschte, dein Duft würde für immer bei mir bleiben. Und all diese Erinnerungen, die mich zu einem besseren Menschen machen. — Sie schwieg einen Moment. — Aber wer weiß, vielleicht gebe ich mir noch eine Chance? Es wird eine andere Liebe sein, durchtränkt von all dem, was wir gemeinsam erlebt haben, aber vielleicht nicht weniger wertvoll?“

Mathias beugte sich zu ihr und flüsterte:

„Wir hatten wirklich eine Menge schöner Jahre zusammen.“

Sie nickte.

„Viele Paare könnten uns darum beneiden“.

Anna lächelte sanft.

„Und ich habe immer gefunden, dass du die schönsten Brüste dieser Welt hast.

Diesmal lachte sie laut“.

„Danke dir“, flüsterte sie und ergriff seine Hand.

„Und morgen musst du für mich ein Stück von diesem Käsekuchen-Mohnkuchen essen, den Teresa mitbringen wird“.

„Ich verspreche es.“

„Und noch etwas.“

„Ja?“

„Nenne das Sandwich mit eingelegten Pilzen und karamellisierten Zwiebeln bitte *„Mathias' Delikatesse“*.“

Die Stunde der Freundschaft

Es dauert Jahre, einen Freund zu finden – und
es reicht nur ein Moment, um ihn zu verlieren.
Stanisław Jerzy Lec

Alles begann im Kindergarten. Alexy und Fabian freundeten sich an, weil ihre ungewöhnlichen Namen den ganzen Tommis, Pietros, Jans und Andreas einfach lächerlich vorkamen. In dieser Situation blieb den beiden nichts anderes übrig, als zusammenzuhalten, um den Spöttern und ihren idiotischen Bemerkungen die Stirn zu bieten. Gemeinsam fühlten sie sich stärker. Die Vorschulkinder hatten eine Gießkanne als Symbol ihrer Gruppe, die Mittelgruppe eine Kirsche, und die Jüngsten einen Teddybären.

Die ersten dummen Kommentare tauchten genau in diesem charmanten Kindergarten „Bunte Stifte" auf, in den Alexy, nach einem Umzug aus einer anderen Stadt zuerst kam, während Fabian ihm drei Wochen später folgte. Vorher hatte ihn seine Großmutter betreut.

„Wir müssen eine Bande sein“, verkündete Alexy an einem Dienstag, nachdem er schon wieder nicht bei den Autorennen auf dem Teppich mitmachen durfte – die Tommis und Jans hatten ihn erneut ausgeschlossen.

Fabian hatte es noch schlimmer. Seine Mutter zwang ihn, rote Strumpfhosen und Filzpantoffeln mit einer gestickten Gießkanne zu tragen. Zuhause galt Großmutters Handarbeit als Kunstwerk – im Kindergarten jedoch nicht.

„Fafafafafa“, riefen die anderen Kinder und kicherten gehässig. „Hast du deine Hose verloren?“

„Alelelele“, das war Alexy’ Spitzname, und es machte ihn jedes Mal wütend.

So kam es, dass Fabian ohne zu zögern zustimmte, eine Zwei-Mann-Bande zu gründen – eine, die erstaunlicherweise sehr lange überdauerte. Eine echte Männerfreundschaft. Keine albernen Streitereien, keine beleidigten Gesichter, keine Missverständnisse, die sich, wie bei Frauen oft, zu regelrechten Dramen auswuchsen. Alexy und Fabian standen über so etwas. Ihre Position bauten sie langsam, aber sicher auf.

Es begann mit einem Bagger. Alexy wollte unbedingt einmal damit spielen, aber irgendwie schnappte ihn immer der große Pietro weg – ein Junge, der für seine sechs Jahre ungewöhnlich kräftig war und dazu noch austeilen konnte. Und zwar treffsicher. Zum Frühstück verdrückte er drei Brötchen und hatte trotzdem noch Hunger. Ihm den Bagger einfach wegzunehmen, war ausgeschlossen. Ein Plan musste her – und zwei Komplizen.

An einem kalten Donnerstag im November lenkte Fabian den großen Pietro mit einem Pfeifenlutscher ab, während Alexy den Bagger eroberte und stolz auf den Tisch stellte. Pietro wollte protestieren, doch zum Glück schritt Frau Lucia, die Erzieherin, ein.

„Alexy war zuerst dran", erklärte sie mit ernster Stimme. „Wenn er fertig ist, darfst du spielen."

Der große Pietro war besiegt. Wenigstens für diesen Nachmittag.

Mit der Zeit entschied Alex, dass ihm sein Name ohne das „y" besser gefiel, und Fabian wurde einfach Fabi genannt. Das klang ein bisschen wie ein Spitzname, aber irgendwie mochte jeder diese Version.

Alex und Fabi.

Nach Jahren voller dummer Kommentare waren ihre Namen plötzlich originell, besonders und einprägsam.

Man sagt, dass die Fantasie bei Kindern ungefähr in dem Moment zu wachsen beginnt, in dem sie sprechen lernen. Kleine Träumer verfügen über einen weitaus reicheren Wortschatz als jene, die einfache Spiele bevorzugen, die kein großes Nachdenken erfordern. Sie nutzen schwierige Wörter, Konjunktive, Adverbien und Adjektive. Eine gewöhnliche Puppe wird zur märchenhaften Prinzessin, zur Zauberin von einem anderen Planeten, zu einem Waldgeist. Eine Streichholzschachtel ist für sie kein bloßes Kästchen, sondern ein Auto, ein Haus für winzige Wesen oder das Bett eines Zwerges. Beim Spielen murmeln sie unaufhörlich vor sich hin und erschaffen ihre eigenen Geschichten. Und sie lachen öfter.

Die Kinder der Fernsehgeneration hingegen bedienen sich vorgefertigter Sprachbausteine. Sie sprechen in Phrasen aus Zeichentrickfilmen, wollen keine Märchen hören, können nichts aus eigener Vorstellungskraft zeichnen. Statt eines Buches oder eines Spaziergangs im Wald wählen sie den Bildschirm. Sie warten auf fertige Geschichten, ohne sich die Mühe zu machen, eigene zu erfinden.

Alex und Fabi gehörten eindeutig zur ersten Gruppe – nicht aus freien Stücken, sondern weil der Kindergartenalltag sie dazu zwang. Ausgegrenzt von ihren Altersgenossen, erschufen sie ihre eigenen Abenteuer. Sie wurden Superhelden, die gegen die Ungerechtigkeiten der Welt kämpften. Begriffe wie „Ostrakismus" oder „Ausgrenzung" kannten sie damals noch nicht, aber sie spürten intuitiv, dass sie nicht zur Gruppe passten. Es lag nicht nur an ihren ungewöhnlichen Namen. Da war noch etwas anderes – Fabi fiel durch seine Kleidung auf, und Alex hatte keinen Vater.

„Du hast ja gar keinen Papa!", riefen die anderen Kinder.

„Wahrscheinlich ist er vor dir geflohen!", schrien sie spöttisch.

Kein Wunder, dass sich Alex und Fabi immer mehr von denen absonderten, die sie verspotteten. Das band sie stärker aneinander als die Gießkanne im Logo ihrer Kindergartengruppe. Ihre Freundschaft wurde vielleicht nie auf harte Proben gestellt, aber das machte sie nicht weniger wertvoll als die von Sam und Frodo aus *Der Herr der Ringe*. Am wichtigsten war, dass sie einander hatten.

Männerfreundschaft bedeutet Handeln. Bewegung. Sie kennt kein Ausgrenzen, kein Nachtragen und keine endlosen Diskussionen, in denen jeder Punkt ausgeleuchtet, analysiert und erklärt werden muss. Männer brauchen keine großen Worte, um sich gegenseitig zu unterstützen. Sie müssen sich nicht ständig versichern, dass sie füreinander da sind – sie wissen es einfach. Sie bewerten sich nicht nach ihren Defiziten oder Fehlern. Sie akzeptieren mehr, tolerieren mehr, verstehen mehr.

„Ich will ein Café eröffnen", sagte Alex.

„Das ist Unsinn", entgegnete seine Mutter.

„Ich helfe dir", sagte Fabi.

Diese Art von Verständigung ist nur unter Männern und echten Freunden möglich. Klarheit, Einigkeit, Essenz.

Und dann tauchte sie auf.

Michaela, dreiunddreißig Jahre alt. Eine Frau mit einer ungewöhnlichen Geschichte. Sie war einst vor dem Altar geflohen – davor eine Blitzhochzeit, danach eine noch schnellere Scheidung. Michaela war unentschlossen, ein wenig verloren und romantisch, weshalb viele Männer sie einfach beschützen wollten. Alex und Fabi auch.

Sie verliebten sich in sie. Fast gleichzeitig. Fast gleich stark.

Aus einer solchen Situation kommt man selten heil heraus. Es ist schwer, seinen eigenen Egoismus zu zügeln, auf seine Gefühle zu verzichten und dem Freund dann noch wohlwollend auf die Schulter zu klopfen. Vielleicht funktioniert das im Film. Oder in Büchern. Aber im echten Leben? Kaum.

Die Idee, ein Café zu eröffnen, war nicht gerade revolutionär. Es ging eher um die Erfüllung eines Traums als um ein rentables Geschäft oder eine Absicherung fürs Alter. Alex hatte Wirtschaft studiert und mehrere Jahre als Buchhalter in einer Baufirma gearbeitet, doch er träumte immer von etwas Eigenem – einem Ort, der nach frisch geröstetem Kaffee duftete, wo er keine Hemden und Krawatten tragen musste.

Menschen haben Visionen und Sehnsüchte, aber oft werden sie von „guten" Ratschlägen und der grauen Realität erstickt. Wir lassen uns von den Zweifeln anderer beeinflussen, und am Ende siegt die Angst – vor Unsicherheit, vor unbezahlten Rechnungen, vor einem Kredit, der drückt. Alex war kein Draufgänger, der kopfüber ins Unbekannte sprang. Er wog Risiken sorgfältig ab.

Fabi war Copywriter. Selbstbewusst, dynamisch, manchmal hitzköpfig. Er arbeitete in einer großen Werbeagentur, hatte genug Aufträge und musste sich keine Sorgen um Geld machen. Und er verstand Alex nur zu gut – ein eigenes Café, flexible Arbeitszeiten, ein entspannter Lebensstil, ein drei Tage Bart oder gleich eine ganze Vollbart-Phase, nächtelange Gespräche mit Gästen und gute Musik im Hintergrund. Eine männliche Vorstellung von Alltag, in der es keinen Platz für Ehefrauen, Babys, Breigläschen und Windeln gab. Für den Anfang gab es stattdessen einen Hund, den Alex eines Frühlings aufnahm.

Der Hund streunte durch die Schrebergärten und reagierte auf keinen Namen, obwohl Alex das komplette Alphabet für Hunde ausprobierte – von Arko, Bello und Carlos über Diego, Egon und Felix bis hin zu Rocky, Rambo und Zottel. Nichts.

„Gut" sagte er schließlich. „Dann nenne ich dich Kajetan."

Zum vollkommenen Glück fehlte jetzt nur noch das Café. Und als sich die Gelegenheit ergab, für einen vernünftigen Preis einen kleinen Laden in der Nähe der Altstadt zu übernehmen, wusste Alex, dass es Schicksal war. Schade nur, dass er nicht genug Geld hatte, um es zu verwirklichen.

„Aber ich habe welches", sagte Fabi.

So wurde er Geschäftspartner – auch wenn er sich in nichts einmischen wollte, denn von Kaffee hatte er schlichtweg keine Ahnung.

Das Café wurde einfach *Kaffee* genannt – direkt und auf den Punkt. Holz, Glas, Metall, eine Theke aus Stein, eine riesige Espressomaschine, Sitzbänke, die mit grauem Papier bedeckt waren, und an den Wänden schwarz-weiße Fotografien von Kaffeeplantagen in Vietnam, Brasilien, Kolumbien und Indonesien. Vom hohen Deckengewölbe hingen mehrere Glühbirnen an roten Kabeln sowie Tassen an Metallhaken.

Und über der Theke – schwebend wie ein Manifest – war der Degustationswortschatz für Kaffeeliebhaber angebracht, die liebste Lektüre der Gäste.

Aroma: animalisch, aschig, medizinisch, schokoladig, nussig, mandelig, weinig, holzig

Geschmack: bitter, sauer, süßlich, herb, salzig

Mundgefühl: ausgewogen, rau, kräftig, intensiv

Fabi nickte anerkennend.

„Genauso sollte das Café eines Mannes aussehen. Keine rosa Blumentöpfe mit Tulpen, keine gehäkelten Deckchen, keine Zuckerdosen mit Blümchen. Das hier ist ein guter Ort. Und nein, ich sage das nicht, weil ich ein Chauvinist bin, der Rosa und weiblichen Schnickschnack verachtet. Ich finde einfach, dass Orte wie diese Gold wert sind", erklärte er sich. „Das muss man nicht mal bewerben – jeder Mann sieht das auf den ersten Blick."

Alex war derselben Meinung.

Das Café warf einen moderaten Gewinn ab, aber es reichte für ein normales Leben – vorausgesetzt, Normalität bedeutete nicht einen Hybridwagen, das neueste iPhone-Modell, Lagerfeld-Klamotten und Urlaube auf den Seychellen.

Alex war glücklich. Jeden Morgen wachte er mit einem Lächeln auf, sprang unter die Dusche, fuhr sich mit den Fingern durch die Haare, zog sich wahllos ein paar Klamotten über und machte sich mit Freude auf den Weg zu *Kaffee*. Es heißt, wer liebt, was er tut, muss nie wirklich arbeiten. Alex konnte das nur bestätigen.

„Ursprünglich galt Kaffee als Medizin, was seine hohen Preise rechtfertigte", erklärte er den interessierten Gästen, die in Wellen ins Café strömten.

Die erste Welle kam gegen acht Uhr morgens, die nächste gegen zehn, dann eine zur Mittagszeit und die letzte am Abend. Alex hatte zwar eine Aushilfe, aber oft blieb er länger, weil er diesen Ort mehr mochte als seine eigene Zwei-Zimmer-Wohnung.

„Das erste europäische Café wurde 1683 in Venedig eröffnet – obwohl einige Quellen behaupten, es könnte sogar vierzig Jahre früher gewesen sein."

Fabi hatte inzwischen schnell beschlossen, dass er doch kein Geschäftspartner mehr sein wollte, und schlug Alex einen Deal fürs Leben vor.

„Hör zu, Alex – als Gegenleistung für das Geld, das ich in den Laden und die Einrichtung gesteckt habe, will ich keine Anteile und keinen Gewinn. Ich will nur unbegrenzten Zugang zu Kaffee. Einverstanden?“

„Das ist doch absurd! Selbst wenn du hier keinen Cent reingesteckt hättest, wärst du mein Stammkunde und würdest sowieso nichts zahlen. Das ist kein Deal. Ich muss dir etwas abgeben. Du solltest ein Partner sein, und Partner bekommen immer einen Anteil. Stimm zu, dann fühle ich mich besser damit“, drängte Alex.

„Ich will nichts“, zuckte Fabi mit den Schultern. „Ich verdiene genug, und es macht mir Freude, dir zu helfen. Du weißt doch, dass es hier nicht um Geld geht. Oder wir machen es so: Falls mir jemals ein Bein abgerissen wird, kaufst du mir die luxuriöseste Prothese, die es gibt. Von mir aus mit Swarovski-Steinen verziert oder wie auch immer das heißt. Einverstanden?“

„Blöder Witz.“ Alex tippte sich an die Stirn. „Okay, einigen wir uns so: Ich überweise dir jeden Monat eine kleine Summe. Man weiß nie, wann du das Geld brauchen könntest. Außerdem ist das fairer.“

Fabi zuckte mit den Schultern, zwinkerte ihm zu und deutete dann auf das silberne Gefäß, das auf der Theke stand.

„Was ist das?“

„Ein neapolitanischer Umstürzler.“

„Ich liebe dich, Alter. Niemand sonst hätte das gekauft. Und schon gar nicht den Namen behalten.“

„Ich weiß, was das ist“, meldete sich ein junger Mann an der Theke. „Aber wahrscheinlich nur, weil ich oft in Italien bin. Und ich habe sogar genauso einen zu Hause.“

Alex und Fabi lachten.

„Und? Wie ist der Kaffee?“ fragte Alex nach einer Weile.

Der Mann nickte.

„Ich habe in Italien schon viel schlechteren getrunken“, sagte er. „Und wenn er schlecht wäre, wäre ich nicht so oft hier.“

„Stimmt“, gab Alex zu. „Nur sorry, dass es nichts zu essen gibt. Ich habe mich entschieden, mich ausschließlich auf schwarzen Kaffee in all seinen Varianten zu konzentrieren.“

„Kein Problem. Hier in der Nähe gibt es ein Bistro mit Sandwiches. Wenn ich Hunger habe, gehe ich dorthin. Und hier trinke ich." Er lächelte und streckte die Hand aus. „Boris."

Als er ging, schüttelte Fabi ungläubig den Kopf.

„Unglaublich. Jetzt kenne ich schon zwei Typen, die einen neapolitanischen Umstürzler haben, wissen, wofür er gut ist, und ihn tatsächlich benutzen. Ich glaube, ich muss mich fortbilden. Ein Mensch sollte sogar sich selbst beeindrucken können."

Mario Puzo schrieb in *Der Pate* über den „sizilianischen Blitz", der selbst den vernünftigsten Menschen das Leben auf den Kopf stellt und das Blut in den Adern zum Kochen bringt. Leidenschaft ist angeblich eine Konstellation so starker Emotionen, dass sie kaum zu bändigen ist. Einerseits entfesselt sie Euphorie, andererseits weckt sie Unruhe, schürt Eifersucht und Sehnsucht. Ein einziger Blick, ein Duft, eine beiläufige Handbewegung – und die Vernunft ist außer Kraft gesetzt. Dann werden selbst kurze Trennungen zu physischem

Schmerz, und die Sehnsucht macht es unmöglich, sich auf den Alltag zu konzentrieren. Leidenschaft ist ein Rausch, in dem wir die Realität nach unseren eigenen Vorstellungen formen.

Genau das passierte Fabi, als er Michaela zum ersten Mal sah.

Die Liebe kommt oft unerwartet. Manchmal wächst sie langsam, ist durchdacht, die natürliche Konsequenz einer langen Freundschaft. Doch manchmal reicht ein einziger Blick. Fabi hielt sich immer für einen Stoiker, einen Mann, der die Kontrolle über sein Leben behielt – bis zu jenem Morgen, als er wie gewohnt in den Firmenaufzug stieg, leicht verspätet für ein Kundengespräch.

Dann betrat sie den Fahrstuhl. Und Fabi war verloren.

Vielleicht war es ihr Duft, eine Mischung aus Pheromonen und zitrusfrischem Shampoo. Vielleicht ihr Blick – nicht kokett, aber so magnetisch, dass er sich ihrem Augenpaar nicht entziehen konnte. Vielleicht ihr Lächeln, vielleicht ihre Lippen. Oder vielleicht gibt es einfach diesen einen Moment im Leben, in dem der Verstand keine Rolle mehr spielt. Hätte ihn in diesem Moment jemand gefragt, was hier gerade geschieht, hätte Fabi ohne zu zögern geantwortet: „Das ist Liebe."

Offenbar hatte auch Michaela diesen einen Moment erlebt, denn schon am nächsten Tag verabredeten sie sich auf einen Kaffee. Sie sprachen so frei und ungezwungen, dass Fabi davon selbst angenehm überrascht war. Keine Pausen, kein peinliches Schweigen, das sich unangenehm in die Länge zog und so nervös machte, dass man zu schwitzen begann.

Es blieb nicht bei diesem einen Treffen. Fabi verstand nun, was es bedeutete, „Flügel zu bekommen".

„Alex, ich weiß es jetzt – sie ist es", sagte er am Telefon. Zwei Tage später brachte er Michaela mit in *Kaffee*.

Und das war ein Fehler.

Denn sein Freund reagierte auf diese Frau genau wie er im Fahrstuhl.

Eine Lawine aus Missverständnissen, stillen Rivalitäten und unausgesprochenen

Vorwürfen kam ins Rollen – wenn auch nicht sofort. Alex bemühte sich, seine Gefühle nicht zu zeigen. Er hoffte, dass sein verträumter Gesichtsausdruck und sein butterweicher Blick ihn nicht verrieten. Mit aller Kraft versuchte er, die Fassung zu bewahren, und gab nur beiläufig zu: „Ja, sie ist charmant."

Warum musste es ausgerechnet ihnen passieren?

Als wollte jemand ihre Freundschaft auf die Probe stellen – testen, wie viel sie aushalten konnte. Ob sie nicht doch wie eine Domino-Reihe war, in der ein einziger Stoß ausreicht, um alles zum Einsturz zu bringen.

Und doch begann alles zu kippen. Und nichts konnte es mehr aufhalten.

Plötzlich fühlte sich die Freundschaft zwischen Alex und Fabi beengend an, intensiv, zu überwältigend. Beide spürten, dass sie Abstand voneinander brauchten – und sie wussten genau, was, oder besser gesagt *wer*, der Grund dafür war. Außerdem hatte doch jeder von ihnen sein eigenes Leben, in das sie nun eine Frau einladen wollten.

„Ich erinnere dich daran, dass *ich* Michaela zuerst kennengelernt habe“, sagte Fabi. „Ich habe sie zu dir gebracht, weil ich wollte, dass du die Frau kennenlernst, in die ich mich verliebt habe – die mein Leben völlig auf den Kopf gestellt hat. Ich habe dich nie um etwas gebeten, aber jetzt sage ich es dir ganz klar: Noch ein Schritt in ihre Richtung, und du bist fällig, klar?!“

So reagierte Fabi zwei Monate später, nachdem Alex sein lapidares *„Ja, sie ist charmant“* gesagt hatte – und Fabi endlich verstand, was sich hinter diesen Worten verbarg.

Alex wollte sich nicht zwischen seinen Freund und Michaela drängen. Er wollte sich nicht verlieben. Aber dieser *sizilianische Blitz* hatte auch ihn getroffen – und wer weiß, ob nicht noch härter und mit noch größerer Wucht.

„Ich kann nicht“, sagte er schließlich. Denn trotz allem wollte er ehrlich zu seinem besten Freund sein.

Fabi biss die Zähne zusammen, ballte die rechte Faust.

„Willst du mir eine reinhauen?“ fragte Alex.

„Du hast ja keine Ahnung, *wie sehr*. Aber ich halte mich zurück.“

„Also, was schlägst du vor? Ein Duell?“ Alex blickte ihn ironisch an. Er verstand Fabís Wut – aber er konnte seine eigenen Gefühle nicht steuern. Er hatte sich in Michaela verliebt wie ein Teenager, wie ein kleiner Junge, der zum ersten Mal eine echte Prinzessin sah. Keine verwöhnte Göre, kein Dornröschen oder Aschenputtel mit goldenen Pantöffelchen, sondern eine Frau aus Fleisch und Blut. Eine, die witzig war, schön, mit ihrem Lächeln ansteckte – und Kaffee liebte. Noch nie in seinem Leben hatte er mit einer Frau so leicht und ungezwungen reden können. Noch nie hatte er sich bei jemandem so entspannt und frei gefühlt. Hätte Michaela keinerlei Interesse an ihm gezeigt, hätte Alex gelitten – in Stille, vielleicht hätte er sogar Fabi die Daumen gedrückt.

Aber sie wusste nicht, was sie wollte. Sie war sichtlich verunsichert, als sie erkannte, dass beide Männer, ohne zu zögern, ihr Herz herausgerissen und vor ihr ausgebreitet hatten. Natürlich mögen Frauen entschlossene Männer. Aber nicht *zwei* gleichzeitig. Vor allem nicht zwei Männer, die beide faszinierend waren, mit unerwarteten Ideen, mit Witz und Charme. Es war schwierig den Bessern zu wählen.

Nein, Michaela war nicht berechnend. Sie konnte sich wirklich nicht entscheiden. Und dann konnte sie es nicht mehr.

Denn alles wurde plötzlich furchtbar kompliziert.

***

Zuerst war da das Picknick.

Spontan und völlig überstürzt – ohne Picknickkorb, ohne Pappteller und Becher. Ohne karierte Decke und Frikadellen.

Michaela kam am Samstagmorgen um neun in *Kaffee*. Sie verstand selbst nicht ganz, was sie hierhertrieb – Neugier darauf, wie sich alles entwickeln würde, oder vielleicht doch eher Adrenalin. Hinter ihr lag eine gescheiterte Ehe, die sie nach nur sechs Monaten Beziehung eingegangen war – spontan hatte sie den erstbesten freien Termin im Standesamt gewählt. Diese Beziehung war eine Ansammlung kleiner und großer Probleme, die Tag für Tag wucherten wie Hefeteig, bis es schließlich zum Betrug kam. *Er* hatte sie betrogen – doch eigentlich spielte das längst keine Rolle mehr.

„Ich will nicht länger deine Frau sein", sagte sie damals zu ihrem Mann.

Er zuckte nur mit den Schultern und erwiderte lakonisch:

„Ich bin auch gern raus aus dieser Ehe."

Die Trennung verlief unkompliziert und ohne hässliche Vorwürfe. Einen Moment lang war Michaela sogar versucht, sich ein wenig selbst zu bemitleiden, doch am Ende winkte sie ab. Freiheit ist manchmal mehr wert als unnötige Boshaftigkeiten.

Ein paar Monate später lernte sie Slawek kennen – und verliebte sich wieder viel zu schnell. Diese zweite Ehe hatte nie eine echte Chance. Sie spürte es. Doch er drängte, und sie dachte, vielleicht sollte sie sich doch noch eine weitere Chance geben – obwohl sie weder Lust hatte, eine Familie zu gründen, noch sich ihrer eigenen Gefühle sicher war. Die endgültige Erkenntnis traf sie, als sie in einem weißen Kleid den Kirchenteppich entlangschritt – begleitet von den rührseligen Klängen von *Ave Maria*.

„Nein! Einfach nein!", rief sie plötzlich, löste ihren Schleier und verließ die Kirche.

Es fühlte sich an, als wäre sie aus einem tiefen Schlaf erwacht und hätte endlich verstanden, dass Glück auch woanders zu finden war. Und dass es nicht unbedingt die nächste Ehe sein musste. Sie beschloss, offen für neue Bekanntschaften zu sein – sich aber nicht sofort fangen und in den nächsten Käfig der Liebe sperren zu lassen.

Sie wollte erst verschiedene Geschmäcker probieren, bevor sie sich für den einen entschied. Sie wollte lernen, mit sich allein zu sein. Die Einsamkeit genießen. Sich selbst im Bett mögen.

War das unehrlich?

Vielleicht ein wenig egoistisch, vielleicht sogar narzisstisch. Doch Michaela hatte keine schlechten Absichten – und sie wollte niemanden verletzen. Sie mochte sie einfach beide. Fabi und Alex.

Der erste war entschlossen und hatte Humor.

Der Zweite hingegen war sensibel mit einer romantischen Ader.

Und trotzdem ähnelten sie sich auf ihre Weise sehr. Wahrscheinlich war sie es, die Alex als Erste ein Zeichen gab – wenn auch unbewusst. Und er reagierte genauso, wie er sollte.

„Wunderschöner Tag", sagte sie lächelnd, als sie an jenem Samstag allein in *Kaffee* auftauchte.

Fabi wusste nichts davon.

Alex griff unter die Theke und zog einen Strauß aus zarten, blassblauen und rosafarbenen Blumen hervor.

„Wow, die sind wunderschön!", rief sie begeistert.

„Eustoma", sagte Alex.

„Was?" Sie runzelte die Stirn.

„Angeblich stammt sie aus den Prärien –
von Nebraska bis Texas.“

„Das ist einer der schönsten Sträuße, die
ich je bekommen habe.“ Michaela lächelte.
„Aber den Namen habe ich noch nie gehört.“

„Hast du vielleicht Lust auf ein
Picknick?“, fragte Alex und war selbst
überrascht, dass er es sagte.

Sie zögerte kurz.

„Kennst du denn einen schönen Ort?“

„Klar. Aber das ist eine Überraschung.
Du wirst schon sehen.“

Alex packte eine Thermoskanne mit
Kaffee, zwei Tassen, ein paar Kekse, zwei Äpfel
und zwei kleine Flaschen Orangensaft
zusammen. Dann schnappte er sich den Pullover,
der im Hinterzimmer hing, und bat den zweiten
Barista, ihn zu vertreten. Kurz darauf stiegen sie
ins Auto und fuhren los – bis sie dreißig
Kilometer außerhalb der Stadt anhielten.

„Erklärst du mir, was ein
neapolitanischer Umstürzer ist? Fabi hat
erwähnt, dass du so etwas in deinem Café hast.“

Alex lachte.

„Das ist einfach nur ein zweikammeriges Gefäß. Unten wird das Wasser erhitzt, dann dreht man das Ganze um. Das heiße Wasser sickert durch das Kaffeepulver in die obere Kammer – die nach dem Umstürzen natürlich unten ist. Ich hoffe, das war halbwegs verständlich. Ich zeige es dir irgendwann.“

Michaela stützte sich auf den Ellbogen.

„Und was für einen Kaffee trinken wir jetzt?“

„Kolumbianischen Medellín Supremo. Bereite dich auf ein unvergessliches Treffen von Frucht, Schokolade und Karamell vor.“

Michaela führte die Tasse an ihre Lippen.

„Zart, aber sehr aromatisch.“

„Schmeckst du die Schokolade?“

„Vielleicht? Warte, ich schließe die Augen.“

Alex hätte am liebsten die letzten Tropfen Kaffee von ihren Lippen geküsst, aber er wusste, dass er damit wahrscheinlich alles ruinieren würde. Außerdem fühlte er, dass er es nicht tun sollte. Denn selbst wenn Michaela offiziell noch nicht Fabis Freundin war, konnte niemand leugnen, welche Absichten sein Freund hatte.

„Du hast recht, ich glaube, ich schmecke tatsächlich eine leichte Schokoladennote", sagte Michaela schließlich. „Ist das Arabica?"

Er nickte.

„Weißt du, warum *Medellín*?" fragte er. „Es ist eine kleine Stadt im Herzen der Anden. Dort gibt es eine kleine Firma, die weltweit bekannt ist, weil sie sich auf Kaffee von außergewöhnlicher Qualität spezialisiert hat. Früchte des Kaffeebaums werden zwischen September und Dezember geerntet, und die Fermentation findet nachts statt. Ich weiß nicht, welchen Einfluss das auf den Geschmack hat, aber die wissen definitiv, was sie tun. Das ist eindeutig einer der besten Kaffees, die ich je getrunken habe."

Michaela leckte sich die Lippen.

„Darf ich dich küssen?" fragte Alex plötzlich.

Sie lachte sanft und warf ihr Haar über die Schultern. Kupferrot, leicht gewellt. Je stärker die Sonne darauf schien, desto mehr schimmerte es – in Gold, Orange, Kastanienbraun. Ihre Augen waren hingegen grünlich mit winzigen dunkleren Sprenkeln.

Sie sah Alex an – und er verstand sofort ihre Antwort.

Er dachte, dass dieses Picknick vielleicht eine Art Wendepunkt war. Ein Zeichen, ein Hinweis für sie. Manchmal verirrt man sich, sucht seinen Weg – und braucht nur einen kleinen Hinweis, um ihn zu finden.

Irrtümer in der Liebe passieren...

Zumindest glaubte Alex das.

Aber dann kamen die Schlittschuhe.

Und das war Fabis spontane Idee – ebenso ungeplant und verrückt wie das Picknick. Als wäre plötzlich ein Kind in ihm erwacht, mit dieser wunderbaren Gabe, seine eigenen Wünsche sofort in die Tat umzusetzen. Natürlich wusste er nichts vom Picknick. Nichts von dem Kuss. Er ahnte damals nicht einmal, dass zwischen Alex und Michaela *etwas* entstehen könnte. Er ging davon aus, dass es irgendwo unter all den Frauen, die Alexanders Café besuchten, sicher eine gab, die seinem Freund ins Auge gefallen war.

Nie hätte er vermutet, dass es ausgerechnet Michaela sein könnte.

„Ich kann nicht Schlittschuh laufen", sagte sie.

Ehrlich gesagt, genau darauf hatte Fabi gehofft.

Dass er ihr helfen würde, sie stützen, sie in den Armen halten und ihr das Schlittschuhlaufen beibringen würde. Dass sie Hand in Hand über das Eis gleiten, herumalbern, sich umarmen und dass er sie vielleicht danach noch zu sich auf ein Glas Glühwein einladen würde. Manchmal erfüllen sich Träume nicht, selbst wenn sie Punkt für Punkt durchgeplant sind. Aber diesmal erfüllte sich jede einzelne ersehnte Minute – und es gab sogar noch ein paar Bonusmomente dazu.

Michaela trank ihr Glas Glühwein in Fabians Wohnung. Dann noch eines. Sie zog ihren Pullover aus, dann die Hose und setzte sich dann, nur in Unterhemd und Slip bekleidet auf

die Couch. Und dann zog Fabi ihr auch den Rest
aus.

Sie liebten sich drei Mal hintereinander,
bis sie schließlich erschöpft auf dem Boden
einschliefen. Aber das hier ist kein Märchen.
Keins, in dem man nur mit dem einen Sex hat –
dem *richtigen*, um ihm dann für immer treu zu
bleiben.

Also schlief Michaela zwei Tage später
auch mit Alex. Und sie wusste immer noch nicht,
für wen sie sich entscheiden sollte. Und sie
ahnten nicht, dass sie beide um denselben Pokal
kämpften.

***

Es kam wie immer zufällig ans Licht.
Oder vielleicht doch nicht? Vielleicht wollte
Alex es doch gestehen? Die Gespräche mit Fabi
über Michaela machten ihm längst keine Freude
mehr. Er wollte nicht hören, wie ihre Dates
liefen, wohin sie fuhren, was sie zum Frühstück
aßen.

Obwohl – genau dieses Frühstück war
entscheidend.

„Michaela liebt Mango mit…“

„…Haferflocken“, beendete Alex den Satz automatisch.

Fabi sah ihn zuerst überrascht an, dann mit wachsender Angst in den Augen, schließlich mit blanker Wut.

„Ich will gar nicht wissen, woher du das weißt“, sagte er nur.

Alex begann, die Tassen ins Regal zu stellen – zu laut, zu hektisch. Kein Wunder, dass zwei zerbrachen.

„Wie viele Frühstücke hast du mit ihr gegessen?“ fragte Fabi durch zusammengebissene Zähne.

Alex zuckte mit den Schultern.

„Ich zähle nicht. Aber jedes ist ein Fest.“

„Du Hurensohn!“

Alex atmete schwer durch die Nase, rieb sich nervös die Stirn.

„Ich liebe sie“, stieß er mühsam hervor.

„*Du*?!“ brüllte Fabi.

„Ja. Ich auch. Darf ich nicht?“

„Ich gebe sie dir nicht.“

„Das sollte wohl *sie* entscheiden. Sie gehört dir schließlich nicht.“

„Ich gebe sie dir nicht, egal was es kostet.“

Alex griff nach einer Tasse und schleuderte sie gegen die Wand.

„Verdammt noch mal, glaubst du, mir fällt das leicht? Dass ich das geplant habe und mich jetzt prächtig amüsiere?“

Fabi trat auf ihn zu, packte ihn am Hemd.

„Es ist mir scheißegal, ob es dir leicht, mittelmäßig oder hundsmiserabel geht. Ich gebe sie dir nicht.“

Dann drehte er sich um und ging.

Seit diesem Streit hatten sie sich kaum noch gesehen. Jeder tat vor dem anderen so, als hätte er die Situation im Griff, beide trafen sich weiterhin mit Michaela. Jeder von ihnen hoffte, dass irgendwann eine Entscheidung fallen würde. Es war keine gute Zeit. Alex vermisste Fabi, die gemeinsamen Abende im Café, wenn der Laden längst leer war und sie bis spät in die

Nacht quatschten, abwechselnd die neuesten Folgen von *Game of Thrones* und *House of Cards* kommentierten (untermalt vom Schnarchen von Alex' Hund), in Erinnerungen schwelgten oder einfach nur Wein tranken, wenn das *Kaffee* offiziell für Gäste geschlossen war.

„Ich habe eine Bierkampagne am Hals und trinke Wein. Das ist wohl keine gute Idee", lachte Fabi.

„Ach, wieso? Am Ende genießen wir doch beides auf ähnliche Weise", stellte Alex fest.

„Wein ist edler – und man muss danach nicht aufstoßen", bemerkte Fabi.

„Siehst du, das ist doch eine Idee! Vielleicht sollte man den Leuten einfach einreden, dass Bier auch edel und raffiniert ist und dass es beim Trinken nicht zwangsläufig bedeutet, dass man einen dicken Bierbauch hat und fettige Würste isst. Gibt es eigentlich einen Experten für Bier? So wie es einen Barista für Kaffee gibt oder einen Sommelier für Wein?"

„Ja, den gibt es!" Fabi hob den Zeigefinger. „Ein *Cervesario*!"

Alex lachte laut auf.

„Genial. Der *Cervesario* – der Bierkenner und Verkoster, der dir die Welt des Hopfens eröffnet.“

„Nicht schlecht“, stimmte Fabi zu. „Ich werde genau in diese Richtung gehen. Ich erzähle dem Kunden, dass jedes Bier seine eigene Geschichte hat – individuelle Farben, verschiedene Schaumkronen, Aromen, Malzsorten und natürlich unterschiedliche Techniken des Einschenkens und Servierens. Und dass Biertrinken ein Training für die Sinne ist. Danke, alter Freund, du hast mich mal wieder nicht enttäuscht.“

Fabi klopfte Alex auf die Schulter, und gemeinsam leerten sie die Weinflasche – aus der später eine brillante Bierkampagne entstand.

Aber all das war vorbei.

Denn Michaela war aufgetaucht, und Alex vergaß die ganze Welt. Er dachte nur noch daran, sie für sich zu gewinnen. Und womit er sie am nächsten Samstag überraschen könnte. Vielleicht mit einer Bar im *Speakeasy*-Stil? Alex hatte schon von ihnen gehört, war aber noch nie in einer gewesen. Zum Glück hatte ihm ein Kunde, der von seinem Espresso mit gemahlenem Kardamom begeistert war, zufällig eine geheime Adresse verraten – ein „Geheimtipp, nicht für jedermann". Die perfekte Idee für einen gelungenen Abend. So konnte er Michaela beeindrucken, ihr etwas Originelles zeigen, sie auf ein außergewöhnliches Date mitnehmen. Und vielleicht die Waagschale zu seinen Gunsten kippen?

Er wusste, dass dieser Wettkampf albern, unnötig und kindisch war. Und dass Michaelas Entscheidung nicht davon abhängen sollte, wer die besseren Dates plante, die schöneren Geschenke machte oder mit außergewöhnlicheren Avancen punktete. Und doch nahm er an diesem absurden Duell teil, als müsse er der ganzen Welt beweisen, dass er gewinnen konnte – wenn er es nur wollte.

„Was ist das für ein Ort?" fragte sie und lächelte so, dass Alex augenblicklich den Verstand verlor. Wahrscheinlich wegen dieser Grübchen in ihren Wangen.

„Eine Vinothek mit ausgezeichnetem Wein. Sie lassen nur vierzig Gäste gleichzeitig rein, aber so viele kommen selten. Sie machen keine Werbung, schalten keine Anzeigen, kaufen keine gesponserten Artikel. Es ist einer dieser Orte, die nur wenige kennen. Die Mundpropaganda regelt das."

„Wie das?" Michaela sah ihn neugierig an.

„Das sind geheime Lokale, reinkommt nur, wer die Bedingungen erfüllt oder das Passwort kennt."

„Und du erfüllst sie?"

„Die Bedingungen? Keine Ahnung." Er lachte. „Aber ich kenne das Passwort. Und ich weiß ungefähr, wo es ist." Er zwinkerte ihr zu.

„Ich nehme an, dass der Eingang zu solchen Orten auch irgendwie getarnt ist?"

Er nickte. „Zu manchen gelangt man durch ein Tattoo-Studio, einen Keller oder ein vietnamesisches Restaurant. Zu anderen geht man durch einen Friseursalon. Keine Ahnung, ob geheime Labyrinthe und komplizierte Rätsel auch dazugehören, aber es könnte spannend werden."

Michaela biss sich auf die Lippe. „Na gut, dann führ mich hin. Ich muss zugeben, du hast mich neugierig gemacht."

Heute sah sie einfach umwerfend aus. Sie trug ein weißes T-Shirt, einen schwarzen knielangen Rock, weiße Sneakers und einen Leinenrucksack über der Schulter. Ein wenig wie ein kleines Mädchen, ein wenig wie eine selbstbewusste, attraktive Frau. Eine Mischung, für die viele Männer sterben würden.

Alex war einer von ihnen.

Nur dass Fabian es auch war.

Aber heute Abend gehörte sie ihm. Und Alex wurde alles tun, um diesen Abend unvergesslich zu machen. Die geheime Vinothek befand sich in der Nähe eines alten, stillgelegten Schlachthofs. Zuerst mussten sie durch ein paar leere Räume gehen, dann sich durch eine ziemlich enge Öffnung in der Wand zwängen und schließlich vor einer Treppe nach unten stehen bleiben.

„Ein bisschen düster hier, aber ich nehme an, genau das ist der Punkt“, flüsterte Michaela.

Alex griff fester nach ihrer Hand und nickte beruhigend.

„Es wird dir gefallen“, sagte er mit fester Stimme, obwohl er selbst keine Ahnung hatte, was ihn erwartete.

Egal. Wenn du eine Frau beeindrucken willst, gehst du manchmal über Leichen. „Passwort?“ fragte ein großer Mann in Schwarz.

„Piglet.“

Der Mann nickte und öffnete die Tür.

Alex trat als Erster ein und atmete erleichtert auf.

Ein großer Raum mit Ledersofas, weichen Sesseln und Metalltischen. Alles in gedämpftes Licht getaucht, begleitet von leiser, perfekt abgestimmter Musik.

In der Mitte stand die Teke mit einer riesigen Espressomaschine und einem großen Samowar. Doch das Spannendste waren die Wände – einige von ihnen waren mit Bücherregalen bedeckt, während in anderen, speziell eingelassenen Nischen, Flaschen Wein lagerten.

Als sie eintraten, nickten ihnen die Barkeeper nur zu. Die Gäste waren ebenso diskret. Keiner musterte sie, eigentlich sah sie niemand überhaupt an. Jeder war mit sich selbst beschäftigt.

Kurz darauf erschien ein Kellner, führte sie zu einem Tisch direkt an der Wand mit den Weinregalen und reichte ihnen die Karte. Michaela ließ sich in den weichen Sessel sinken und streckte die Hand nach Alex aus.

„Es gefällt mir", sagte sie, und er fühlte sich, als hätte er zum ersten Mal in seinem Leben Crêpes mit Nutella probiert.

Selig und voller Genuss.

„Wein ist das schönste Lächeln auf dem Tisch" – dieser Satz stand auf der Tischplatte, an der sie saßen und *Gewürztraminer* tranken – ein halbtrockener, weißer französischer Wein aus dem Elsass, duftend nach Litschi, Maracuja, Ananas, Mango sowie Rosenblättern, Orangenschale, einem Hauch von Ingwer, Minze, Nelken und Pfeffer.

„Woher kommt die Idee für solche Orte?“ fragte Michaela, während sie sich neugierig umsah. Ihre Wangen waren leicht gerötet, ihre Lippen feucht vom Wein.

Alex konnte nur daran denken, sie zu küssen.

„Alles begann mit der Prohibition – die hatte immerhin einen Vorteil: In dieser Zeit entwickelte sich die Barkultur und die Kunst, Alkohol in Cocktails mit den seltsamsten Namen zu verstecken. Man trank sie in Bars, von denen nur wenige wussten und in die man nur mit einer Empfehlung oder einem geheimen Passwort hineinkam.“

„Und der Name? *Speakeasy*?“

„Auch dazu gibt es eine Legende. Angeblich stammt er von Kate Hester, einer Wirtin aus der Gegend von Pittsburgh. Immer wenn ihre Gäste zu laut wurden, wies sie sie zurecht mit: *Speak easy, boys! Speak easy!*“

Michaela war begeistert.

Und Alex war einfach nur glücklich.

Doch die Retourkutsche ließ nicht lange auf sich warten.

Fabi durchforstete sämtliche Webseiten und Blogs, die Ratschläge dazu gaben, wie man eine Frau effektiv beeindrucken konnte – und entschied sich schließlich für ein Stadtspiel, bei dem ganz Posen das Spielfeld war. Ein bisschen Kopfarbeit, ein bisschen Bewegung, geweckte Neugier, eine Prise Adrenalin. Eine Mischung aus Flashmob, Happening, Computerspiel und Schnitzeljagd – er wusste, dass so etwas selbst die packte, die es vorher noch nie ausprobiert hatten.

Zwar funktionierten Stadtspiele am besten in größeren Gruppen, aber Fabi bevorzugte ganz klar ein Team aus zwei Personen. Die Aufgaben sollten sie sich gegenseitig stellen, und der Gewinner durfte die Art der Belohnung bestimmen.

„Gib mir dein Handy, ich lade dir die Startkarte runter – das erleichtert uns die Suche. Der Rest liegt dann bei dir." Er zwinkerte ihr zu.

Michaela ließ sich tatsächlich mitreißen. Fast den ganzen Tag lang suchten sie nach dem gestohlenen Diadem Ottos III., dessen Verschwinden die Krönung von Boleslaw

Chrobry hätte verhindern können. Sie liefen auf den Spuren des polnischen Aufstands, folgten den Skulpturen im Schlossviertel und besuchten schließlich Ostrow Tumski – den Ort, an dem Polen seinen Anfang nahm.

„Ich bin völlig erledigt", gestand Michaela am Abend, als sie am Malta-See ankamen und sich ans Ufer setzten.

„Aber angenehm erledigt?" wollte Fabi wissen.

„Ich hätte nie gedacht, dass die Stadt, in der ich nun schon eine Weile lebe, *so* spannend ist. Mein Wissen beschränkte sich bislang auf den Alten Markt und die Ziegenböckchen", gab sie ehrlich zu. „Das war wirklich ein großartiger Tag."

Sie sah ihn lächelnd an, dann küssten sie sich und lagen im Gras, bis die Kälte sie schließlich vertrieb. Natürlich fuhr Michaela danach mit zu Fabians Wohnung. Sie waren schließlich beide erwachsen, ohne Verpflichtungen, und ihre Unentschlossenheit musste ja kein Hindernis für einen natürlichen, gesunden Sex sein.

Ja, sie hatte kurz Gewissensbisse – doch sie erstickte sie sofort mit der Überlegung, dass ihre endgültige Entscheidung auf wirklich soliden Fundamenten stehen musste. Sie hatte einfach zu viele Enttäuschungen erlebt.

Einmal kann man den falschen Mann wählen. Aber wenn es das zweite, dritte und vierte Mal passiert – dann bedeutet das nur, dass man blind ist und nichts im Leben dazulernt. Diesmal wollte sie es wie beim Kauf eines neuen Autos angehen. Jeder macht doch eine Probefahrt und testet verschiedene Modelle.

Der Sommer verging, der September kam – doch an der Situation zwischen Alex, Fabian und Michaela änderte sich nichts. Ihre Welt war gefangen in einer Blase aus unausgesprochenen Worten, ungeklärten Fragen, beunruhigenden Gedanken und der Hoffnung, dass sich irgendwann alles von selbst lösen würde.

Es war ein merkwürdiges Dreieck, in dem jeder auf seine Weise glücklich und unglücklich zugleich war.

Lachen vermischte sich mit Tränen, gute Tage mit schlechten Nächten.

Oder umgekehrt.

***

Michaela saß auf einer Parkbank, während Fabi vor ihr stand und Filmszenen nachspielte. Sie sollte die Titel erraten.

„Keine Ahnung… *Das Schweigen der Lämmer?*"

„Perfekt, meine Liebe. Du bist einfach unschlagbar. Und jetzt?"

Fabi stellte sich breitbeinig hin, schaute Michaela finster an, kniff die Augen zusammen und hob plötzlich die Arme, als würde er etwas hinter seinem Rücken greifen. Dann begann er, mit einer unsichtbaren Waffe herumzufuchteln.

„Ich nehme an, du kämpfst gegen jemanden?"

Er nickte.

„Bist du gut?"

Wieder nickte er.

Michaela schloss die Augen ein wenig.

„Du bist gut, aber ziemlich düster. Du lächelst nicht. Jemand aus *Game of Thrones?*"

Er schüttelte den Kopf.

„Zu wenig Hinweise“, sagte sie.

Er spannte die Muskeln an und setzte sich einen Schal auf den Kopf.

„Sind das die Haare?“

Er lächelte.

„Okay, also hast du lange Haare. Könntest du irgendein kleines Geräusch machen? Irgendwas?“

„Hmm“, brummte Fabi mit tiefer Stimme.

Michaela klatschte in die Hände und lachte laut.

„Darauf hättest du gleichkommen können. *Der Witcher*.“ Sie zwinkerte ihm zu.

Doch plötzlich verging Fabi die gute Laune.

„Was ist los?“ fragte Michaela.

„Sag mal, warum triffst du dich eigentlich mit Alex?“

Sie wurde rot.

„Ich mag ihn.“

„Aber das ist doch krank, findest du nicht? Du kannst dich nicht mit zwei Männern gleichzeitig treffen sein!"

„Warum nicht?" fragte sie herausfordernd.

Fabi verschlug es die Sprache.

„Weil… weil ich zuerst da war!" brachte er schließlich hervor – ein völlig hoffnungsloses Argument.

Kein Wunder, dass sie laut lachte.

„Weil wir Monogamisten sind", versuchte er es noch einmal.

„*Wir*? Menschen?" Sie war sichtlich erstaunt. „Sind wir nicht. Das ist nur ein frommer Wunsch, aber es entspricht nicht der Realität."

Er schüttelte den Kopf.

„Verdammt, das kann nicht ewig so weitergehen. Du musst dich entscheiden!"

Michaela stand auf.

„Ich werde dich über meine Entscheidung informieren, das verspreche ich", stieß sie zwischen zusammengebissenen Zähnen hervor und fügte hinzu, dass er sie nicht nach Hause begleiten müsse.

Fabi trat mit voller Wucht gegen einen Stein, der vor ihm lag.

Am nächsten Morgen rief Alex sie an.

„Ich habe eine spezielle Mischung aus drei verschiedenen Kaffees für dich zubereitet – mit geriebener Orangenschale und Zartbitterschokolade."

„Das klingt so gut, dass ich es am liebsten sofort probieren würde. Bist du in *Kaffee*?"

„Nein, noch zu Hause."

„Kann ich vorbeikommen?"

Genau darauf hatte Alex gehofft. Auf ein weiteres gemeinsames Frühstück, gemeinsamen Kaffee – und vielleicht noch mehr.

Michaela dachte dasselbe.

Dass sie solche Morgende mochte und Männer, die sich die Mühe machten, für sie einen besonderen Kaffee zuzubereiten, frische Brötchen und Erdbeeren zu besorgen. Die Erdbeeren waren zwar etwas kleiner und weniger rot, aber sie schmeckten trotzdem nach Sommer.

Das Schönste war das Gefühl, ersehnt zu sein. Erwartet.

Wenn Alex sie ansah, dann schloss sich die ganze Welt in diesem Blick. Und sie sah es. Aber dann traf sie sich wieder mit Fabi – und alles geriet in ihrem Kopf durcheinander. Beide unterschieden sich von den Männern, die sie bisher kannte. Und vor allem von ihrem Ex-Mann.

Alex und Fabi waren fasziniert von ihr – ohne gespieltes Interesse, ohne platte Anmachsprüche oder peinliche Floskeln. Manchmal hatte sie das Gefühl, sie seien eigentlich ein einziges Wesen, das jemand in zwei Hälften geteilt hatte. Sie dachten ähnlich, nahmen die Welt ähnlich wahr, lächelten sogar auf dieselbe Weise. Früher dachte sie, es müsse am schwersten sein, einen Partner aus einem Paar eineiiger Zwillinge zu wählen.

Fabi und Alex waren dieser kompliziertere Fall.

Sie blickten in dieselbe Richtung und spürten einander. Sie wusste, dass diese Situation nicht ewig andauern konnte – aber sie hatte keine Idee, wie sie sie lösen sollte.

Fabi hatte jedes Recht, wütend zu sein. Das war ihr klar. Aber diese Entscheidung war für sie zu schwer. Vielleicht sogar unmöglich. Denn Fabi und Alex waren wie ein Wort, das man nicht in Silben trennen kann.

Was würden sie tun, wenn sie die Wahrheit erfuhren?

***

Der September ging fast unbemerkt in den Oktober über – ein wenig feucht, aber immer noch voller Herbstfarben. Es war Mittwochnachmittag. Ein ganz gewöhnlicher Tag, der mit leichtem Regen begonnen hatte, doch gegen sechzehn Uhr klarte es endlich auf.

Fabi stürmte kurz vor drei ins *Kaffee*. Im wahrsten Sinne des Wortes – er riss die Tür auf und flog ins Lokal wie eine Kanonenkugel. Er war schon lange nicht mehr hier gewesen, und umso überraschter war Alex. Doch er begriff sofort, dass das kein versöhnlicher Besuch war.

„Diese ganze Situation ist einfach krank. Gib nach“, sagte Fabi, noch bevor er Alex überhaupt begrüßt hatte.

„Ich kann nicht“, gab Alex zu. „Ich habe es versucht, aber es geht nicht.“

Fabi schlug mit der Faust auf die Theke.

„Ich habe sie zuerst kennengelernt. Und wenn *sie* sich nicht entscheiden kann, dann liegt der nächste Schritt bei uns. Wenn einer von uns aufhört, ist das Problem gelöst.“

„Dann lass du doch los.“

„Nein.“ Fabi schüttelte den Kopf.

„Siehst du.“

„Verdammt, Mann, lass uns aufhören mit diesem Mist, ich flehe dich an! Lass uns erwachsen sein. Ich war zuerst da. Sie kann sich nicht entscheiden, also ziehst *du* dich zurück. Hörst du mich? Lass sie in Ruhe!“ schrie Fabi.

Alex drehte sich um und tat so, als würde er die Espressomaschine reinigen. Tief in seinem Inneren wusste er, dass Fabians Vorschlag die einzige vernünftige Lösung war. Und dass er seinen Freund doch eigentlich zurückgewinnen wollte. Und trotzdem konnte er es nicht. Wenn alle sagen, dass Liebe die Grundlage der Welt ist – warum sollte *er* dann freiwillig auf sie verzichten? War das wirklich Freundschaft? Angst? Erpressung? Sollte er sich unterwerfen, nur damit sie wieder zusammen *Game of Thrones* schauen konnten?

„Nein", wiederholte er und ballte die Fäuste.

Fabi stürmte um fünfzehn Uhr zwanzig aus *Kaffee* – mit dem festen Entschluss, diese verdammte Freundschaft zu beenden. Und dass er ab heute nicht mehr fair spielen würde.

Egal – man nimmt die Waffe, die zum Krieg passt. Zur gleichen Zeit kam Alex zu dem Schluss, dass man Freundschaften manchmal für etwas Größeres opfern muss. Er wollte am Abend zu Fabi fahren und ihm ruhig seinen Standpunkt erklären. Selbst wenn es das letzte Mal sein würde, dass sie sich im Leben sahen.

Das war sein Gedanke.

An diesem Tag, um achtzehn Uhr, saß Alex wie versteinert auf dem Boden des Krankenhauses und konnte sich nicht rühren.

Zeit ist ein Muskel. Das hatte ihm der Arzt gesagt. Je länger die Arterie verschlossen bleibt, desto größer ist der Bereich des Herzmuskels, der abstirbt. Und die Zeit, dies zu verhindern, ist knapp – vielleicht zwei Stunden, vielleicht fünf. Danach hört das Herz auf zu schlagen. Der Arzt hatte ihm außerdem gesagt, dass in Polen jedes Jahr fast zweihunderttausend Menschen an einem Herzinfarkt sterben.

Dieses Jahr war Fabi einer von ihnen.

***

Zwei Monate waren vergangen, doch die Welt war immer noch nicht so, wie sie einmal war. Zumindest nicht für Alex – und auch nicht für Michaela. Die Zeit verstrich, mal langsamer, mal schneller. Manchmal verschwammen Stunden und Tage zu einer undefinierbaren Masse. Alex ging jeden Tag in sein Café und funktionierte wie ein Automat – er sprach mit den Gästen, obwohl er ihre Fragen kaum hörte, bereitete Kaffee zu, reinigte die Maschinen, nahm Bestellungen entgegen und fegte abends sorgfältig den Boden. Er wollte so wenig freie Zeit wie möglich haben, um nicht an seinen

Freund zu denken, dessen letzte Worte lauteten: *„Lass sie in Ruhe!"*

Wenn man es nur gewusst hätte. Wenn man die Stunde, das Datum gekannt hätte…

Wenn ihm damals jemand zugeflüstert hätte: *„Das ist das letzte Mal, dass ihr euch seht."*

„Und was hätte ich dann getan?" fragte er sich laut. „Hätte ich meine Klappe gehalten und wäre nett gewesen? Hätte ich ihn umarmt? Hätte ich etwas Wichtiges gesagt?"

Das Schlimmste waren die Schuldgefühle und der Schmerz darüber, dass es keine Möglichkeit mehr gab, irgendetwas zu klären. Fabi war von einem Tag auf den anderen aus seinem Leben verschwunden. Und dann verschwand auch Michaela – oder war das vielleicht sein unterbewusster Wunsch?

Vielleicht gab er ihr die Schuld?

Vielleicht dachte er, dass, wenn es sie nicht gegeben hätte – ihre Unentschlossenheit, ihr Schwanken – heute alles anders wäre? Oder waren sie einfach beide schuldig – und vermieden sich jetzt nur, um sich nicht daran zu erinnern, was geschehen war? Um es weniger schmerzhaft zu machen. Alex versuchte, jede einzelne Minute seines letzten Treffens mit Fabi nachzuvollziehen. Sich daran zu erinnern, wie er ausgesehen hatte, was er getragen hatte.

Hatte er eine Jacke an oder einen Mantel? Sneakers oder Slipper?

„Ich glaube, es war eine schwarze Daunenjacke. Und schwarze Jeans", flüsterte er sich nachts im Schlaf zu, wiederholte es am Morgen und schloss die Augen so fest, dass es wehtat, um sich jedes Detail ins Gedächtnis zu rufen.

Aber dieser Tag war von Wut durchdrungen. Und Wut hat fast immer die Farbe Schwarz. Alex schlief immer schlechter. Wenn er schließlich in einen Halbschlaf fiel, sah er Bilder aus seiner Kindheit.

Die roten Strumpfhosen.

Den Bagger.

Die Gießkanne.

Die Hefebrötchen, die sie zum Nachtisch aßen.

Die alte Reckstange vor dem Haus.

Die Trillerpfeifen-Lollis.

Die Malbücher und die ausländischen Filzstifte, die Fabi einmal von seiner Tante aus Deutschland geschenkt bekommen hatte.

Dann der Spielplatz mit den Holzschaukeln.

Und der Friedhof, auf dem sie Kastanien sammelten.

Es waren keine Albträume. Und doch war der Schmerz in seiner Brust nach dem Aufwachen unerträglich. Als würde ihn etwas niederdrücken, zu Boden pressen, ihm die Luft zum Atmen nehmen. Dann nahm er eine kalte Dusche, trank ein Espresso in einem Zug und versuchte, den nächsten Tag zu überstehen. Zweimal wählte er Michaelas Nummer – und legte zweimal wieder auf. Er wusste nicht, was er ihr sagen wollte.

War sich nicht einmal sicher, ob er sie überhaupt hören wollte. Das Vermeiden der Konfrontation war sicherer – auch wenn er sie manchmal vermisste wie ein Verrückter.

Und sich dafür sofort innerlich tadelte.

Jetzt sogar mehr als früher.

Das Café war leer.

Kein Wunder. Der Tag vor Weihnachten, Samstagmorgen, sieben Uhr. Die Menschen lagen noch in ihren warmen Betten oder gingen mit ihren Hunden die erste Runde. Er starrte auf ein Holzschild mit einer Inschrift – eines von fünf, die er einmal von Fabi geschenkt bekommen hatte. Auf jedem stand eine interessante Tatsache über Kaffee. Damals fand er es ein großartiges Geschenk.

Eigentlich fand er das immer noch.

„Im Jahr 1511 wurde Kaffee in Mekka verboten. Man glaubte, dass er radikales Denken fördert und zur Untätigkeit verleitet."

Und auf einem anderen Schild:

„Beethoven war ein so leidenschaftlicher Kaffeeliebhaber, dass er vor dem Aufbrühen genau sechzig Bohnen pro Tasse abzählte."

Alex versank in Gedanken. Wie konnte es sein, dass ein einziger Moment alles zerstören konnte? Menschen hassen es, überrascht zu werden – sie wollen das letzte Wort haben. Hätte er versucht, diese Geschichte umzuschreiben, wenn er gewusst hätte, wie sie enden würde? Hätte er es geschafft, bewusst auf Michaela zu verzichten?

„Guten Morgen, macht ihr immer so früh auf?"

In der Tür des Cafés stand eine Frau.

„Im Dezember schon. Kaum zu glauben, aber viele Leute kommen noch vor sieben Uhr hierher", antwortete Alex automatisch, obwohl es gar nicht stimmte. „Als könnten sie nicht schlafen."

Die Frau lächelte leicht und bestellte ein Vanillegetränk.

„Soll ich Zimt dazugeben?" fragte er noch – und legte dann von sich aus ein Zimtplätzchen dazu.

„Aufs Haus."

Na klar. Zimt.

Schließlich ist morgen ja Weihnachten.

Fabi trank manchmal Kaffee mit Zimt.

„Wie heißt du?" fragte die Frau plötzlich.

„Alex."

„Du siehst aus, als würde dich etwas belasten…?“

„Eher auffressen. Aber…“

War es wirklich so offensichtlich? Aber er wollte nicht darüber sprechen. Eigentlich wollte er mit niemandem darüber sprechen.

Die Frau nickte, als würde sie seine Gedanken verstehen, nahm ihr Getränk und das Plätzchen – das mit Zimt – und ging, die Tür leise hinter sich her schließend. Alex überlegte kurz, ob er *Kaffee* heute nicht einfach schließen sollte. Er hatte keine Lust mehr, Kunden hereinzulassen, mit ihnen zu reden und so zu tun, als würde er sich auch auf Weihnachten freuen. Heiligabend hätte für ihn genauso gut nicht existieren können. Am besten wäre es, wenn jemand ihn aus dem Kalender striche, verschöbe oder am besten gleich ganz abschaffte.

Wie konnte man sich überhaupt über all die Lichter, die Tannenbäume, den Lebkuchen und die kleinen Maultaschen im Borschtsch freuen?

Er hatte immer noch das Bild der Beerdigung vor Augen. Zuerst wollte er gar nicht hingehen, hatte gedacht, er würde sich von Fabi auf seine eigene Weise verabschieden. Aber dann ging er doch in die Kirche, setzte sich in die letzte Bank und schaltete komplett ab. Er wollte sich keine Geschichten über jemanden anhören, den er besser kannte als alle Anwesenden hier. Er hatte nicht vor, an dieser Trauer, diesen Klagen und all den pathetischen Reden vor der schwarzen Urne teilzunehmen – Reden, die überhaupt nicht zu seinem Freund passten.

„Ich sag's dir ganz ehrlich, Fabi, das hast du dir ja ganz schön ausgedacht. Verfluchtes Herz", murmelte er leise, als alle anderen bereits gegangen waren, fortgefahren, Fabi auf diesem verdammten Friedhof verabschiedet hatten.

Michaela war nicht gekommen.

Er konnte es sogar verstehen. Und war froh, endlich allein zu sein, unter einem Baum stehen zu können, vor sich hin zu reden, zu fluchen, zu schreien – bis er schließlich, völlig unmännlich, einfach anfing zu weinen. Es war ihm völlig egal.

Am meisten aber machte ihn die Tatsache wütend, dass jede seiner Fragen an Fabi für immer unbeantwortet bleiben würde.

„Du hast das versaut, Alter. Man kann doch nicht einfach aus dem Leben verschwinden, ohne einen verdammten Punkt zu setzen. Konntest du mich nicht warnen? Irgendwie andeuten, dass wir nicht mehr so viel Zeit haben, wie wir dachten?

Du warst mein bester Freund, und du hast dich verabschiedet, als hätten wir uns nie gekannt. Als wärst du ein völlig Fremder. Verdammt, wie konntest du mir das antun?"

Alex ging zur Tür und schloss sie ab.

Er ließ die Jalousien herunter, schaltete das Radio und die Espressomaschine aus. Dann machte er das Licht aus. Das Café blieb heute doch geschlossen. Die meisten Leute saßen ohnehin gerade inmitten von Käsekuchen, Lebkuchen, Teigtaschen und Rote-Bete-Suppe. Und wenn jemand Lust auf Kaffee hatte, musste er sich eben woanders umsehen.

Er warf einen Blick auf die hölzernen Tafeln.

„In der antiken arabischen Kultur durfte eine Frau sich nur dann von ihrem Mann scheiden lassen, wenn ihm der von ihr zubereitete Kaffee nicht schmeckte. "

Er lächelte traurig und zog seine Jacke über den schwarzen Pullover.

Dann ging er.

Durch den Lagerraum riss die Tür auf und trat nach draußen. Ihm war plötzlich so eng ums Herz. Das Café lag an einem kleinen Platz, kaum mehr als eine Grünfläche mit einem Berberitzen Strauch und einem einzigen Baum.

Einer Birke.

Darunter stand eine Bank.

Metall, etwas abgenutzt, schwarz.

Er setzte sich und starrte auf die ersten Schneeflocken, die vom Himmel fielen.

Er vermisste Fabi. Und Michaela. Aber er konnte sie nicht anrufen. Und sie schwieg ebenfalls.

Es wurde still. Plötzlich schien alles zu verstummen, selbst der Straßenlärm.

Und doch war jemand hier.

„Hey, Alex. Wir haben eine Stunde. Ich weiß nicht, ob sie reicht – aber es ist mehr als nichts."

Fabi saß am anderen Ende der Bank.

Alex schluckte.

„Guter Auftritt. Ich gebe zu, du hast mich überrascht. Ich habe absolut keine Ahnung, wo ich anfangen soll. Sollte ich mit einer Epopöe über Freundschaft beginnen oder eher mit einer Elegie über den Tod? Das alles hätte überhaupt nicht passieren dürfen", sagte Alex leise.

Fabi zuckte mit den Schultern.

Er trug schwarze Jeans und eine schwarze Daunenjacke. Und blaue Sportschuhe.

Hatte er das auch am Tag seines Todes getragen?

„Und warum nicht?" fragte Fabi jetzt. „Wir sind nicht die ersten Männer auf dieser Welt, die sich in dieselbe Frau verliebt haben. Ich denke, unsere Geschichte ist ziemlich banal und im Grunde genommen wenig originell. Für uns war es ein Drama, vielleicht sogar eine shakespearesche Tragödie – aber für jemanden von außen? Die Welt hat schon viel schlimmere Dinge gesehen."

„Ich hätte loslassen können", flüsterte Alex.

„Oder ich. Aber keiner von uns konnte ahnen, dass ich als Geschenk des Schicksals diesen verdammten Herzinfarkt bekommen würde. Ich hatte nie Probleme mit dem Herzen. Andererseits war ich auch nie beim Kardiologen. Aber man geht nicht zum Arzt, wenn man nichts hat. Normalerweise landest du erst in der Praxis, wenn du kaum noch auf den Beinen stehen kannst. Zumindest war es bei mir immer so. Erinnerst du dich, als ich fast an Zahnschmerzen gestorben wäre? Und dann habe ich irgendwann meine Angst überwunden und bin zum Zahnarzt gegangen. Es gab ja keine andere Wahl."

Er lachte kurz.

„Aber das Herz? Darauf wäre ich nie gekommen."

Alex versuchte zu lächeln, aber es wurde nur eine schiefe Grimasse.

„Wirst du sie treffen?" fragte Fabi plötzlich.

„Ich kann nicht. Und sie sucht auch keinen Kontakt zu mir. Ich weiß nicht, vielleicht fühlen wir uns beide schuldig.“

„Das ist ziemlich dumm. Die Ursache des Infarkts war eine beschädigte arteriosklerotische Plaque – nicht die Tatsache, dass wir dieselbe Frau mochten.“

„Aber es hat dich gestresst. Und dadurch hat dein Herz nicht genug Sauerstoff bekommen. Alles hat irgendwo seinen Anfang. Ein winziger Stein kann eine Lawine auslösen – das weißt du.“

Fabi winkte ab.

„Nicht immer. Und ich glaube nicht, dass mein Herzinfarkt damit etwas zu tun hatte. Okay, ich war sauer auf dich. Nein – ich war rasend vor Wut auf dich. Am liebsten hätte ich dir in die Fresse gehauen, aber ich wusste, dass das nichts ändern würde. Ich glaube, wir sind einfach durchgedreht. Aus irgendeinem verdammt irrationalen Grund wollten wir beide plötzlich um sie kämpfen. Jeder von uns wollte beweisen, dass er der Bessere war. Vorher gab es nie irgendwelche Konflikte zwischen uns, keinen Streit, keine Missstimmung – nichts. Vielleicht haben wir genau deshalb beschlossen, uns gegenseitig an die Gurgel zu gehen und herauszufinden, wer die schärferen Zähne hat. Weißt du, dass ich sie zum Schlittschuhlaufen mitgenommen habe? Das letzte Mal, dass ich auf Schlittschuhen stand, war in der Grundschule. Aber ich wollte sie beeindrucken, zeigen, dass ich ein originelles Alpha-Männchen bin – dass man mit mir einfach *alles* machen kann. Springen, tanzen, fliegen, schwimmen. Danach hatte ich zwei Wochen lang Muskelkater in den Waden. Aber es hat sich gelohnt."

„Ich habe sie zu einem Picknick im Wald mitgenommen. Mit Kaffee, zwitschernden Vögeln und rauschenden Bäumen. Sogar ein kleiner Bach war da, in dem wir wateten, Hand in Hand. Eine Idylle wie auf einem Gemälde von Fałat. Fast hätte ich angefangen, in Versen zu sprechen."

Fabi schnippte mit den Fingern.

„Und wir haben an einem Stadtspiel teilgenommen. Wir haben zigtausend Schritte durch Posen gemacht und den Skulpturen nachgejagt. Sogar nach Überresten der alten

Stadtmauer haben wir gesucht – der Mauer, zwischen der einst ein Wassergraben lag, der mit Wasser aus der Bogdanka gespeist wurde. Hast du davon schon mal gehört?“

Alex schüttelte den Kopf und zog erstaunt die Augenbrauen hoch.

„Darauf wäre ich nicht gekommen. Hat es ihr gefallen?“

„Sehr. Und mir auch, obwohl ich ja eigentlich kein großer Geschichtsfreak bin. Aber mit ihr war alles anders.“

„Ich habe sie in eine *Speakeasy*-Bar mitgenommen.“

Fabi pfiff anerkennend.

„Wo ist die denn?“

„Versteckt in einem alten Schlachthof.“

„Hmm, ich muss zugeben, das beeindruckt mich“, sagte Fabi. „Ich wollte schon immer mal so einen Laden besuchen, wusste aber nie, wo ich suchen sollte. Schade, dass wir da nicht zu zweit hingegangen sind.“

Alex senkte den Kopf.

„Ja… schade.“

„Was habt ihr noch gemacht?"

„Wir haben auch einen Kochkurs besucht."

„Nein!" rief Fabi. „Soweit ich weiß, ist Michaela keine begnadete Köchin."

„Jetzt schon viel besser. Wir haben Pasta Muscheln mit selbstgemachtem Pesto gefüllt – aus getrockneten Tomaten und einer Million Kräutern, von denen ich vorher noch nie gehört hatte. Dann gab es Hähnchenbrust in Himbeersoße, gefüllt mit Spinat und Blauschimmelkäse. Sah verdammt gut aus auf dem Teller – Rot, Grün und das goldbraune Hähnchen."

„Mmmh." Fabi leckte sich die Lippen.

„Hast du etwa noch immer ein Hungergefühl?" fragte Alex verwundert.

„Nein", antwortete Fabi nach kurzem Nachdenken, „aber das klang wirklich gut. Kein Wunder, dass sie sich auch mit dir treffen wollte. Ich hätte mich selbst zu so einem Dinner eingeladen."

„Und ich habe sie zu einem etwas anderen Fotoshooting mitgenommen. Kein gestelltes Posieren im Studio vor einem Fotografen – alles war komplett spontan. Wir sind in eine verlassene Fabrik in Wilda gefahren, ich habe ein paar alte Kartons organisiert, sie an die Wand geklebt und Flugzeuge, Autos, eine Palme, einen Liegestuhl, sogar ein Motorboot darauf gemalt. Und dann haben wir uns so in die Szene eingefügt, dass es aussah, als würden wir unter der Palme liegen oder im Auto sitzen.

Ich habe mich schon lange nicht mehr so amüsiert.

Ohne Geld auszugeben, ohne ein protziges Dinner in einem teuren Restaurant."

„Nicht schlecht", stimmte Alex zu. „Hat ihr bestimmt gefallen."

Fabi nickte.

„Ich hatte zum ersten Mal so viel Spaß mit einer Frau. Und obwohl es manchmal ziemlich stressig war, sich immer wieder neue Dates auszudenken, hat es sich gelohnt. Es war definitiv besser als diese endlosen Partys, Kaffee-Dates, Kinoabende und Stadtspaziergänge. Abgesehen von diesem Stadtspiel natürlich. Und zum ersten Mal hatte ich das Gefühl, dass es mir wirklich etwas bedeutet. Dass ich mich nicht anstrenge, um zu beeindrucken oder ein Kompliment zu bekommen – sondern weil ich wirklich mit ihr zusammen sein will."

„Bei mir war es genauso", gestand Alex leise. „Erinnerst du dich an Dorota? Damals war ich wohl am nächsten dran, mich zu verlieben. Aber irgendwas hat mich immer gestört. Ich konnte sie nicht wirklich akzeptieren, sie hat mich oft genervt, und irgendwann habe ich angefangen, Ausreden zu erfinden, um unsere Treffen zu vermeiden. Ich dachte damals, das Problem läge bei mir. Aber erst als ich Michaela kennengelernt habe, wurde mir klar, was bedingungslose Liebe ist.

Nicht wegen etwas. Nicht für etwas. Sondern trotz aller Fehler und Unzulänglichkeiten. Mit Dorota musste ich mich ständig zwingen, Dinge zu akzeptieren, die mich eigentlich störten. Ich mochte ihr Lachen nicht, ihr gieriges Popcornessen im Kino, ihr ständiges Genörgel darüber, wie sehr sie sich beim Thema Fußball langweilte. Und ich konnte ihre dämlichen Fische im Aquarium nicht ausstehen, die so bescheuerte Namen hatten: Izabella, Marcella und Donatella."

Fabi lachte laut.

„Ich erinnere mich, wie du dich vor ihr in meiner Badewanne versteckt hast. Ich glaube, du hast sogar versucht, dich tot zu stellen."

Er zwinkerte Alex zu.

Damals waren sie dreiundzwanzig.

Alex hatte angefangen, sich mit einer Kommilitonin zu treffen – hauptsächlich, weil sie es unbedingt wollte. Irgendwann hatte er beschlossen, dass es wohl an der Zeit war, sich zu verlieben, Liebe und Sex zu erleben und vielleicht sogar eine sogenannte *Beziehung* zu führen. Dorota war unkompliziert, fröhlich und redete ununterbrochen. Aber auch das hatte seinen Charme – man musste sich keine Gedanken über das Gespräch machen. Sie redete – er schwieg. Und mit jeder weiteren Viertelstunde klinkte er sich langsam aus. Nach einer Weile stellte er jedoch fest, dass der Sex mit Dorota zwar ganz gut war und sie selbst wirklich bezaubernd, er sich in dieser Beziehung aber einfach nur *zugelabert* fühlte.

Er bekam keine Luft.

Eines Tages versteckte er sich tatsächlich in Fabians Wohnung und ließ Dorota drei Tage lang völlig im Unklaren. Irgendwann beschloss sie, ihn zu suchen – natürlich zuerst in der Wohnung seines besten Freundes. Aber kaum hatte Alex ihre Stimme gehört, rannte er ins Badezimmer, verriegelte die Tür, legte sich in die Wanne und blieb reglos liegen, bis sie sich einredete, dass er nicht da war, und weiterzog.

„Alter, ich glaube, davon werden keine Kinder", lachte Fabi eine halbe Stunde später und drehte zum Spaß den kalten Wasserhahn auf.

„Damals hätte ich dich umbringen können", gestand Alex. „Nicht nur, dass ich mir in dieser harten Wanne alles abgesessen habe – am Ende hast du mich auch noch mit eiskaltem Wasser übergossen."

„Aber im Rahmen einer Entschuldigung, bin ich zu ihr gegangen und habe erklärt, dass du nicht für ewige körperliche Liebe gemacht bist und wahrscheinlich Priester wirst. Erst dann ließ sie dich in Ruhe. Obwohl sie unbedingt wissen wollte, für welchen Orden du dich entschieden hast."

„Und was hast du ihr gesagt?"

„Dass du mit den Kamaldulensern liebäugelst – ein Klausurorden. Kein Verlassen der Klostermauern, keine Fernseher, keine Handys, kein Kontakt zur Außenwelt. Sie hielt dich für völlig bekloppt und suchte sich einen Typen aus einem höheren Semester."

Alex sah Fabi anerkennend an.

„Das wusste ich gar nicht."

Freundschaft ist manchmal absurd faszinierend.

Ein Grenzbereich zwischen Groteske und Drama.

Fabi schniefte leise und warf seinem Freund einen Blick zu.

„Wir haben eine Menge zusammen durchgemacht, deshalb sage ich dir jetzt etwas: Einen Freund kann man um alles bitten – aber wir beide wissen, worum man nicht bitten darf. Und ich hatte kein Recht, von dir zu verlangen, dass du loslässt. Aber ich habe es trotzdem getan, weil es mich wütend gemacht hat, dass du nach etwas greifen wolltest, das ich für *meins* hielt."

Alex zupfte am Saum seines schwarzen Pullovers.

„In unseren Köpfen ist einfach alles durcheinandergeraten", bemerkte er nach einer Weile.

„Ohne zu zögern haben wir unsere Freundschaft aufs Spiel gesetzt. Und dabei haben wir uns vorher so gut verstanden. Wir haben zusammen diesen Idioten aus der Vorschulgruppe die Stirn geboten, zusammen Fahrradfahren gelernt, Unterschlüpfe gebaut, versehentlich einen Teppich angezündet und sind, glaube ich, sogar gemeinsam in den Stimmbruch gekommen. Das hat uns mehr zusammengeschweißt als ein Krieg."

„Ich erinnere mich an diesen Teppich!" rief Fabi plötzlich.

„Aber haben wir ihn nicht zuerst in Stücke geschnitten? Oder verwechsle ich da was?"

„Ich glaube, wir haben in deiner Wohnung ein Vogelhäuschen gebaut. Wir haben alle Bretter auf dem Teppich gesägt – und plötzlich festgestellt, dass wir ihn dabei in ein Puzzle verwandelt haben. Und um das zu vertuschen, beschlossen wir, ihn anzuzünden. Der Plan war gar nicht so schlecht – schließlich sollte das die Aufmerksamkeit von den Schnittspuren ablenken. Aber wenn dein Vater nicht eingegriffen hätte, wäre wahrscheinlich die ganze Bude abgebrannt“, erinnerte sich Alex.

Fabi kicherte.

„Zum Glück hat mein Alter das Feuer mit Gurkensuppe gelöscht.“

„Stimmt!“ Alex lachte.

„Er dachte wohl, dass es zu lange dauern würde, einen Eimer mit Wasser zu füllen – also schnappte er sich den ersten Topf, den er finden konnte, und schüttete die Suppe über den verkohlten Teppich.“

„Meine Mutter war außer sich. Sie schwor, dass sie lieber eine Ratte essen würde, als uns jemals wieder allein zu Hause zu lassen. Aber das Vogelhäuschen kam gut an. Und wir haben nie Ärger bekommen, weil alle dachten, es wäre ein unglücklicher Unfall gewesen."

„Und wir haben uns nie dazu bekannt", bemerkte Alex.

Fabi wurde nachdenklich.

„Eigentlich sollten wir stolz darauf sein, dass unsere Freundschaft so viele Jahre überdauert hat. Frauen hätten sich in der Zeit hundertmal gestritten, sich kurz darauf versöhnt und sich zwischendurch immer wieder Sticheleien an den Kopf geworfen. Männer bleiben davon irgendwie verschont. Und wir haben es trotzdem ruiniert."

„Hast du mit Michaela darüber gesprochen?" fragte Alex.

„Meinst du, ob ich herausfinden konnte, warum sie sich nicht entscheiden kann?

Warum sie mal dich, mal mich will? Nein", schüttelte Fabi den Kopf.

„Ehrlich gesagt hatte ich Angst vor der Antwort. Ich dachte, sie braucht Zeit – und wollte sie ihr so ausfüllen, dass sie sich am Ende für mich entscheidet. Und ich wollte sie nicht unter Druck setzen. Also habe ich einfach gehandelt."

„Du hast ihre Küche gestrichen."

„Und du hast ihre Dusche repariert."

„Du hast ihr ein Schuhregal gebaut."

„Und du hast aus einem alten Gartenzaun ein Bücherregal gemacht. Das fand ich übrigens echt gut."

„Du hast mit ihren Tomaten im Topf gekauft."

„Und du hast versucht, ihr eine Hängematte auf dem Balkon zu montieren. Ich muss zugeben – du hast es tatsächlich geschafft."

Sie sahen sich an – und brachen in schallendes Gelächter aus.

Jetzt, im Rückblick, schien es fast lustig.

Obwohl sie sich damals wirklich ins Zeug gelegt hatten, um bei Michaela möglichst viele Punkte zu sammeln.

„Gymnasialniveau, ich schwöre", seufzte Fabi.

„Wenn wir das jemandem erzählen würden, würde derjenige sich an den Kopf fassen. Und behaupten, dass Michaela uns ausgenutzt hat. Aber das stimmt nicht. *Wir* haben uns in diesen Kampf gestürzt – wie zwei Hähne, die sich um eine Henne prügeln. Ein Hahnenduell, inszeniert mit zwei Kämmen."

Fabi nickte.

„Weißt du, dass ich sogar einen Hund aus dem Tierheim holen wollte? Wahrscheinlich nur, weil du einen hattest – und ich nicht schlechter dastehen wollte."

Alex sah ihn verblüfft an.

„Du hast doch nie an einen Hund gedacht. Nicht mal mit meinem Kajetan hast du wirklich gespielt. Ich erinnere mich, wie du ihm dreimal das Frisbee geworfen hast – und als er es das vierte Mal brachte, hast du versucht, ihm zu erklären, dass er den Verstand verloren haben muss. Und dass du völlig erschöpft bist."

„Eben. Für einen eigenen Hund hätte ich auch keine Zeit gehabt. Und keine Geduld. Aber ich dachte, dass es sie rühren würde. Ich hatte sogar den Plan, einen sehr alten und kranken Hund zu nehmen."

Er bedeckte sein Gesicht mit den Händen.

„Einerseits ist das fast edel – andererseits aber berechnend. Und? Warum hast du es nicht getan?“

„Weil er gestorben ist, bevor ich mich mit dem Tierheim einigen konnte“, gab Fabi zu.

„Ich weiß – das war schrecklich egoistisch von mir, weil ich in Wahrheit nicht an den Hund dachte, sondern nur daran, wie Michaela auf meine Geste reagieren würde. Ich wollte sie beeindrucken, ihr zeigen, dass ich für jemanden sorgen kann, dass ich kein selbstsüchtiges Arschloch bin. Aber der Tod dieses Hundes kam mir grotesk vor – als wollte er mir damit etwas sagen. Da wurde mir klar, dass ich mich im Kreis drehte – nur um mir selbst zu beweisen, dass ich besser bin als du.“

„Du hattest einen würdigen Rivalen“, bemerkte Alex.

„Denn ich habe in diesem Wettkampf auch um die Goldmedaille gekämpft. Wir waren nicht nur zwei Hähne im Duell – wir waren zwei balzende Birkhähne. Wenn jemand uns dabei zugesehen hätte, hätte er sich köstlich amüsiert. Diese endlosen Scharmützel, diese Aktionen wie aus drittklassigen Romantikkomödien. Nur ohne Happy End.“

Fabi nickte nur.

Der Schnee fiel jetzt immer dichter.

Der kleine Platz, der eben noch einen grünlichen Schimmer hatte, wurde langsam weiß – genauso wie der Berberitzenstrauch und die Birke. Ein märchenhaftes Bühnenbild für eine verlorene Stunde.

Fabi beobachtete die wirbelnden Flocken.

„Ich mag Schnee. Erinnerst du dich an den Wettbewerb für die originellste Schneeskulptur? Das war wohl in der zweiten Klasse.“

„Alle haben natürlich Schneemänner, Burgen und Iglus gebaut – und wir haben ein Krokodil geformt“, erinnerte sich Fabi.

„Ein Mutter-Krokodil und ihr Junges. Es hatte einen dreifach gewundenen Schwanz. Alle waren beeindruckt, und wir haben die Stimmen einstimmig bekommen. Das war wohl das erste Mal, dass uns niemand wegen unserer Namen aufgezogen hat. Den ganzen Tag lang waren wir Helden. Und zur Belohnung wurden wir von zwei Hausaufgaben befreit. Ich weiß nicht, ob ich das genutzt habe – ich mochte Hausaufgaben, glaube ich", überlegte Alex.

„Ich habe es auf jeden Fall genutzt. Ich habe lieber gespielt. Du musst zugeben, dass ich ein Meister im *Mastermind* war. Niemand konnte die Farben und Reihenfolgen der Stifte so gut erraten wie ich."

„Einmal habe ich gegen dich gewonnen. Aber das endete nicht gut, denn du hast vor Schreck einen Spielstein verschluckt."

„Einen roten", bestätigte Fabi.

„Ich weiß, weil er später wieder aufgetaucht ist."

Sie lachten.

„Weißt du, dass es in Norwegen eine Stadt namens Hölle gibt, die fast jeden Winter zufriert?" fragte Fabi.

„Und ich habe von einem Frosch gehört, der im Winter komplett einfriert. Sein Herz hört auf zu schlagen, sein Blut erstarrt, und seine Augen werden weiß. Im Sommer taut er wieder auf und lebt einfach weiter", ergänzte Alex stolz.

Für einen Moment war es wie früher. Bevor alles so verdammt kompliziert wurde.

Und bevor sie aufgetaucht war.

***

Michaela arbeitete im selben Gebäude wie Fabi, nur zwei Etagen tiefer. Er in einer Werbeagentur, sie in einer Beratungsfirma, als Sekretärin.

„Weißt du, dass ich immer von so einem Job geträumt habe?" gestand sie Alex eines Tages.

„Als kleines Mädchen habe ich meiner Mutter Büroklammern, Locher, Notizbücher und Reißzwecken geklaut und gespielt, dass ich die Chefin über all diese Schätze bin. Damals wusste ich nicht, dass es für diese Arbeit einen richtigen Namen gibt. Manche halten es für einen wenig ehrgeizigen Beruf, aber ich mag ihn. Ich habe eine Art *Mini-Macht*. Ich entscheide über die Termine – und ich kann so viele Büroklammern bestellen, wie ich will, und in jeder Form, die mir gefällt. Neulich habe ich welche in Tierform gekauft. Die wichtigsten Dokumente werden von Hunde-Klammern bewacht. Die etwas weniger

Dringenden – von Katzen. Und die, die man eine Weile vergessen kann – von Papageien."

Alex mochte vor allem ihre Stimme.

Ruhig, tief, ohne schrille oder durchdringende Töne. Michaela gehörte zu den ruhigen Frauen, die schwer aus der Fassung zu bringen waren. Sie behauptete, dass nicht einmal die Affäre und die Scheidung mit ihrem Mann so wehgetan hatten, wie sie es eigentlich sollten. Als ihr Anwalt ihr erklärte, welche Rechte sie hatte, spürte sie, dass sie nichts davon wollte. Kein Haus, keine Möbel, keine Küche mit einer Kochinsel in der Mitte – nicht einmal den gepflegten Garten. Ganz im Gegensatz zur neuen Frau ihres Ex-Mannes, die einzog, noch bevor Michaela ihre Sachen abgeholt hatte.

Es war nicht viel.

Ein paar Kartons, zwei Koffer und drei Taschen.

Ein Fahrrad – und ein alter Kristalllüster, den sie einmal von ihrer Großmutter bekommen hatte.

„Okay", sagte sie nur.

„Okay."

Eine schnelle Hochzeit, eine schnelle Scheidung.

Eine schnelle Liebe, die nicht funktioniert hatte.

Sie mietete eine kleine Wohnung in Posen – und hängte den Lüster sofort auf. Er war etwas zu groß für den Raum, aber er gab ihr ein gewisses Gefühl von Sicherheit. Ihr Alltag schien der gleiche zu sein wie zuvor, das Leben lief weiter auf denselben Schienen – und doch wusste Michaela, dass sie manchmal vom Weg abkam und nicht wusste, wie sie ohne Kompass zurückfinden sollte.

Und dann lernte sie Fabi und Alex kennen – und verirrte sich noch mehr.

Es begann mit Beobachtungen. Mal der eine, mal der andere. Einschätzungen, Vergleiche, eine Liste mit Vor- und Nachteilen. Aber wenn man sich nicht entscheiden kann, fühlt sich das Leben in zwei parallelen intimen Beziehungen irgendwann an, als würde man in zwei Welten gleichzeitig existieren.

Doch man kann sich nicht teilen, sich nicht spalten, sich nicht aufteilen in *jetzt* und *später*, in *hier* und *dort*.

Früher oder später kreuzen sich diese Welten – und dann muss man eine Wahl treffen. Sie wusste das – und konnte es doch nicht tun. Manche sagen, dass Liebe wie ein Spiegel ist. Solange alles harmonisch verläuft, bleibt das Spiegelbild makellos – ohne Risse oder Sprünge. Aber jede Krise, jedes Versagen, jedes Drama bringt das Glas zum Zerbrechen. Und in jedem einzelnen Splitter erkennt man sich noch immer – aber man kann den Spiegel nicht mehr zusammensetzen.

Irgendwie fehlen immer ein paar Teile. Irgendwann kommt man zu dem Schluss, dass man viele Impulse und verschiedene Lieben braucht, um sich selbst wieder zusammenzufügen. Vielleicht ist das die einzige Möglichkeit, die verlorene Ganzheit zurückzuerlangen. Aber eines Tages wird der Moment kommen, in dem *nur eine Person* bleibt.

Und *nur eine Liebe*.

Selbst wenn irgendwo im Hintergrund immer noch Sehnsüchte existieren, die an das erinnern, was unvollendet geblieben ist.

„Kann ich dir einen Traum erfüllen?“ fragte Alex Michaela.

Zwei Tage später stellte Fabi ihr dieselbe Frage. Sie wusste nicht, was sie antworten sollte – und wessen Art, Träume zu erfüllen, ihr besser gefiel. Sie betrachtete beide durch das Prisma ihrer Ex-Männer – und je weniger sie diesen ähnelten, desto wohler fühlte sie sich. Aber sie konnte immer noch keinen Haken hinter den *perfekten Kandidaten* setzen.

Vielleicht war keiner von ihnen der Richtige.

Oder vielleicht doch beide?

Als sie erfuhr, dass sie schwanger war, brachte sie lange kein Wort heraus. Sie hatte keine Ahnung, wer von ihnen der Vater war – und mehr noch, sie *wollte* es gar nicht wissen. Sie traf sich weiterhin mit beiden, grübelte darüber nach, wie sie es ihnen sagen sollte. Oder wäre es vielleicht besser, wenn sie einfach verschwand?

Das würde *nur ihr* Kind sein.

Wenn man zwei Möglichkeiten hat und sich nicht entscheiden kann, dann ist die dritte manchmal die beste. An diesem Tag packte sie also ihren Koffer und beschloss, an die Küste zu ziehen. Einfach so. Spontan. Wie eine Frau, die sie einmal im Zug kennengelernt hatte.

Sie saßen allein im Abteil und kamen ins Gespräch.

Tamara? Ja, so hieß sie wohl.

Sie wechselte ständig ihren Wohnort – sie wollte nirgendwo lange bleiben.

„Macht Sie das nicht müde?" fragte Michaela erstaunt.

„Mich macht Stillstand müde. Reisen ermöglichen es mir, die Dinge aus einer anderen Perspektive zu sehen."

Genau das brauchte sie jetzt.

Eine neue Perspektive.

Sie würde es ihnen nicht sagen. Und sie würde *niemals* herausfinden, wer der Vater war.

Es war Mittwochnachmittag. Ein gewöhnlicher Tag, der mit leichtem Regen begonnen hatte – doch gegen sechzehn Uhr klarte es endlich auf.

Und dann rief Alex an …

Michaela hörte die Nachricht ab.

Dann zog sie die SIM-Karte aus ihrem Handy, warf sie in den Mülleimer und verließ ihre Wohnung, wobei sie die Tür fest hinter sich ins Schloss fallen ließ.

****

„Hat sie dir jemals gesagt, dass sie dich liebt?" fragte Fabi.

Alex schüttelte den Kopf.

„Nein, nie. Aber sie konnte mich so ansehen, dass ich mich besonders fühlte.

Damals war ich überzeugt, dass das Liebe ist."

„Ich auch. Manchmal dachte ich sogar, dass sie sich endlich für mich entschieden hatte. Aber dann ging sie ins *Kaffee*, du machtest ihr einen Espresso oder einen Zimt-Cappuccino – und dann zeigtest du ihr deine andere Welt. Dann spürte ich, dass ich sie wieder verlor – dass ich offenbar etwas falsch machte. Ich wusste nicht, wie ich sie halten sollte, wie ich verhindern konnte, dass sie zu dir zurückging. Es war etwas Faszinierendes an diesem ständigen Entgleiten – und doch wusste ich, dass ich auf Dauer so nicht existieren konnte.

Abends versprach ich mir selbst, dass es vorbei war, dass ich mit ihr reden musste – und am nächsten Morgen war ich wieder hilflos. Und ich hatte Angst, dass sie sich am Ende doch für dich entscheiden würde."

„Und so gingen wir immer weiter, immer tiefer hinein – und ließen Wut und Frustration zu. Ich fühlte mich nicht wohl dabei, aber ich konnte nicht aufhören."

Alex senkte den Blick.

Die Freundschaft zwischen zwei erwachsenen Männern ist nicht mehr so unbeschwert wie damals, als sie noch Kindergartenkinder waren.

Sie wussten das genau. Manchmal wunderten sie sich sogar selbst, dass sie so gut miteinander funktionierten.

Wie Messer und Gabel.

Tür und Klinke.

„Erinnerst du dich, als ich meinen Schlafsack bei unserem Campingausflug vergessen habe?"

Fabi zeigte mit dem Finger auf Alex.

„Das kann man nicht vergessen. Wir mussten in *einem* schlafen – und obwohl das irgendwie natürlich war, hatte ich ein Problem damit. Ich musste eng an einen anderen Kerl gekuschelt schlafen!"

Fabi lachte laut.

„Und das Schlimmste war, dass uns danach niemand glauben wollte, dass wir kein Paar sind. Ich war sauer, weil wir absolut *keine* Chance hatten, irgendwelche Mädchen aufzureißen."

Alex nickte.

„Und dabei waren da echt zwei nette, ziemlich entspannte. Erinnerst du dich? Bei jedem unserer Annäherungsversuche lachten sie nur und schlugen vor, gemeinsam eine Maniküre zu machen. Ich kam mir vor wie ein Idiot."

„Ich finde, wir haben uns perfekt verhalten. Wir haben einfach akzeptiert, dass wir für diesen Trip als schwules Paar durchgehen –

und damit war das Thema erledigt. Und hey, es hatte sogar Vorteile: Wir haben eine Menge Geld gespart, weil wir keine Mädels auf ein Date einladen mussten!"

Fabi grinste breit.

Das war einer dieser Studentenausflüge – mit Zelt, Low-Budget, Dosenfleisch und einem Rucksack, an den man sich ein Leben lang erinnert. Nostalgisch und voller Erinnerungen, noch bevor sie überhaupt beginnen. Damals versprachen sie sich, dass ihre Freundschaft alles überstehen würde. Dass sie niemandem erlauben würden, sie zu zerstören. Dass sie, wenn sie jetzt schon *pro forma* schwul sein konnten, auch jede andere Hürde meistern würden.

„Weißt du was? Das Problem mit der Liebe ist, dass sie einen von Kopf bis Fuß angreift. Sie spült alte Versprechen weg, lässt einen alle Vorsätze vergessen. Liebe ist besitzergreifend, weil sie wirklich *alles* nimmt. Sie macht keine halben Sachen und hält sich nicht mit Sentimentalitäten auf."

Alex zog die Beine an und umklammerte sie mit den Armen.

„Ehrlich gesagt, genauso sollte es sein. Keine Fragezeichen. Keine Zweifel.

Nur passierte es auf unsere Kosten. Wir haben so schnell etwas aufgegeben, das wir jahrelang aufgebaut haben. Ich komme mir jetzt vor wie ein Idiot."

Er senkte den Kopf.

„Ich fühle mich noch schlimmer. Und obendrein hat mein Herz tatsächlich schlappgemacht. Ironie des Schicksals. Wie in irgendeinem kitschigen Liebesroman. Aber ich sage dir eins: Ich möchte, dass du dich mit ihr triffst. Mit unserer Michaela."

Er senkte die Stimme.

Alex schüttelte den Kopf.

„Hör auf, sonst verrenkst du dir noch den Nacken."

Fabi machte eine Bewegung, als wollte er ihm auf die Schulter klopfen.

„Ich meine es ernst. Und das hat nichts mit einer unglaublichen Großzügigkeit zu tun – noch weniger mit deiner Dankbarkeit. Es wäre einfach dumm, auf ein Unglück noch ein weiteres draufzusetzen, nur weil du irgendwelche idiotischen Schuldgefühle hast. Aus der Perspektive eines Mannes, der jetzt schon auf der anderen Seite steht, kann ich dir mit Sicherheit sagen - Liebe ist verdammt wichtig. Genau wie diese Tage, an denen wir uns glücklich fühlen. Wenn wir Lust haben zu tanzen und zu singen – auch wenn wir uns dabei, wie zwei alte Idioten aufführen. Auch wenn wir keinen Takt haben und keinen Rhythmus. Denn Liebe ist einfach – nur wir Menschen machen sie unnötig kompliziert. Und außerdem… Ich liebe dich auch."

Alex prustete los.

„Also doch eine schwule Liebe?"

„Nein, ich liebe dich wie einen Kumpel. Wie einen Freund – so, wie du es immer warst."

Alex beugte sich nach vorne und begann, einen Schneeball zu formen.

„Wenn ich dich jetzt damit bewerfe – würdest du das Spüren?" fragte er neugierig.

Fabi prustete los.

„Weich nicht aus. Und was das Spüren auf *dieser* Seite angeht – das ist ziemlich gedämpft. Ich denke, du könntest sogar eine

Lawine auf mich loslassen, und ich würde sie nur mit einem Lächeln quittieren. Das ist ein großer Vorteil hier. Man stirbt kein zweites Mal."

„Ich wünschte, du wärst hier."

„Bin ich doch."

„Wie lange noch?"

Fabi warf einen Blick auf seine Uhr.

„Gute zwanzig Minuten."

„Und dann?"

Sein Freund zuckte mit den Schultern.

„Dann musst du dir deine Zeit ohne mich vertreiben. Aber irgendwas sagt mir, dass du das hinkriegst. Nur sei nicht so stolz. Ruf sie an."

Alex schluckte hörbar.

„Ich kann nicht …" flüsterte er.

„Dann helfe ich dir gern, gib mir einfach dein Handy."

„Du weißt genau, dass es nicht darum geht."

Fabi seufzte.

„Alex. Betrachte das als meinen Weihnachtswunsch. Oder als Geschenk. Hattest du mich dieses Jahr in deinen Plänen?“

Alex nickte.

„Ich wollte dir ein Teleskop kaufen – für die Sternenbeobachtung.“

„Ah, das klingt sogar ziemlich gut. Aber ich fürchte, das werde ich nicht mehr brauchen.“

„Ich habe es noch nicht bestellt.“

„Dann lass es. Ruf stattdessen Michaela an. Morgen ist Heiligabend – ein perfekter Vorwand, ihr einfach nur schöne Feiertage zu wünschen. Fang traditionell an, du kannst ruhig ein bisschen langweilig sein. Sie wird sowieso zwischen den Zeilen hören. Und dann geht euer Gespräch automatisch in eine ganz andere Richtung. Nur – erwähnt mich nicht gleich zu Beginn. Wenn ihr euch gleich ins Schluchzen und Weinen stürzt, wird das nichts. In ein paar Wochen könnt ihr mich dann zusammen auf dem Friedhof besuchen.“

„Schlechter Witz. Ich mag schwarzen Humor – aber der hier hat mich nicht amüsiert.“

„Weil du kulturell voreingenommen bist,
was den Tod angeht.“

„Fabi?“

„Ja?“

„Du weißt doch …“

„Ich weiß. Schließlich bin ich dein bester
Freund.“

Die Stunde der gestohlenen Augenblicke

Nicht nur die Mutter gebiert das Kind,
sondern auch das Kind, die Mutter.

Gertrud von le Fort

Boris saß dieser Frau gegenüber und wusste nicht, wie er das Gespräch beginnen sollte. Er hatte sich mit ihr in seinem Lieblingssandwich-Bistro verabredet, weil dieser Ort ihm gemütlich, neutral und heimelig erschien.

Obwohl das Wort „heimelig" irgendwie nicht zur Situation passte, in der sie sich befanden. Was bedeutete „Zuhause" überhaupt für sie? Hatte sie eine Vorstellung davon?

Mit angespanntem Blick betrachtete er sie. Sie sah anders aus als auf den Fotos. Angespannter, mit fest zusammengepressten Lippen, die seinem Blick auszuweichen schienen. Man konnte sehen, dass sie bedrückt war, voller Schuldgefühle, nicht wusste, was sie sagen sollte, und sich fragte, ob sie überhaupt das erste Wort ergreifen sollte. Obwohl sie selbst das Treffen vorgeschlagen hatte. Vielleicht war er zu voreingenommen, vielleicht sprach aus ihm der Ärger, die Verbitterung, das Gefühl, dass all dies nicht hätte passieren sollen.

Sie war hübsch. Dunkle Haare, dunkle Augen – genau wie er. Sie hatte lange Finger, deren Nägel dunkel lackiert waren. Ihr Gesicht wirkte immer noch jung, aber aus der Nähe konnte man feine Fältchen erkennen. Sie hatte zarte, aber volle Lippen, in einem natürlichen, leicht roten Ton. Ein paar Sommersprossen zierten ihre Nase. Sie trug ein dunkelblaues Kleid und braune Schnürschuhe, als sei sie aus einer vergangenen Epoche herausgefallen und wusste nicht, was sie hier machte. Sie saßen an einem grünen Tisch. Er hatte zwei Sandwiches mit geräuchertem Quark und getrockneten Tomaten bestellt, doch keiner von beiden schien einen Bissen hinunterzubekommen.

Schließlich sah sie ihn an und versuchte sogar zu lächeln. Sie wirkte nicht verängstigt. Eher neugierig und vielleicht ein wenig hoffnungsvoll.

Er presste die Lippen aufeinander.

Er war voller Fragen, die sich in ihm verloren, unsicher, ob sie jemals laut ausgesprochen werden sollten. Manchmal sind Vermutungen, Vorstellungen und eigene Interpretationen leichter zu ertragen als die Wahrheit. Aber er musste sie erfahren.

Er griff nach dem Sandwich, legte es jedoch gleich wieder zurück.

Tamara im dunkelblauen Kleid.

Und jetzt?

Sollte er sie plötzlich „Mama" nennen?

Was bedeutet „Zuhause" für einen Menschen? Was steckt hinter den Worten „Nest", „Familie", „Gemeinschaft"? Wie wichtig sind Wurzeln, ein Ort, an den man immer zurückkehren kann? Ist ein Zuhause ein Gebäude oder sind es die Menschen, die es ausmachen?

Boris hatte einen Masterabschluss in Architektur und konnte sich nun endlich seinen Plänen widmen. Er wollte entwerfen, gestalten, seiner Fantasie freien Lauf lassen.

„Ein Absolvent des zweiten Studienzyklus ist qualifiziert, als eigenständiger Architekt in Planungsbüros, städtischen Verwaltungen, staatlichen Institutionen oder wissenschaftlichen Einrichtungen zu arbeiten."

In der Realität sah es jedoch weniger rosig aus. Der Wettbewerb auf dem Markt war enorm, Zeugnisse und gute Noten spielten kaum eine Rolle, und das, was wirklich zählte, war Erfahrung und die Fähigkeit, sich selbst zu verkaufen.

Aber Boris fand seinen Weg. Nicht zuletzt, weil seine Mutter viele Kontakte in Architekturbüros hatte. Einen Job zu finden, war nur eine Frage der Zeit.

„Ich helfe dir", hatte sie einfach gesagt. „Aber betrachte das nicht so, als würde ich die Brücke für dich bauen. Lass uns sagen, ich baue nur ein Brückenstück."

Zuerst wehrte er sich, wollte alles alleine erreichen. Doch nach ein paar Monaten erfolgloser Suche erkannte er, dass es manchmal klüger ist, Hilfe anzunehmen. Es war, als würde man eine Leiter an einen Kirschbaum anlegen.

Natürlich konnte man versuchen, langsam am Stamm hochzuklettern, aber manchmal war es besser, nicht zu riskieren, dass die Spatzen alle Kirschen fraßen.

Außerdem war er gut. Das wusste er. Früher oder später würde er allen beweisen, dass er diesen Job verdient hatte. Schließlich war auch seine Mutter eine angesehene Architektin. Es musste also in den Genen liegen.

Obwohl das in diesem Fall nicht ganz stimmte. Aber das wussten nicht alle.

Er hatte wirklich fantastische Eltern. Vielleicht lag es daran, dass er nie Zeuge eines Streits zwischen ihnen wurde, nie eine unangenehme Szene miterlebte und sich nie schlecht fühlte. Während die anderen Kinder in der Schule ständig über ihre Eltern klagten, musste Boris sich Probleme ausdenken, um nicht wie ein Außenseiter zu wirken, der aus einer idyllischen Familie kam.

„Meine Alten wollen keinen Hund erlauben", seufzte er dann und nickte bedeutungsvoll.

Das war nicht ganz wahr. Seine Mutter war zwar allergisch gegen Tierhaare, hatte aber vorgeschlagen, nach einer Rasse zu suchen, die keine Allergien auslöste.

„Ich habe eine Zuchtstätte für Chinesische Schopfhunde gefunden und einen kleinen peruanischen Nackthund, der angeblich keine Haare hat." Sie zeigte ihm Bilder, aber Boris träumte von einem großen Hund. Groß, normal, mit Fell. Nicht reinrassig – das war ihm egal. Der Schopfhund sah in seinen Augen aus wie absoluter Idioten Hund.

„Nein, Mama, lieber nicht, aber danke, dass du an mich gedacht hast." Er küsste sie auf die Wange und hoffte, dass sie ihm nicht plötzlich einen peruanischen Nackthund schenkte.

Er beschloss, dass er sich irgendwann selbst einen Hund kaufen würde. Einen schwarzen, so schwarz wie die Nacht. Und er würde ihn Rabe nennen.

Ein anderes Mal ging er absichtlich nicht zu einer Schulparty, um am nächsten Tag behaupten zu können, er habe Hausarrest gehabt.

So bekam er wenigstens ein bisschen Mitgefühl und fühlte sich nicht wie ein seltsames Wesen, das aus einer absolut perfekten Familie stammte.

Manchmal hatte er das Bedürfnis, das makellose Bild seiner Familie zu zerkratzen, doch er hatte nie den Mut dazu. Nie hatte er sich betrunken, nie geraucht, nie Gras ausprobiert. Einmal war er von zu Hause weggelaufen, aber er war zurückgekommen, bevor jemand es bemerkte. Er war damals vierzehn und wollte unbedingt etwas Verrücktes tun. Etwas, worüber man in den Nachrichten hörte oder im Radio sprach. Er wusste selbst nicht genau, warum er das wollte – vermutlich hatten die Hormone der Pubertät zugeschlagen. Und irgendwie hatte er das Gefühl, sie nicht ignorieren zu können.

Also stieg er in einen Zug nach Kutno, stieg jedoch früher aus (in Konin) und fuhr mit dem Bus nach Hause zurück.

An diesem Tag ging er nicht zur Schule. Seine Eltern erfuhren es jedoch nie.

„Wie war es in der Schule?"

„Wie immer, alles in Ordnung."

Das war's.

Irgendwo tief in sich fühlte er trotzdem Dankbarkeit.

Er wusste nicht genau warum, denn niemand hatte sie von ihm verlangt. Niemand hatte ihm Liebe und Fürsorge je in Abhängigkeit zu seinem Verhalten zugeteilt.

Er war ihr einziges Kind. Ihr Augapfel. Ihr größter Schatz.

Ihr eigenes, wenn auch nicht biologisches Kind.

***

Nomadismus ist eine Lebensweise, die durch ständiges Umherziehen geprägt ist.

So leben etwa einige afrikanische Stämme, die ihre Behausungen dorthin verlegen, wo es Wasser gibt, oder asiatische Nomaden, die ihren Herden auf der Suche nach Weidegründen folgen. Auch Roma haben sich traditionell für ein nomadisches Leben entschieden. Es gibt jedoch auch moderne Nomaden, die bewusst auf gängige Muster wie ein festes Zuhause, ein Auto oder einen sicheren Arbeitsplatz verzichten. Sie wählen Unabhängigkeit, Abenteuer und

Nonkonformismus. Das bedeutet nicht zwangsläufig, dass sie auf eine Familie verzichten – zumindest nicht alle. Einige reisen allein, andere mit ihrem Partner oder ihrer Partnerin.

Soweit Boris wusste, war seine leibliche Mutter eine von denen, die allein reisten. Anscheinend wechselte sie häufig ihren Wohnort, zog von Stadt zu Stadt, nahm verschiedene Jobs an. Sie war Friseurin, Kellnerin und sogar Sekretärin gewesen. Eine Zeit lang hatte sie einen kleinen Dorfladen geführt. Doch jedes Mal, wenn sie irgendwo Fuß gefasst hatte, ließ sie alles zurück und zog weiter.

Wonach suchte sie? Warum konnte sie nirgendwo Wurzeln schlagen? Was trieb sie dazu?

Boris erfuhr von seiner Adoption, als er fünf Jahre alt war. Er war noch zu jung, als das Information ihn irgendwie verschrecken wurde, aber alt genug, um sie zu verstehen. Er hatte zwei Mamas. Die eine hatte ihn geboren, die andere großgezogen. Eine hatte ihn in ihrem Bauch getragen, die andere hatte ihn gefüttert, gewickelt und ihm Schlaflieder vorgesungen. Das war ein bisschen seltsam, ein bisschen schwer zu begreifen, aber eigentlich nicht schlimm. Schließlich war es doch besser, zwei Schokoladentafeln zu haben als nur eine.

„Du bist das beste Geschenk, das das Leben uns je gemacht hat“, hatte seine Mutter Emilia damals gesagt – die Mutter der Schlaflieder. Sein Vater hatte vor Rührung nur die Augen gerieben.

Sein Vater hieß Bolek, weshalb Boris ihn immer mit einer Figur aus dem Abendprogramm für Kinder assoziierte.

„Von jetzt an feiern wir deine Geburtstage zweimal im Jahr“, sagten sie ihm. „Das haben wir übrigens schon immer so gemacht, auch wenn du wahrscheinlich nie verstanden hast, warum du am fünften August Geschenke bekommst. Das war der Tag, an dem wir offiziell deine Adoptiveltern wurden. Bis heute halten wir ihn für den wichtigsten Tag in unserem Leben.“

Boris nickte jedes Mal zustimmend, wenn sie das sagten, auch wenn er damals das

Wort „Adoptiveltern" nicht wirklich verstand. Eigentlich verstand er kaum etwas von dieser Erklärung, außer, dass er zwei Mütter hatte. Aber was bedeuteten Begriffe wie „Identität", „Herkunft", „eigene Geschichte" oder „Wurzeln"? Er beschloss, sich nicht weiter damit zu beschäftigen. Schließlich hatte er damals ein Fahrrad und eine Torte mit Kerzen bekommen, und es fühlte sich feierlich an. Und besonders.

Mit jedem Jahr verstand er mehr, bis er schließlich genau begriff, was es bedeutete, eine leibliche Mutter zu haben, die ihn zur Adoption freigegeben hatte, und eine Mutter, die ihn aufgezogen hatte. Manchmal durchfuhr ihn ein seltsames Frösteln, und ein Gefühl von Angst überkam ihn. Aber er konnte es schnell abschütteln. Adoption war für ihn kein schwieriges oder angsteinflößendes Thema, sondern eher etwas Geheimnisvolles, aber auch Positives. Er hatte ein Zuhause. Er hatte Eltern. Nicht alle Kinder hatten so viel Glück wie er.

Mit der Zeit wurde das Thema weniger präsent, weil es von keiner Seite weiter angesprochen wurde.

Aber der Winterschlaf dauerte nicht ewig.

Als Boris dreizehn war, stellte er zum ersten Mal mutige Fragen über seine leibliche Mutter. Wie sie hieß, wer sie war, was sie tat und ob sie noch lebte. Geweckt wurde dieses Interesse durch einen Dokumentarfilm über Adoptionen. Über Kinder, die verlassen wurden oder ihre leiblichen Eltern verloren hatten. Über verletzte Liebe und darüber, wie sie in einem anderen Zuhause wiedergefunden wurde. Über Mütter, die nicht wollten, nicht konnten, keinen anderen Ausweg hatten.

„Kannst du mir sagen, wie meine leibliche Mutter hieß?" fragte er Emilia und fixierte sie mit seinem dunklen Blick.

„Tamara. Als sie dich bekam, war sie noch Schülerin, also minderjährig. Sie lebt noch. Aber sie wechselt ständig ihren Wohnort, als ob sie nirgendwo bleiben könnte", antwortete seine Mutter. „Wie eine Nomadin. Soweit ich weiß, hat sie schon in den Bergen und am Meer gelebt, in Masuren und Podlachien. Sie lebte in Breslau, Krakau, einige Monate in Warschau, aber viel häufiger in kleinen Ortschaften. Ich weiß auch, dass sie oft ihren Beruf wechselt."

Boris hätte am liebsten weiter gefragt, tiefer gebohrt. Doch er bemerkte, wie seine Mutter zunehmend angespannter wurde. Sie ballte nervös die Hände zu Fäusten und griff immer wieder nach dem Wasserglas. Ihr Atem wurde schneller und unruhiger. Das machte ihm sogar ein wenig Angst.

Er verstand nicht genau, warum sie so reagierte, beschloss jedoch, sie jetzt nicht weiter zu belasten. Eines Tages würde er das Thema wieder aufgreifen. Vielleicht würde er seinen Vater fragen – der war vielleicht gesprächiger.

„Wie eine Nomadin", dachte Boris.

Nomadismus.

Dieses Wort gefiel Boris, auch wenn er nicht genau wusste, warum. Als er erwachsen wurde, begann auch er, viel zu reisen. Er liebte es, neue Düfte und Geschmäcker zu entdecken, sich vorzustellen, dass irgendwo unter einer bestimmten geografischen Breite jemand gerade die staubige, trockene Luft einatmete, während ein paar Hundert Kilometer weiter jemand im

Regen stand und den Blasen zusah, die auf Pfützen tanzten.

Er liebte es, verschiedene Häuser zu betrachten, ihre Konstruktionen, und darüber nachzudenken, was die Menschen dazu gebracht hatte, genau diese Entscheidungen zu treffen: Warum wollten sie auf Inseln leben, in Steinhäusern oder auf Hausbooten? Welche Ideen hatten einen japanischen Architekten dazu inspiriert, den Nakagin-Kapselturm zu entwerfen? Boris war fasziniert von dieser dreizehnstöckigen Konstruktion mit austauschbaren Wohneinheiten – Kapseln.

Oder dieses „Wooden Gangster House" in Archangelsk, das höchste Holzgebäude der Welt mit dreizehn Stockwerken, halb so hoch wie der berühmte Big Ben in London. Manchmal nannte man dieses Holzhaus das achte Weltwunder.

Und Baumhäuser? Wunderschöne, märchenhafte Konstruktionen, in denen man tatsächlich wohnen konnte. Oder winzige Einpersonenhaushalte, die zusammenklappbar und transportabel waren.

Das Haus, in dem Boris lebte, war weiß, metallisch und gläsern. Wunderschön, modern, geschmackvoll eingerichtet. Er mochte es, auch wenn er sich das Wort „gemütlich" etwas anders vorstellte. Oft wunderte er sich darüber, dass ihm Chaos besser gefiel als Ordnung, dass ihn Unordnung nicht störte und dass er gern etwas Spontanes unternehmen würde – etwas, das nicht zu dieser Familie und dieser Erziehung passte.

Seine Eltern schienen ihm manchmal zu symmetrisch, zu ausgeglichen, zu perfekt an die Realität angepasst. Sie liebten es zu planen, alles bis ins kleinste Detail zu zerlegen und mögliche Konsequenzen vorherzusehen.

Kalkulation. Planung. Programmierung.

Wenn sie ans Meer fuhren, waren sie auf jedes Wetter vorbereitet. Sie nahmen sogar einen Dynamo-Generator mit, falls es zu einem Stromausfall kam. Das war gleichzeitig amüsant und anstrengend, gab jedoch immer ein Gefühl der Sicherheit.

„Man muss auf alles vorbereitet sein", sagten sie immer wieder. „Vor allem, wenn man so einen Schatz zu Hause hat." Dabei zwinkerten sie ihm zu.

Doch irgendwann wollte Boris den fünften August nicht mehr feiern. Er wollte keinen Kuchen, keine Geschenke und keine Erinnerungen, keine ständigen Hinweise darauf, dass er in gewisser Weise ein zweites Mal geboren wurde. Reichte es nicht, einmal? Er wollte dieses Datum vergessen und wie alle anderen nur einmal im Jahr Geburtstag haben.

Aber das konnte er seinen Eltern, vor allem Emilia, nicht sagen. Er wusste, wie wichtig dieser Tag für sie war.

Tamara.

Wer war sie eigentlich?

Wie alt war sie?

Woher stammte sie?

Hatte sie einen Hund?

Wusste sie von seinen „zweiten" Geburtstagen?

All diese Fragen stellte er seinen Eltern, als er siebzehn war.

Seine Eltern konnten ihm kaum helfen – oder wollten es nicht. Sie kannten auch ihre aktuelle Adresse nicht.

„Vielleicht hier, vielleicht dort. Wir wissen nicht einmal, ob sie überhaupt noch in Polen ist“, sagte seine Mutter, und er nickte verständnisvoll.

„Warum fragst du?“, wollte sein Vater wissen, aber Boris konnte ihm nicht antworten.

„Ich würde dir gern helfen, aber ich weiß wirklich nicht wie“, fügte er noch hinzu.

Aber in Zeiten moderner Technologie und allgegenwärtiger sozialer Medien war es nicht schwer, jemanden zu finden. Er kannte ihren Namen. Es genügte, ihn in eine Suchmaschine einzugeben...

Genau. Und dann? Einerseits fühlte er, dass er sie kennenlernen sollte, sie zumindest einmal im Leben sehen und ihr ein paar Fragen stellen wollte. Andererseits hatte er Angst. Angst davor, etwas zu hören, auf das er nicht vorbereitet war. Und in gewisser Weise seine Eltern zu verraten – das wollte er nicht.

„Wir haben eine Nil-Kreuzfahrt gebucht. Und nächstes Jahr planen wir Sri Lanka, weil wir wissen, dass du schon immer auf einem echten Elefanten reiten wolltest."

Boris dachte, dass er wirklich großes Glück hatte.

Und erneut schob er das Thema Tamara für ein paar Jahre beiseite, wie ein Buch, das er nicht zu Ende lesen wollte, aber wusste, dass er irgendwann zurückkehren würde.

Vielleicht nach Sri Lanka.

***

Geheimnisse und tief verborgene Fragen verschwinden nicht einfach, nur weil sie mental verschlossen wurden.

Ihre Bedeutung oder ihr Rang ändern sich dadurch nicht. Die Tatsache, dass sie „schlafen", bedeutet nicht, dass sie nie wieder erwachen werden. Und wenn sie das tun, schlagen sie mit doppelter Kraft zu. Auf der bewussten Ebene kann man sie kontrollieren, sie zügeln und seine Emotionen im Zaum halten. Doch das

Unterbewusstsein ist weitaus stärker. Und es ist schwer, es zu beherrschen.

Es kam schließlich der Moment, als Boris immer häufiger von Wut geweckt wurde. Es waren nicht länger ruhige, farblose und langweilige Träume. Sie ärgerten, stichelten, pieksten und sprachen ohne Umschweife, ohne Diplomatie. Etwas, das über Jahre unterdrückt worden war, wollte nicht länger unter der Erde verweilen.

Alles hat seine Zeit. Manche Menschen brauchen mehr davon, andere wollen nicht warten.

Boris verlor seinen inneren Frieden, als er sechsundzwanzig Jahre alt war. Er wurde schneller wütend, geriet immer häufiger in Rage, war zynisch gegenüber anderen und fand es immer schwieriger, sich auf seine Arbeit zu konzentrieren.

„Ich habe darum gebeten, die neueste Version des Projekts auszudrucken", sagte er durch zusammengebissene Zähne zu der Sekretärin, verärgert darüber, dass er immer warten musste.

Er hatte sieben Minuten gewartet.

Er schaltete während Team-Meetings oft gedanklich ab und ärgerte sich später, weil er nicht wusste, welche Vereinbarungen getroffen worden waren. Er saß stundenlang über seinen Entwürfen, aber nichts wollte ihm einfallen.

„Brauchen Sie ein paar Tage Pause?", fragte ihn sein Chef, und Boris kam es vor, als klänge das sarkastisch. Kein Wunder. Er arbeitete hier erst seit einem Jahr, und selbst wenn er gute Ideen hatte, durfte er keine Launen an den Tag legen. Doch er konnte seine Emotionen nicht mehr beherrschen.

„Ich nehme zwei Tage", sagte er schließlich und zog sich in seine Wohnung zurück, um im Internet Geschichten über Adoptionen zu lesen.

„Adoptiveltern sind nichts Außergewöhnliches. Sie haben nichts Übermenschliches getan. Sie haben einfach nur ihr Kind gefunden, weil sie ein großes Verlangen danach hatten, zu lieben."

„Diese Kinder sind nicht erfunden, nicht perfekt. Ein adoptiertes Kind ist kein Kind 'als

Ersatz'. Es ist auch unser Kind, das auf einem anderen Weg zu uns gekommen ist. Man muss sich jedoch darauf einstellen, dass es bereits eine Lebensgeschichte hat, und bereit sein, diese zusammen mit dem Kind zu akzeptieren. Diese Geschichte muss nicht gut sein, aber man muss sie annehmen."

„Welchen Sinn hat mein Leben, wenn der Sinn des Lebens einer Frau darin besteht, Mutter zu sein?"

Boris schloss den Laptop.

Er legte sich auf die Couch, zog die Decke über sich und versuchte zu schlafen. Er konnte und wollte nicht verstehen, wie man sein eigenes Kind aufgeben konnte. Es gab keine Garantie dafür, dass es bei guten Menschen landete, die es wie ihr eigenes Kind lieben würden. Diese Sicherheit hatte man nie. Das Risiko, dass etwas Schlimmes passiert, war einfach zu groß. Schließlich war er ja nicht gewollt. „Sie" hatte ihn schließlich nicht gewollt.

Als die Träume immer anstrengender wurden und er wieder begann, über die Vergangenheit nachzugrübeln, beschloss er, dass er nicht länger warten konnte. Und dass alles Unvollendete früher oder später Aufmerksamkeit verlangen würde.

Das menschliche Gedächtnis kann einem Streiche spielen. Je mehr man versucht, etwas zu vergessen, desto schwieriger ist es, sich vor seinen eigenen Gedanken zu verstecken. Es war Zeit aus dem Tunnel ins Licht zu treten.

„Okay, Alter“, sagte er laut zu sich selbst. „Brust raus und die Schläge einstecken. Vielleicht töten sie dich gar nicht, sondern kratzen dich nur. Und du zuckst mit den Schultern, weil du den Schmerz gar nicht spürst.“

Am nächsten Tag rief er bei der Firma an und bat um ein paar zusätzliche Tage Urlaub.

„Natürlich. Nimm dir eine Woche oder sogar zwei, erledige, was du zu erledigen hast, und komm mit aufgeräumtem Kopf zurück“, sagte ihm sein Chef, und Boris musste zugeben, dass er das perfekt ausgedrückt hatte.

Es war an der Zeit, Ordnung zu schaffen.

Er wollte seine Eltern nicht weiter befragen, aus Angst vor ihrem Gesichtsausdruck. Aber es gab etwas, das sich „vollständige

Geburtsurkunde" nannte – ein Dokument, das die Daten der leiblichen Eltern, den Geburtsort und die Information über die Abtretung der elterlichen Rechte der Mutter enthielt, zusammen mit der Aktennummer des Gerichtsverfahrens.

Wenn er die Aktennummer dieser Gerichtsunterlagen hätte, könnte er beim Gericht um Einsicht bitten.

Und tatsächlich erhielt er recht schnell Informationen über Tamara Kowalow.

Es war ein Donnerstag, drei Uhr morgens. Er konnte wieder nicht schlafen, wachte alle paar Minuten auf und fühlte die wiederkehrende Wut. Er stand auf, ging in die Küche und trank ein Glas eiskaltes Wasser in einem Zug.

Zum Teufel, er war ein erwachsener Mann, hatte ein angesehenes Studium abgeschlossen, eine gute Arbeit begonnen und hatte lange das Gefühl gehabt, dass alles genauso lief, wie er es sich vorgestellt hatte. Er hatte sogar bereits Flugtickets nach Malta und Spanien für das nächste Jahr gekauft, weil er es liebte, sich konkrete Ziele zu setzen.

Er tippte ihren Namen in die Suchmaschine ein.

Tamara Kowalow.

Drei Personen. Nur drei.

Er erkannte sie auf dem Foto sofort. Sie hatten die gleiche Augenfarbe, die gleichen Haare, denselben Blick und ein ähnliches Lächeln. Er brauchte keine weiteren Beweise. Die Frau, die ihn auf dem Foto ansah, war seine leibliche Mutter, daran hatte er keinen Zweifel. Doch viel mehr erfuhr er nicht von ihrem Facebook-Profil. Die meisten Beiträge waren privat. Er konnte nicht einmal ihre Freunde sehen. Auf einem der Fotos stand sie neben einem alten Citroën, der legendären „Ente". Auf einem anderen zwinkerte sie einer Ziege zu.

Das brachte ihn tatsächlich zum Lächeln. Die Ziege sah zufrieden aus, ebenso wie Tamara.

Sie mochte U2, Simply Red und die Bücher über Harry Potter. Sie mochte Lewis Carroll und „Alice hinter den Spiegeln". Sie hatte auch die Seite zum Film „Alles steht Kopf" mit einem Like versehen – vermutlich hatte er ihr

gefallen. Außerdem mochte sie „Jabberwocky",
von dem Boris noch nie gehört hatte.

Auf einem Foto war ein Rapsfeld zu
sehen, auf einem anderen ein Strand, ein Fluss,
eine Wiese voller bunter Blumen und ein großer
schwarzer Hund. Boris lächelte unwillkürlich, als
er diesen sah.

Auf einem Bild stand sie vor einem
Friseursalon, auf einem anderen kochte sie
etwas. Und auf einem weiteren trug sie eine
Perücke und ein Kostüm, das wie aus einer
Komödie von Fredro wirkte. Das war alles. Boris
sah sich in den nächsten Tagen immer wieder ihr
Profil an, doch viel geschah dort nicht. Mehrmals
wollte er ihr eine Freundschaftsanfrage senden,
aber etwas hielt ihn jedes Mal davon ab. Was,
wenn das eine Büchse der Pandora war?
Vielleicht war es manchmal besser, nicht alles zu
benennen, keine Wunden aufzureißen und nicht
nach weiteren Schichten zu suchen.

Vor einiger Zeit hatte er im Internet ein
Tutorial über Aquarellmalerei gesehen. Ihm
gefiel die erste Phase – einige unregelmäßige,
frei verteilte Pinselstriche. Die zweite Phase –

wenn die Farben zu fließen begannen und abstrakte Formen entstanden, faszinierte ihn ebenfalls. Und auch die dritte Phase, in der Figuren und Gegenstände allmählich Konturen annahmen, mochte er. Doch dann ging plötzlich etwas verloren. Alles wurde zu konkret, zu perfekt, mit schönen Farben und glatten Pinselstrichen. Das Bild hatte nichts mehr von dem, was es anfangs versprach.

Boris hatte Angst, dass ein Treffen mit Tamara genauso ein Bild werden könnte. Solange er es sich nur vorstellte, solange er vage Visionen hatte, schien alles mysteriös und schön zu sein, trotz der Wut, die er empfand. Doch eine Konfrontation mit der Realität könnte das alles zerstören.

Und noch etwas.

Tamara war einundvierzig Jahre alt. Das bedeutete, dass sie ihn mit fünfzehn bekommen hatte.

***

Dass ihr Vater in Rage geraten würde, stand außer Frage.

Er hasste es, wenn etwas ohne sein Wissen geschah, aber noch mehr hasste er es, wenn andere über ihn redeten, sich über ihn lustig machten, ihn kritisierten und mit dem Finger auf ihn zeigten. Es reichte schon, dass er Russen in der Familie hatte – ein Grund für endlose Witze und dumme Bemerkungen. Über ihren Namen wurde manchmal auch gespottet, aber sie mochte ihn trotzdem sehr. Es war unmöglich, ihn kindisch weichzuspülen, ihn in ein banales Anna, Sofija oder Helga zu verwandeln. Sie war immer einfach Tamara und fühlte sich damit wohl. Niemand in der Umgebung hatte einen solchen Namen. Das hob sie hervor, machte sie in gewisser Weise einzigartig.

„Flittchen. Kleines verdammtes Flittchen", verkündete ihr Vater jetzt und knurrte wie ein wütender Hund. Er war wirklich außer sich.

Tamara erstarrte im Gras, das vom Summen der ersten Frühlingsbienen und Hummeln erfüllt war, und lauschte jedem Wort, das durch das offene Küchenfenster drang und frei durch den Garten flog. Schließlich begann sie, diese Worte zu einem Ganzen zusammenzusetzen, das alles andere als angenehm klang. Was hatte sie auch erwartet?

„Es gibt keine andere Möglichkeit. Sie muss aus dem Haus. Wenigstens für eine Weile, bis allen die Lust am Tratschen und die Nase in fremde Angelegenheiten zu stecken. Ich hätte nie gedacht, dass uns dieses kleine Gör so viel Ärger bereiten würde. Als ob wir es nicht schon schwer genug hätten. Flittchen", wiederholte er und schlug mit der Faust auf den Tisch.

Jetzt mischte sich Tamaras Mutter ein, die normalerweise wenig sagte und fast immer mit ihrem Mann übereinstimmte.

„Vielleicht wird ja doch alles gut?" – Ihre Worte klangen so überzeugt, als glaubte sie daran, dass in diesem Moment ein Hubschrauber auf ihrem Dach landen würde und Robert Redford aussteigen und um ihre Hand anhalten würde.

Das Quietschen des Stuhls klang für Tamara bedrohlicher als ein Hurrikan.

„*Bullshit* wird gut. Du weißt doch selbst, dass die Schule sie schon rausgeschmissen hat.

Damit sie die anderen nicht verdirbt. Dieses Balg muss weggegeben werden. Und sie schicken wir irgendwohin, am besten zu meiner Schwester, in eine Großstadt. Weniger Schande. Und überhaupt verstehe ich nicht, wie du so lange nichts bemerkt hast. Dieses Balg kommt bald zur Welt. Der Bauch ist schon von weitem zu sehen.“

Tamara war entsetzt. Sie hatte selbst Angst vor dieser Schwangerschaft, vor dem Kind, das sie überhaupt nicht geplant hatte, und vor einer Zukunft, die so weit von ihren Träumen entfernt war. Sie wollte doch ihr Abitur machen und vielleicht später studieren. Sie wusste noch nicht, was sie einmal werden wollte. Vielleicht Lehrerin, vielleicht Ärztin. Aber sicher war, dass sie nicht Mutter werden wollte. Jedenfalls nicht jetzt, wo sie selbst noch ein Kind war. Und das Schlimmste war, dass der Junge, mit dem sie geschlafen hatte, nur ein flüchtiger Besucher war, jemand, der ihr eine falsche Telefonnummer gegeben und ihr leere Versprechungen gemacht hatte, die von Anfang an zum Scheitern verurteilt waren. Er würde sich bald melden, hatte er gesagt.

Sie hatte ihn dutzende Male angerufen, bis sie schließlich verstand, was „kein Anschluss unter dieser Nummer" bedeutete. Zunächst wollte sie glauben, dass sie sich vertan hatte, die Zahlen falsch notiert oder deren Reihenfolge verwechselt hatte. Aber nach ein paar Monaten begriff sie, dass sie diesen Jungen nie wiedersehen würde.

Sie blieb allein, mit einem gebrochenen Herzen, einer enormen Scham und einer wachsenden Angst. Sie war fünfzehn, schwanger von einem zufällig kennengelernten Jungen und konnte auf keine Unterstützung hoffen. Sie versteckte ihren Bauch so lange, wie es ging, und betete insgeheim, dass sich das Problem irgendwie von selbst lösen würde. Zweimal hatte sie versucht, von einem Baum zu springen, doch zweimal fehlte ihr der Mut.

Als schließlich alles sichtbar und unübersehbar wurde, brachte ihre Mutter sie zum Gynäkologen.

„Siebter Monat. Ein Junge. Glückwunsch", sagte der Arzt, und Tamara hätte schwören können, dass es besonders spöttisch klang.

Die Mutter verkniff sich mit Mühe eine Ohrfeige oder zumindest einen Stoß. Zum Glück schützte das Kind sie.

„Wer ist der Vater?" – Diese Frage musste gestellt werden, doch Tamara wollte es nicht zugeben. Außerdem hatte sie keine Ahnung, wo er zu finden war. Noch ein paar Mal wählte sie die Nummer, die sie sich notiert hatte, und wartete mit klopfendem Herzen auf eine Verbindung.

Am Ende sagte sie, dass es jemand völlig Unwichtiges sei, der nichts von der Schwangerschaft wüsste und das Kind sicherlich nicht wollen würde.

„Wie wir alle", verkündete der Vater wütend, dass er sich selbst um dieses „Problem" kümmern müsste.

Tamara hatte keine Wahl. Sie wollte dieses Kind auch nicht. Sie träumte davon, dass es auf wundersame Weise aus ihrem Bauch verschwinden, verdampfen oder sich als bloßer Albtraum herausstellen würde. Aber der Bauch wuchs, ebenso wie die Erkenntnis, und schließlich musste eine Entscheidung getroffen werden.

„Du gibst es im Krankenhaus ab“, sagte die Mutter, und Tamara nickte nur. „Wir regeln alles. Du bist ja sowieso noch minderjährig. Gib ihm einfach den Namen deines Großvaters und sag, dass es so heißen soll. Boris. Wenigstens das soll er von uns als Erbe bekommen. Und dann verschwindest du für ein Jahr oder zwei. Alle werden alles vergessen, und es wird wieder so sein wie früher.“

Es war nie wieder so wie früher.

Aber das wusste Tamara damals noch nicht.

***

Das war eine spontane Entscheidung, obwohl sie in gewisser Weise doch durchdacht war, durchlitten und mit einer immer schlechteren Verfassung bezahlt.

Nachdem Boris eines Morgens plötzlich die Zuckerdose gegen die Wand geschleudert hatte, kam er zu dem Schluss, dass dieser

Wahnsinn genug gewesen war. Er setzte sich an den Tisch, öffnete seinen Computer und schrieb Tamara ein paar Worte. Dann schickte er die Nachricht ab und klappte sofort den Laptop zu, als hätte er Angst, die Antwort käme sofort. Er beschloss, keine Benachrichtigungen auf seinem Handy zu prüfen, sondern seinen Kopf mit etwas anderem zu beschäftigen.

Er stand auf und verließ das Büro. Draußen war es warm, und die Luft duftete angenehm nach Hitze. Boris roch den Duft von verbrannten Blättern und musste sofort an seine Kindheit denken. An die Kastanienfiguren. Jeden Herbst ging er mit Emilia in den Park und sammelte Kastanien in eine Tüte. Er wollte so viele wie möglich haben, um eine große Kastanienarmee zu erschaffen. Und dann entstanden all diese Hunde, Katzen, Igel, Giraffen und Männchen, die in einem Kartonhaus wohnten. Dieses Haus bauten er und sein Vater gemeinsam, sie planten alles sorgfältig und richteten es ein: Zimmer, Betten, Schränke, Tische und sogar einen Fernseher aus Alufolie. Als am nächsten Tag herauskam, dass die Kastanienfiguren nicht mehr so schön glänzten, hatte Bolek die Idee, sie mit Haarspray zu besprühen. Und tatsächlich zeigte die Wirkung.

„Bauen wir noch einen Zug?“ fragte Boris. „Damit die Figuren um die Welt fahren können und alle sie bewundern.“

Er fragte sich, ob seine leibliche Mutter auch Kastanien gesammelt hätte. Und ob sie mit ihm eine Kastanienstadt gebaut hätte. Oder ob sie dafür weder Zeit noch Lust gehabt hätte. Sicherlich wäre sie nicht auf die Idee gekommen, die Figuren mit Haarspray zu besprühen.

Jetzt betrat er wie gewöhnlich sein Lieblingscafé und bestellte einen doppelten Espresso. Stark, der im Hals brannte. Er kam gern hierher. Alex, der Besitzer, schien zu wissen, was er tat, denn er war verrückt nach Kaffee und allem, was damit zu tun hatte. Er experimentierte gern. Er fügte gemahlene Kardamomsamen, Nelken und sogar roten Pfeffer in den Kaffee. Manchmal gab er einen Löffel Butter oder selbstgemachten Sirup mit einem Hauch von Holunderblüte dazu. Einmal hatte er Boris Kurkuma in den Kaffee gegeben und wartete gespannt auf seine Meinung.

„Wie immer?“ fragte Alex jetzt und lächelte, allerdings irgendwie abwesend.

Boris verstand sofort, warum.

Alex war heute nicht allein. Auf einem Barhocker saß ein Mädchen, in das der Barista bis über beide Ohren verliebt war, was man auf den ersten Blick sehen konnte. Sie kam immer öfter vorbei und mochte am liebsten Zimt-Cappuccino. Boris beneidete Alex ein wenig, denn er selbst konnte sich nicht so richtig verlieben, nicht so, dass die Welt um ihn herum für ihn aufhörte zu existieren.

„Ja, genau“, nickte Boris.

„Ein doppelter Espresso, richtig?“ vergewisserte sich Alex. „Pur oder mit etwas drin?“

„Pur.“

In genau diesem Moment vibrierte sein Telefon, und Boris fühlte, wie er sich versteifte. Es konnte eine Nachricht von irgendjemandem sein, eine Werbe-SMS oder ein Irrtum. Doch unterbewusst spürte er, dass es eine Antwort war.

Er nahm einen Schluck Kaffee und griff langsam nach seinem Handy.

Er hatte sich nicht geirrt.

„Können wir uns treffen?"

Nicht mehr, aber das reichte ihm eigentlich. Einerseits freute er sich, dass sie so reagierte, wie er es sich gewünscht hatte, andererseits verspürte er Unruhe. War das wirklich ein guter Schritt gewesen? Musste man immer die Vergangenheit aufwühlen und etwas aufkratzen, das fast verheilt war? War das nicht eine Form von Masochismus, das unnötige Wecken von Dämonen, das Aufbrechen verschlossener Türen?

Und wozu das Ganze?

Was wollte er hören?

Was erwartete er?

Der Kaffee war längst kalt geworden, und er saß immer noch an der Bar, unfähig, sich zu rühren. Angeblich bedeutet das hebräische Wort für „vergeben" Wort wörtlich „mit einem Mantel umhüllen". War er dazu bereit? War er in der Lage, die Frau, die ihn geboren hatte, kennenzulernen und ihr zu vergeben, dass sie ihn verlassen hatte?

Vergebung wäre für ihn eine Form der Befreiung, das wusste er. Aber er wusste auch, dass das nicht unter Zwang geschehen konnte. Es konnte nicht wie eine Rolle im Theater gespielt werden. Es musste echt, aufrichtig sein. Vergebung aus dem Gefühl, dass es so sein musste, würde ihm mit Sicherheit keine Erleichterung bringen. In gewisser Weise fühlte er sich verletzt, obwohl er nicht verstand, warum.

Er hatte doch nicht gelitten. Er musste sein inneres Kind nicht umarmen und über den Kopf streicheln, denn das hatten seine Adoptiveltern für ihn getan. Er war geliebt und gewollt. Er war Teil einer glücklichen Familie. Warum muss der Mensch immer alles verkomplizieren? Als könnte er sich nicht an dem erfreuen, was er hatte, und wollte es unbedingt kaputtmachen. Doch es entsprach der Wahrheit, dass jedes Lachen voller war, wenn man vorher geweint hat.

„Können wir uns treffen?"

„Und wenn ich nicht vergeben kann?" fragte er laut, dann griff er zum Handy und antwortete:

„Ja. Wo und wann?“

***

Die Waldspirale in Darmstadt wurde im Jahr 2000 fertiggestellt und war das letzte Werk des Wiener Architekten Hundertwasser vor seinem Tod. Das Gebäude beherbergt 105 Wohnungen sowie eine Tiefgarage. Die Waldspirale wurde in Form eines „U“ gebaut, als ansteigende Rampe. Das Gebäude verfügt über mehr als tausend Fenster in unterschiedlichsten Formen und Größen. Auch die Türgriffe sind verschieden gestaltet. Die Wände in den Wohnungen sind abgerundet, ebenso wie die Ecken des Hauses.

Boris saß über einem Bildband mit außergewöhnlicher Architektur weltweit und studierte ihn mit derartiger Hingabe, als wolle er gleich ein Meisterwerk entwerfen, das alle anderen Bauwerke auf diesem Planeten in den Schatten stellen würde. Eigentlich hätte er an zwei Projekten arbeiten sollen, aber er konnte sich auf nichts konzentrieren. Gut, dass er eine Woche frei bekommen hatte und ein wenig Luft holen konnte. Heute um 18 Uhr sollte er sich mit seiner Mutter treffen.

Seiner leiblichen Mutter.

Er hätte zu Hause bleiben und sich ausruhen können, aber er fand keine Ruhe. Also ging er ins Büro und war froh, dass er um diese Zeit niemanden antraf. So konnte er in Ruhe den Computer hochfahren und seinen Kopf und seine Hände beschäftigen.

Er überlegte, ob er seinen Eltern von dem Treffen erzählen sollte, aber er fürchtete ihre Reaktion. Zwar war er erwachsen, wohnte allein, und diese Frau konnte in keiner Weise seine Beziehung zu seinen Eltern gefährden, aber dennoch hatte er das Gefühl, dass es für sie so etwas wie Verrat wäre. Als er achtzehn wurde, hatte er erneut nach seiner leiblichen Mutter gefragt. Ob sie noch lebte und ob es Sinn hätte, sie kennenzulernen.

Und noch bevor er die Frage zu Ende gestellt hatte, sah er die Antwort. Sie lag im Blick von Emilia und im stockenden Atem seines Vaters. Und obwohl sie nickten und sagten, die

Entscheidung liege bei ihm, spürte er doch, dass sie anders dachten.

Zum Treffen kam er vor der vereinbarten Zeit, aber sie wartete bereits auf ihn. Sie trug ein dunkelblaues Kleid und braune Schnürschuhe. In ihrem Blick lagen Unsicherheit, ein wenig Angst und viel Neugier. Ein zarter, schüchterner Lächeln schlich über ihr Gesicht, als wüsste es nicht, ob es sich wirklich zeigen dürfe.

Es war wirklich nicht Boris' Schuld, dass er kein Wort herausbrachte. Sie schwieg ebenfalls und ließ ihn nicht aus den Augen. Anfangs fühlte er sich dadurch unwohl, aber das Gefühl verflog schnell. Sie schauten sich einfach an und versuchten, jeden Gesichtszug, jede Regung, jede Emotion, die über ihre Gesichter glitt, in sich aufzunehmen.

Schließlich sprach sie als Erste.

„Ich weiß nicht, wie ich es sagen soll, ohne dass es banal klingt, aber ich bin glücklich, dass du mir geschrieben hast. Und dass ich so einen Sohn habe."

Er zuckte bei dem Wort zusammen.

Er fühlte sich ihr in keiner Weise als Sohn verbunden, und er wusste, dass er sie niemals „Mama" nennen würde. Manche behaupten, dass die ersten Erinnerungen sich bereits in der pränatalen Phase bilden, aber bei ihm traf das offensichtlich nicht zu. Er erinnerte sich nicht an ihre Stimme, ihren Geruch, hatte nichts mit ihr gemeinsam.

Außer den Genen.

Und wieder schwiegen sie, und die Zeit floss ruhig dahin, verwob Sekunden mit Minuten und diese wiederum mit Stunden. Drei oder vier waren vergangen. Oder vielleicht nur zwei? Zeit hatte keine Bedeutung mehr. Wahrscheinlich hatte er noch nie so lange mit jemandem geschwiegen. Er unterdrückte all die Worte, die in ihm brodelten, die er nicht aussprechen konnte. Und dann spürte er plötzlich, wie die ganze Wut, die sich über Jahre hinweg in ihm angestaut hatte, immer höher in seine Kehle stieg, seine Tränenkanäle angriff und durch seinen Kopf zu pulsieren begann. Da wusste er, dass er nicht länger bleiben konnte. Er schob abrupt seinen Stuhl zurück und stürzte aus der

Bar, ließ Tamara allein zurück. Es war ihm egal, ob er sie verletzte. Er konnte und wollte sie nicht länger ansehen und vielleicht sogar ihre Rechtfertigungen anhören, ihre verschlungenen Erklärungen, dass sie musste, dass es keinen anderen Ausweg gab.

Sie hatte ihn verlassen.

Sie hatte ihn zur Adoption freigegeben wie ein Hundewelpen, dem es angeblich egal ist, wo er landet, solange er einen Schlafplatz und ein Futterschüssel hat. Manche Menschen kümmern sich manchmal mehr um Tiere als um ihre eigenen Kinder.

Es war schon spät, aber Boris hatte keine Lust, nach Hause zu gehen. Stattdessen fuhr er wieder ins Büro, schaltete den Computer ein, kochte sich Kaffee und beschloss, die ganze Nacht zu arbeiten, dann ein paar Stunden zu schlafen und wieder zu arbeiten, trotz seines Urlaubs. Alles nur, um nicht nachzudenken, sich nicht mit der Vergangenheit zu beschäftigen, nicht in Erinnerungen zu wühlen und dieser Wut keinen Raum zu lassen, die anfing, ihn zu beherrschen.

„Ruhig" sagte er jetzt zu sich selbst. „Ganz ruhig. Du hast sie kennengelernt, sie gesehen, ihr habt ein paar Stunden zusammen verbracht, auch wenn es nur Schweigen war. Und das reicht. Ihr habt euch nichts zu sagen, keine gemeinsamen Erinnerungen, keine Kastanienmännchen gebastelt, keine Plätzchen zu Weihnachten gebacken, keine Ketten für den Weihnachtsbaum geklebt. Was euch verbindet, ist nur ihr Bauch, in dem sie dich getragen hat, um dich dann einfach abzugeben."

Angeblich weinen Männer nicht.

Oder sollten es nicht, denn das wäre ein Zeichen von Schwäche.

Aber Boris war allein, also krümmte er sich einfach auf seinem Bürostuhl zusammen und begann zu weinen, ein wenig wie ein Kind, ein wenig wie ein Welpe und ein wenig wie ein Erwachsener, der gerade erkannt hat, dass manche Sehnsüchte niemals gestillt werden können.

Er wischte sich mit dem Handrücken über die Augen, atmete tief durch und schlug auf gut

Glück den Bildband über die außergewöhnlichsten Häuser der Welt auf.

UFO-Häuser in Vietnam …

Er blätterte weiter.

Das Bubble House in Frankreich, ein futuristisches Meisterwerk …

Und weiter.

Ein Teekannenhaus in Texas, das angeblich bei Hochwasser schwimmen könnte …

Was ist eigentlich ein Zuhause? Wofür brauchen wir es? Und wozu brauchen wir Familie?

Gibt es wirklich die Magie der Blutsbande? Ist es wirklich einfacher, biologischen Eltern Enttäuschung, Leid, Schmerz zu verzeihen? Woher kommt diese enorme Kraft, die einen zu jemandem zieht, der einen doch offensichtlich gar nicht wollte?

Tamara hatte ihm nicht die Welt erklärt, sondern die Frau, die ihn großgezogen hatte. Sie hatte ihn nicht gelehrt, seine Grenzen zu überwinden, und sie hatte ihm nicht bei den Lektionen des Lebens geholfen.

Warum also dachte er immer noch ständig an sie?

***

Tamara war genau eine Stunde lang Mutter.

Viel hat sie von dieser Zeit nicht in Erinnerung behalten, denn es war recht laut um sie herum, ständig kam jemand herein, stellte eine Frage, und sie nickte nur. Einen Moment lang dachte sie sogar, dass sie den Jungen vielleicht doch behalten könnte, doch ihre Mutter erklärte ihr schnell, dass sie als Minderjährige nicht die elterliche Gewalt ausüben könne, da sie selbst noch unter der Vormundschaft ihrer Eltern stehe. Ihr Status könnte sich allenfalls durch eine Heirat ändern, aber dafür müsste sie sechzehn Jahre alt sein und den Vater des Kindes ausfindig machen – was wohl nicht machbar war.

„Es ist passiert, was soll's. Jetzt müssen wir das Chaos hinter dir beseitigen", stellte die Mutter fest und regelte dann gemeinsam mit Tamaras Vater alle Formalitäten.

Tamara betrachtete den schlafenden Jungen in seinem gelben Strampelsack.

Einerseits löste er in ihre seltsamen Gefühle aus, als hätte jemand warmen Pudding in ihr Inneres gegossen. Andererseits hatte sie Angst, ihn zu berühren. Sie konnte kaum glauben, dass sie neun Monate zusammen gewesen waren und er nun neben ihr lag. In den letzten Wochen der Schwangerschaft hatte sie sich etwas beruhigt. Sie hatte verstanden, dass sich das, was geschehen sollte, nicht mehr ändern ließ – man konnte nur die negativen Auswirkungen minimieren. Ein Kind sollte von jemandem aufgezogen werden, der Verantwortung übernehmen konnte. Von einem Erwachsenen. Und sie selbst musste weiter lernen. Das hatten alle gesagt. Sie mussten recht haben … vermutlich … es hatte ja keinen Sinn, es anders zu versuchen.

„Hallo", flüsterte sie so leise wie möglich.

Im Raum waren noch vier andere Frauen. Zwei hatten bereits entbunden, die anderen beiden warteten geduldig und streichelten ehrfürchtig ihre großen Bäuche. Sie sahen

Tamara mit leichtem Spott an und sprachen kaum ein Wort mit ihr.

Vielleicht war das auch besser so.

Sie hätte ohnehin nicht gewusst, was sie ihnen sagen sollte.

Vorsichtig berührte sie seine winzige Hand und drückte sie sanft.

„Es wird dir besser gehen ohne mich. Aber vielleicht sehen wir uns eines Tages wieder. Ich möchte, dass du weißt, dass ich dich irgendwie mag. Du riechst wundervoll. Du bist überhaupt wunderschön. Und ich bin sicher, dass du glücklich sein wirst.“

Dann verschwand Boris aus ihrem Leben.

Als Tamara das Krankenhaus verließ, fühlte sie sich wie ein völlig anderer Mensch. Sie wusste noch nicht, worin genau diese Veränderung bestand, doch als ihre Mutter sie anwies, ins Auto zu steigen, trat Tamara plötzlich einen Schritt zurück und sagte:

„Ich möchte zu Fuß gehen.“

„Wir fahren zu deiner Tante, steig sofort ein. Deine Eskapaden haben wir lange genug ertragen!" schrie die Mutter und tippte sich mit dem Finger an die Stirn.

Doch Tamara drehte sich auf dem Absatz um und rannte in die entgegengesetzte Richtung.

***

Glück hängt in hohem Maße davon ab, wie stark wir sind und ob wir verstehen, wie viel wir wert sind. Je mehr Fragen wie „Verdiene ich Liebe?" auftauchen, desto geringer sind die Chancen, stabile Beziehungen aufzubauen.

Boris konnte sich nicht verlieben und ließ den Gedanken, eine feste Beziehung einzugehen, nicht zu. Er fürchtete sich vor Versprechungen, vor dem Kauf eines Fernsehers oder gemeinsamer Bettwäsche. Er war zwar oft verknallt, aber er hatte noch nie wirklich geliebt. Wenn eine Beziehung enger wurde und nach den ersten Schmetterlingen Entscheidungen getroffen werden mussten, spürte er instinktiv, dass er sich zurückziehen sollte.

„Weißt du, was dein Problem ist?" hatte ihn eine Frau einmal gefragt. „Ein Teil von dir glaubt nicht, dass du Liebe verdienst. Also holst du sicherheitshalber die Segel ein."

„Unsinn", hatte er damals gelacht. Dass Tamara ihn verlassen hatte, durfte doch keinen Einfluss auf sein Leben haben – und doch war es wohl so. Er konnte sich nicht „formatieren" und akzeptieren, dass Liebe jedem zusteht. Auch ihm.

„Unsinn", wiederholte er später in seiner leeren Wohnung. Er wusste, dass eine Beziehung wie ein Schwamm ist, der sich mit Emotionen, Gedanken, Gefühlen vollsaugt. Sie ist eine Basis, die Stabilität gibt und Prioritäten setzt. Genau wie eine Familie. Und die hatte er doch.

Dennoch verschloss er sich vor der Liebe, vor dieser ganzen schwärmerischen Großartigkeit, dem Schwindel, den Schmetterlingen im Bauch, der Spontaneität und der Hoffnung, dass es für immer sein könnte. War Tamara daran schuld? Vielleicht musste er das ein für alle Mal klären.

Er hatte ihre Telefonnummer, also beschloss er, sich noch einmal mit ihr zu treffen. Doch diesmal wollte er nicht schweigen und auch nicht nett sein. Er wollte ihr all diese schwierigen Fragen stellen und absolute Ehrlichkeit von ihr erwarten. Sie konnte ihm sogar sagen, dass sie ihn nie geliebt hatte, dass sie ihn nie sehen wollte, dass sie kleine Kinder nie mochte und sie nicht zur Welt bringen wollte. Es war passiert, so oder so.

Doch am Telefon meldete sich eine andere Frau. Es war nicht seine Mutter.

„Ich möchte mit Tamara sprechen", sagte er mit gedämpfter Stimme.

Ein paar Minuten später begriff er, dass sie ihn ein zweites Mal verlassen hatte.

„Tamara lebt nicht mehr. Sie wurde von einem Auto erfasst, als sie an einer unzulässigen Stelle die Straße überquerte. Trotz einstündiger Wiederbelebungsversuche konnte man sie nicht retten."

***

Es war der dreiundzwanzigste Dezember, und alles deutete darauf hin, dass es heute noch schneien würde. Die frostige Luft schneidet in die Nasenflügel, und am Himmel zogen schwere, dunkelblaue Wolken auf. Boris hob den Kopf, und genau in diesem Moment begann es zu schneien.

Er schaute auf seine Uhr.

Siebenuhrdreiundzwanzig.

Er stand auf dem Balkon seiner Wohnung, gekleidet in dunkelblaue Pyjamahosen und ein T-Shirt, über das er einen grauen Pullover geworfen hatte. Es war kalt, aber er hatte keine Lust, hineinzugehen. Er trank Kaffee, der blitzschnell abkühlte, und beobachtete den Hof, der sich langsam mit einer weißen Decke aus Schneeflocken bedeckte.

Sein Blick wanderte nach links. Unter einem Baum stand eine schwarze Metallbank, ein wenig zerkratzt. Er schaute ein zweites Mal hin. Er hatte noch nie darauf gesessen; sie war mehr Zierde für den Platz – und mittlerweile eine zweifelhafte. Aber heute verspürte er das Bedürfnis, genau dort Platz zu nehmen. Er griff nach seiner Mütze, zog gefütterte Stiefel an und wickelte sich einen grünen Schal um den Hals.

Als er aus dem Haus trat, bemerkte er, dass Tamara auf der Bank saß. Er blieb kurz stehen, dann nickte er ihr zu. Sie war wirklich da. Immer noch trug sie das dunkelblaue Kleid und die braunen Schnürschuhe. Auf ihrem dunklen

Haar hatte sich eine Krone aus Schneeflocken gebildet, und er musste zugeben, dass das sogar hübsch aussah. Er wollte nicht fragen, woher sie plötzlich kam. Er wollte nur sprechen.

Er ging zur Bank und setzte sich an ihr Ende.

„Wie viel Zeit haben wir?" fragte er.

„Eine Stunde. Genauso viel, wie mir damals am Anfang gegeben wurde," antwortete Tamara.

„Ich verstehe nicht."

„Als ich dich zur Welt brachte, verbrachten wir eine Stunde miteinander. Danach hat man dich mir weggenommen," erklärte Tamara.

„Du hast mich weggegeben," korrigierte er sie.

Sie nickte.

„Grund eins: Du hast mich weggegeben, weil du zu jung für ein Kind warst. Grundzwei: Du hast mich weggegeben, weil man es dir befohlen hat. Grunddrei: Du hast mich weggegeben, weil du keine andere Wahl hattest.

Welchen Grund wählst du?“ Er sah sie mit einer Mischung aus Wut, Traurigkeit und Hoffnung an – Hoffnung, dass sie ihm einen vierten Grund nennen würde, der so klar wäre, dass er alles verstehen könnte und es ihm leichter fallen würde, ihr zu verzeihen.

„Alle drei auf einmal,“ gab Tamara zu. „Ich habe nicht versucht, zu kämpfen, weil ich gar nicht wusste, wie. Ich war fünfzehn Jahre alt, hatte Eltern, die sofort entschieden, was nach der Geburt mit dir passieren würde, und die Gewissheit, dass du ohne Vater aufwachsen würdest. Denn ich wusste nicht, wo ich ihn finden sollte.“

Boris fuhr sich mit den Händen durch die Haare.

„Guter Start. Ich sehe, du hattest in deiner Jugend keine Langeweile.“

Tamara biss sich auf die Lippe.

„Ich war naiv.“

„Wohl eher dumm,“ entgegnete er scharf. „Weißt du, manche Menschen haben Schwierigkeiten, einen Welpen abzugeben, und suchen so lange nach einem passenden Zuhause, bis sie sich hundertprozentig sicher sind, dass es dem Hund dort, wie im Paradies gehen wird. Hast du das auch gemacht? Hast du auch für mich eine perfekte Familie gesucht? Oder hast du mich einfach ins Ungewisse gegeben?"

Tamara begann, mit ihrem Absatz ein Loch in die gefrorene Erde zu bohren.

„Es tut mir leid," sagte sie schließlich.

Boris wollte wieder einfach nur weglaufen. Hinauf in seine Wohnung, sich verbarrikadieren oder irgendwo hingehen, nur weg von ihr. Aber sie hatten nur eine Stunde. Und es war die letzte, die ihnen gegeben wurde.

„Hast du nach mir gesucht?" Er musste das fragen. Auch wenn sie verneinen würde.

„Ich habe Briefe geschrieben."

Das hatte er nicht erwartet.

„An mich?"

„An deine Eltern, aber im Grunde an dich, ja. Immer zu deinem Geburtstag und zu Weihnachten. Und ich habe Postkarten aus den Orten geschickt, an denen ich gelebt habe."

Boris wusste nicht, wie er reagieren sollte. Er hatte nie einen Brief oder eine Postkarte erhalten. Er sah sie düster an.

„Du lügst.“

Sie zuckte mit den Schultern.

„Warum sollte ich? Ich habe dir wirklich geschrieben. Ich wollte dir wenigstens auf diese Weise zeigen, dass ich an dich denke, und dir ein Stück meiner Welt mitgeben.“

***

Die Tante, bei der Tamara nach ihrer Entlassung aus dem Krankenhaus unterkam, brachte ihr eines bei: Man sollte die Vergangenheit irgendwo an einem verlassenen Ort vergraben und aus der Gegenwart so viel herausholen, dass die Zukunft nur noch schön sein würde.

Ein ziemlich kluger Ratschlag. Hätte Tamara nicht dieses Gefühl des Verlusts, hätte sie ihn wahrscheinlich gerne befolgt. In den ersten drei Jahren konzentrierte sie sich vor allem darauf, ihr Abitur zu machen. Sie wollte sich selbst beweisen, dass sie es schaffen konnte, dass sie nicht als Versagerin zu ihren Eltern zurückkehren würde, und dass sie trotz eines Fehlers in ihrer Jugend ihr Leben gut meistern würde. Denn Menschen sollte man nicht so leicht aufgeben. Mit jedem Jahr wurde sie eigenständiger und selbstbewusster. Sie wusste, dass sie nie wieder jemandem erlauben würde, über sie zu bestimmen. Aus einem eingeschüchterten und sprachlosen Teenager wurde eine junge Frau, die sich ihrer Bedürfnisse, Träume und Wünsche bewusst war. Sie wollte das Bild ihres früheren Selbst auslöschen – jemand, der keine Entscheidungen treffen konnte, der sich übertönen und mundtot machen ließ. Mit jedem Tag fühlte sie sich stärker.

Doch dann kehrte die Vergangenheit zurück und machte sich jedes Mal bemerkbar, wenn Tamara junge Mütter mit ihren Kindern sah. Dann erschien wieder dieses eingeschüchterte Mädchen, das niemand um ihre Meinung gefragt hatte.

„Lass gut sein, die Zeit kannst du nicht zurückdrehen, und dem Kleinen geht es dort, wo er ist, gut", sagte die Tante zu ihr.

„Und wo ist er?" fragte Tamara nach.

Daraufhin winkte die Tante nur ab.

Tamara begann schließlich doch nicht zu studieren, weil sie keine Vorstellung davon hatte, was sie machen wollte. Sie wollte nicht etwas tun, das sie nicht interessierte, nur weil es gerade angesagt oder vielversprechend war.

„Studiere Wirtschaft. Das wird dir eine solide Basis geben", riet ihr die Tante.

Doch Tamara wollte alles Mögliche ausprobieren. Sie machte daher Kurse für Gesichtsbehandlungen, Frisurenstyling, Kochen und sogar für professionelle Lohn- und Gehaltsabrechnung. Dennoch wusste sie nicht, was sie mit ihrem Leben anfangen sollte, denn viel mehr interessierte sie, wo Boris war, was er machte und ob er glücklich war.

„Du hast ihn doch weggegeben", wunderte sich die Tante. „Lass das Thema."

Weggegeben. Aber das bedeutete nicht, dass sie ihn aus ihrem Gedächtnis gelöscht hatte.

„Nein", antwortete sie trotzig. „Ich habe ihn einmal verlassen, das reicht."

Schließlich gelang es ihr, die Adresse der Adoptiveltern zu bekommen, die sie nicht einmal zu verbergen versucht hatten. Noch vor der Adoption hatte Frau Emilia Tamaras Eltern ihre Kontaktdaten gegeben.

„Wir werden sie nicht brauchen", hatte ihre Mutter damals gesagt. „Hauptsache, das Kind hat ein Zuhause. Und bitte ändern Sie seinen Namen nicht."

Die Adoptiveltern versprachen, alles zu tun, damit Boris das glücklichste Kind der Welt sein würde.

Schließlich schrieb Tamara ihnen einen Brief. Sie fragte, wie es Boris ging und ob sie ihn eines Tages sehen könnte. Sie gab ihre Telefonnummer an, und sie riefen sie sofort an, baten sie jedoch, dem Jungen nicht den Kopf zu verdrehen. Er sei glücklich, sicher, und irgendwann würden sie ihm die Wahrheit sagen, aber noch nicht jetzt.

„Darf ich ihm ab und zu schreiben? Würden Sie es ihm vorlesen?"

Frau Emilia versprach ihr, dass sie das auf jeden Fall tun würden, und meinte, dass das eine sehr gute Idee sei. Und sie fügte hinzu, dass Tamara nicht nur an sich denken, sondern sich eher auf Boris' Gefühle konzentrieren sollte.

„Sie werden damit fertig, aber das Kind? Bitte nehmen Sie ihm nicht das Gefühl von Sicherheit. Zerstören Sie nicht seine Welt, in der er sich so wohlfühlt. Schreiben dürfen Sie gerne. Aber nicht mehr."

Sie konnte ihnen nicht widersprechen. Es tat ein wenig weh, dass sie nie Teil des Lebens ihres eigenen Sohnes werden würde, aber das hatte sie gewusst, als sie sich damals entschied, ihn zur Adoption freizugeben. Und obwohl sie jung und ein wenig naiv war, war sie doch nicht so naiv, dass sie die Konsequenzen ihrer Entscheidung nicht verstanden hätte. Aber schreiben würde sie. Das konnte ihr niemand verbieten.

Also schrieb sie diese Briefe, zunächst kurz, später immer länger, und beschrieb darin ihr Leben und die Welt, die sie zu verstehen versuchte. Sie erwartete keine Antwort, und doch öffnete sie jedes Mal mit klopfendem Herzen den Briefkasten.

Boris hatte sie einige Male gesehen.

„Weißt du, dass ich dich ein paar Mal gesehen habe? Und ich erinnere mich genau an jeden dieser Momente.“

„Du hast mich gesehen?“ wiederholte Boris und sah sie ungläubig an.

Sie nickte.

„Erzähl mir davon.“

„Das erste Mal auf einem Spielplatz in der Dorfstraße. Ich bin euch von zu Hause ausgefolgt, und dann bin ich hinter euch hergegangen und habe mich in die Nähe des Sandkastens gesetzt. Ich hatte eine alberne Perücke auf, weil ich nicht wollte, dass deine Eltern mich erkennen. Du warst damals ganz aufgeregt wegen eines Regenwurms, den du im Sand gefunden hattest. Du wusstest nicht, ob du ihn wegwerfen, vergraben oder ihm eine neue Chance geben und ihn im Sandburgenschloss wohnen lassen solltest.“

„Und was habe ich schließlich gemacht?“

„Du hast ihn mir geschenkt. Du kamst zu mir und sagtest, das sei ein Geschenk, und ich müsse gut darauf aufpassen, weil er sich bewegt."

„Hattest du keine Angst?"

„Ich hatte Angst vor Emilia. Denn sie kam fast sofort zu dir gelaufen und verbot dir, fremde Leute anzusprechen. Aber wahrscheinlich hat sie mich nicht erkannt. Zumindest habe ich versucht, ihren Blicken auszuweichen."

„Und dann?"

„Dann, als du sieben Jahre alt warst und in die Schule gegangen bist. Du hattest einen Rucksack mit Spiderman darauf und die gleichen Sportschuhe. Rote. Das sah toll aus. Du warst unglaublich aufgeregt und hast mich deshalb gar nicht bemerkt, obwohl ich die ganze Zeit hinter euch herlief, bis zur Schule, und so tat, als würde ich auch ein Kind in die erste Klasse bringen."

„Haben wir jemals miteinander gesprochen?" fragte Boris.

„Zweimal. Einmal damals im Sandkasten und das zweite Mal am Bahnhof, auf Gleis zwei.

Du bist nach Warschau gefahren, und ich habe so getan, als würde ich auf den Zug nach Breslau warten. Ich sagte dir, dass ich nicht von hier bin und dass ich mich auf großen Bahnhöfen leicht verirre."

Boris riss plötzlich die Augen weit auf.

„Daran erinnere ich mich. Ich erinnere mich an deine Worte über das Verlorensein. Und daran, dass du Menschenmassen nicht magst. Aber deine Haarfarbe war damals eine andere."

„Blond" nickte sie. „Platinblond, mit künstlichen Wimpern."

„An die Wimpern erinnere ich mich nicht", lachte er. „Aber ich weiß noch, dass du nach dem Zug nach Breslau gefragt hast und mir gesagt hast, dass du aus einem kleinen Ort kommst, in dem nicht jeder einen Zug gesehen hat. Das fand ich lustig."

„Ich habe viel geredet und wahrscheinlich Unsinn, aber ich wollte irgendwie deine Aufmerksamkeit auf mich ziehen. Und ein bisschen mit dir sprechen, auch wenn es nur über Banalitäten war. Später habe ich bereut, dass ich nicht in den Zug gestiegen bin, nicht nach Warschau gefahren bin, auch wenn es als blinde Passagierin gewesen wäre, nur um drei Stunden allein mit dir zu verbringen.“

„Wussten meine Eltern davon, dass du mich manchmal gesehen hast?“

Sie antwortete nicht sofort.

„Sag es mir bitte.“

„Emilia hat mich nur ein einziges Mal bemerkt. Auf einem Jahrmarkt. Ich habe ihr gesagt, dass ich zufällig da sei, dass ich euch nicht verfolge, aber nach ihrem Blick zu urteilen, hat sie mir nicht geglaubt. Ich wollte ihr erklären, dass ich das nicht oft mache, dass ich mir nur winzige Momente aus deinem Alltag stehle und dann eine Weile davon lebe, weil es mir sehr hilft. Du standest damals an einem Stand mit Luftballons und warst ausschließlich an einem großen, aufgeblasenen Hai interessiert.“

Boris schloss die Augen.

Erinnerte er sich daran? So oft war er doch auf Jahrmärkten gewesen und hatte Luftballons bekommen.

„Hast du mir damals Zuckerwatte gekauft?“ fragte er plötzlich, die Augen noch fester geschlossen.

Sie nickte.

„Aber du hast nur ein kleines Stück gegessen, weil sofort Emilia zu uns kam und dir verbot, irgendetwas von Fremden anzunehmen. Und sie hatte recht“, stellte Tamara fest, wenn auch irgendwie traurig.

„Was hat sie dir damals gesagt?

“Dass ich verschwinden, loslassen und nicht in deinem Leben auftauchen soll wie ein verdammter Geist, der alles zerstört, weil er glaubt, dass er ein Recht dazu hat.“

„Und hast du das getan?“

„Teilweise. Damals begann ich zu reisen. Ich kam zu dem Schluss, dass es am besten ist, alles von Grund auf neu aufzubauen, an neuen Orten, mit neuen Menschen. Und ich muss sagen, dass das irgendwie funktionierte. Aber nur bis zu einem gewissen Punkt.“

„Wie meinst du das?“

Tamara überlegte kurz.

„Als sich mein Leben allmählich einpendelte, kehrten die Erinnerungen zurück. Ich konnte sie nicht mehr mit etwas anderem überdecken – mit einer neuen Arbeit, einer neuen Wohnung, einem Tapetenwechsel. Am Anfang machte all das Sinn, weil ich mich auf eine Sache konzentrierte. Aber sobald die Welt wieder in ihre normalen Bahnen fiel, tauchtest du wieder auf. Um das zu vergessen, nicht nachzudenken und mich nicht selbst zu quälen, packte ich meinen Koffer und machte mich erneut auf den Weg.“

„Wie eine Nomadin“, erinnerte sich Boris an Emilias Worte.

„Ich habe mir einen alten Citroën gekauft und bin so lange mit ihm gefahren, bis er schließlich den Geist aufgab. Er war nicht mehr zu reparieren, also bin ich auf Züge umgestiegen. Ich mochte Züge sowieso immer. Das Rattern der Räder, der monotone Rhythmus der Fahrt. Man konnte die Augen schließen und sich den Ort vorstellen, zu dem man fuhr.“

Ihr Plan fürs Leben war einfach.

Veränderungen.

Und dann weitere Veränderungen und noch mehr. Je mehr Wechsel, Aufgaben und Herausforderungen, desto paradoxerweise mehr Ruhe im Kopf. Tamara dachte in diesen Momenten nicht an Boris, weil sie zu beschäftigt war, ihr nächstes Leben aufzubauen. Als ihre Eltern ihr vorschlugen, aufs Dorf zurückzukehren und sich endlich um etwas „Normales" zu kümmern, lachte sie nur trocken auf.

„Ihr könnt mir nichts mehr befehlen."

Es gab große Städte und kleinere. Dörfer, Weiler, Kleinstädte. Unterschiedliche geografische Regionen und Dialekte, die sie perfekt unterscheiden lernte. In einem kleinen Ort in Podlachien wurde sie sogar Friseurin, weil „wenn du in Posen Haare gestylt hast, kannst du sie bei uns schneiden" – so hatte es die Besitzerin eines winzigen Salons mit drei Stühlen und drei Haartrocknern, die aus den sechziger Jahren zu stammen schienen, zu ihr gesagt.

Und Tamara begann tatsächlich zu schneiden, zu kürzen, zu stufen, zu färben, zu stylen und all das zu tun, was sie sich selbst beigebracht hatte. Sie mietete sich eine kleine Zweizimmerwohnung und verliebte sich fast.

Fast, denn als es um ernstere Erklärungen ging und sie schließlich sagen sollte, dass sie auch liebt und dass es für immer so bleiben würde, kehrten die Erinnerungen zurück. Sie sah Boris vor sich, wie er gerade eingeschult wurde und wahrscheinlich lernte, ohne Stützräder Fahrrad zu fahren oder Kastanienmännchen zu basteln.

Die Sehnsucht war kompromisslos. Sie kam unangekündigt und nistete sich in Tamaras Körper ein, wo sie immer stärker wurde, bis Tamara keine andere Wahl blieb, als ihren Koffer zu packen, sich von den Menschen zu verabschieden und weiterzuziehen. Ein neuer Ort, eine neue Wohnung, am besten renovierungsbedürftig, eine neue Arbeit, die Weiterbildung erforderte, und eine neue Luft, die sie wieder einatmen konnte.

„Du wirst nicht glauben, was ich in Krakau gemacht habe.“

Boris sah sie neugierig an.

„Ich war Souffleuse im Theater.“

„Aber… wie…?“

Sie lachte.

„Souffleusen brauchen keine festen Qualifikationen, keine spezielle Ausbildung. Es zählen eher die Fähigkeiten. Und es stellte sich heraus, dass ich sie habe. Ich kann Menschen beobachten, genauer gesagt: Schauspieler, und spüre genau, wann sie eine Hilfe brauchen. Ich habe schnell das Flüstern der Bühne gelernt und war selbst darüber überrascht. Es war ein guter Job mit anständigem Verdienst. Damals wohnte ich in einer winzigen Dachwohnung und fühlte mich ein bisschen wie eine Marionette, die alleine durch die verschiedensten Theater der Welt reist.“

„Und was ist dann passiert?“

„Das, was immer passiert. Oder eigentlich noch schlimmer, denn eines Abends in diesem Krakauer Theater, weit weg von zu Hause, bist plötzlich und unerwartet du aufgetaucht.“

Boris riss überrascht den Mund auf.

„Ich?“

„Eine Klassenfahrt. ‚Die Abfertigung der griechischen Gesandten‘.“

„Oh Gott, ich erinnere mich. Es war furchtbar langweilig. Die Lehrerin sprach die ganze Fahrt über die raffinierte Struktur des Werks und seine moderne poetische Form, und wir gähnten reihum.“

Tamara lächelte.

„Ich sah dich von hinter der Bühne. Es war wohl der schwierigste Abend meines Lebens. Ich betete, dass niemand meine Hilfe brauchte, dass ich niemandem etwas soufflieren musste, weil mein Kopf völlig leer war. Ich hatte alle Passagen, Zitate, fast alle Worte vergessen. Und obwohl ich den Text vor mir hatte, konnte ich nichts lesen. Einen Monat später verließ ich Krakau.“

„Nur, weil du mich gesehen hast?“

„Weil alles zurückkam. Und dann zählten weder die Arbeit noch meine Dachwohnung, sondern nur die Gedanken an dich. Ich musste gehen.“

„Und so dein ganzes Leben lang?“

Sie nickte.

„Als ich dich im Krankenhaus abgab, dachte ich, es sei nur eine vorübergehende Lösung. Dass du eines Tages zu mir zurückkehren würdest. Damals konnte ich nicht anders handeln, aber ich dachte, dass sich alles irgendwie wieder rückgängig machen ließe. Heute weiß ich, dass das nicht stimmt."

„Was war dann?"

„Rowy. Ein kleiner Ferienort an der Ostsee. Ich kam vor der Saison an, also fand ich schnell Arbeit. Ich wurde in einem kleinen Haus nahe am Strand angestellt. Meine Aufgaben waren Putzen, Kochen und die Betreuung der Gäste. Es gab dort Kühe und Ziegen, die ich melken lernte. In Rowy verbrachte ich vier Monate und hatte so viel zu tun, dass ich keine Zeit hatte, an dich zu denken. Wenn ich alles erledigt hatte, was zu meinen Aufgaben gehörte, ging ich abends schwimmen, bis alle meine Muskeln schmerzten. Dann wusste ich, dass ich sofort einschlafen würde."

Boris sah sie schweigend an und dachte, dass kein Mensch so eine Strafe verdient hat.

Eine Entscheidung hatte ihr Leben zur Hölle gemacht.

„Du hast mich abgegeben, aber ich war glücklich“, sagte er plötzlich. „Und du hast eine Buße angenommen, die du wahrscheinlich nicht verdient hast“, fügte er nach einer Weile hinzu.

Tamara hob hilflos die Hände.

„Jeder hat eine andere Schwelle des schlechten Gewissens. Manchmal ist es ein konstruktiver Wegweiser, eine Orientierungshilfe. Aber manchmal zerstört es dich. Angeblich ist es ein Signal unseres Nervensystems. Aber ich denke, es ist die Stimme der Seele. Und vor ihr kannst du dich nicht verstecken, denn dann müsstest du vor dieser Seele davonlaufen. Und das ist unmöglich.“

„Du hast dir nie vergeben, oder?“

Sie lächelte traurig.

„Ich habe es versucht“, sagte Tamara. „Ich habe mir eingeredet, dass es die beste Lösung war, vor allem für dich. Aber das hat nichts genützt. Meine Schuld war zu bitter, um sie mit Vorstellungen zu versüßen, dass du trotzdem glücklich bist. Ich habe jedoch einen Weg gefunden, zu leben, und ich denke, er war nicht der schlechteste. Vielleicht ein wenig ermüdend, etwas zerstreut und wenig harmonisch, aber in gewisser Weise effektiv. Ich habe meine Zeit laufend und auf gepackten Koffern verbracht. Balancierend zwischen Gut und Böse. Zwischen Glück und Depression. Manchmal ist das besser, als langsam in Traurigkeit zu sterben."

„Konntest du manchmal vergessen?" fragte Boris.

„Ich konnte lachen. Wie damals, als eine Möwe in ein Zimmer in einem Ferienhaus an der Küste flog und sich nicht vertreiben ließ, während die Frau, die das Zimmer gemietet hatte, eine panische Angst vor Vögeln hatte. Ich wusste nicht, was ich zuerst tun sollte – die Möwe vertreiben oder die hysterische Touristin beruhigen."

„Und was hast du gemacht?" Boris war neugierig.

„Ich begann, mit beiden zu sprechen."

„Auch mit der Möwe?"

„Absolut. Zuerst habe ich alle Tierlockrufe ausprobiert, die mir bekannt waren, aber das hat nichts gebracht. Also entschied ich, normal zu sprechen. Ruhig, gelassen.“

„Und was kann man einer Möwe schon sagen?“

„Dass sie wunderschön ist, dass ich verstehe, warum sie hereingeflogen ist, dass sie vermutlich den Duft von Hefekuchen wahrgenommen hat und dachte, sie könnte etwas anderes probieren als Müll und Fisch.“

Boris zog überrascht die Augenbrauen hoch.

„Und was hast du der Frau gesagt?“

„Dass es gleich vorbei sein würde und sie auch ein Stück Hefekuchen bekommt.“

„Das klingt ziemlich surreal.“

„Hauptsache, es hat funktioniert. Die Möwe schaute mich zwar nicht gerade verständnisvoll an, aber schließlich stellte sie sich auf die Fensterbank des offenen Fensters. Da ging ich näher heran und deutete mit dem Kopf in Richtung Himmel.“

„Ich nehme an, sie hat es verstanden?“

„Musste sie, denn sie breitete die Flügel aus und verließ das Zimmer.“

„Ohne Kuchen?“

„Ohne.“ Tamara lachte.

„Und die Touristin?“

„Sie aß ein halbes Blech und zitterte noch eine halbe Stunde lang. Angeblich hatten sie in ihrer Kindheit Enten angepickt, und seitdem hatte sie ein Trauma.“

Boris berührte Tamaras Wange.

„Du hattest ein seltsames Leben. Ungeordnet, chaotisch. Aber es hatte auch einen gewissen Charme und eine Besonderheit, um die dich viele Menschen beneiden könnten.“

***

Ein Jahr zuvor war Tamara in die Heimatstadt ihrer Tante zurückgekehrt.

Genauer gesagt, war es auch ihre Stadt, denn nach der Geburt war sie nie wieder zu ihren Eltern zurückgekehrt.

„Wenn du willst, kannst du hier wohnen“, hatte ihre Tante mit einem Schulterzucken gesagt. „Mir ist es mit dir irgendwie auch wohler.“

Boris war zu diesem Zeitpunkt bereits ein erwachsener Mann, und Tamara hatte oft darüber nachgedacht, ihn zu treffen. Einfach hinzugehen, sich vorzustellen und zu sagen, wer sie war. Doch da er auf ihre Briefe nicht geantwortet hatte, verspürte er offensichtlich kein Bedürfnis danach. Sie wollte sich ihm nicht aufdrängen, aus dem Schatten treten und sein Leben durcheinanderbringen. Also zog sie zu ihrer Tante, die immer mehr Hilfe benötigte, und fand nach einigen Wochen eine Stelle in einem Blumenladen.

„Kennen Sie sich mit Blumen aus?“ fragte die Inhaberin. „Denn ehrlich gesagt, ich nicht besonders. Aber ich liebe sie. Ich habe den Laden von einer Frau gekauft, die alles über Blumen wusste. Ich war immer gern hier, habe ihre Geschichten gehört, und als ich erfuhr, dass sie die Branche wechselt, dachte ich, das ist meine Chance. Endlich arbeite ich an einem Ort, der gut riecht. Eine angenehme Abwechslung.“

„Und was haben Sie vorher gemacht?“

„In einer Fischhandlung“, lachte die Frau. „Ich wollte immer ein eigenes Geschäft haben, einen eigenen Ort. Also habe ich einen kleinen Kredit aufgenommen und voila – jetzt bin ich Blumenladenbesitzerin, auch wenn ich vermutlich nie lernen werde, Blumen passend zur Persönlichkeit eines Kunden auszuwählen. Das konnte nur Frau Anna.“

Tamara fand sich schnell in der Welt der Blumen und Pflanzen zurecht. Sie war schließlich wie ein Chamäleon, das sich perfekt an seine Umgebung anpasst. Das war eine neue Herausforderung, ein neues Thema, das sie ergründen musste – und das brachte ihr für eine Weile einen ruhigen Atemzug.

„Und? Hast du gelernt, Blumen passend zur Persönlichkeit auszuwählen?“ fragte Boris neugierig.

Sie nickte.

„Weißt du, ja. Sicherlich nicht so gut wie die vorherige Besitzerin, aber ich hatte bald das

Gefühl, zu wissen, was zu wem passt. Ich mochte es auch, Gestecke, Sträuße und Kränze zu machen. Ich habe mich in dieser Blumenwelt wirklich wohlgefühlt, und genau da kam deine Nachricht.“

„Was hast du gedacht?“

„Dass mir jemand vergeben hat. Endlich anerkannt, dass meine Buße zu Ende ist. Und dass ich vielleicht nicht mehr nach neuen Orten suchen muss, um meine Sehnsucht für einen Moment zu betäuben. Ich hatte Angst vor dem Treffen, furchtbare Angst, aber ich spürte auch, dass ein Durchbruch bevorstand. Dass mir das Leben eine zweite Chance gab.“

Boris senkte den Kopf.

„Unser erstes und einziges Treffen war nicht gerade erfolgreich. Eigentlich wollte ich dir tausend Fragen stellen, aber ich konnte sie nicht formulieren. Ich konnte überhaupt nicht reden, weil ich so wütend auf dich war. Auf mich selbst übrigens auch, hauptsächlich weil ich dir nicht früher geschrieben habe.“

Tamara legte ihre Hand auf seine.

„Schade, dass du meine Briefe nicht gelesen hast."

„Ich verstehe nicht, warum Emilia sie mir nicht gezeigt hat." Boris schüttelte den Kopf.

„Doch, ich verstehe es. Sie hatte Angst, dass du mich finden, sie verlassen und die Mutter wählen würdest, die nie eine war."

„Sie hatte dennoch nicht das Recht dazu."

Tamara dachte kurz nach.

„Ich denke, die Rechte einer Mutter sind ganz anders als die, die allgemein angenommen werden. Sie sind eine Ansammlung von Gefühlen, von denen viele Menschen keine Ahnung haben. Eine Mischung aus Liebe, Angst, Glück und Bedrohung, aus überwältigender Euphorie und der Angst, dass einem das alles genommen werden könnte. Ich verstehe sie, aber ich gebe zu, dass es mich auch ein wenig traurig macht."

„Worüber hast du mir geschrieben?"

„Über alles."

„Auch über die Möwe?"

„Ja".

„Und über meinen Hund", fügte sie hinzu.

„Ich habe ihn auf Facebook gesehen. Groß, schwarz. Hast du ihn noch?"

„Ich hatte ihn. Ich habe ihn überallhin mitgenommen, und er hat das perfekt mitgemacht. Als wäre er geboren worden, um zu reisen. Übrigens habe ich ihn im Zug gefunden."

„Unmöglich", protestierte Boris.

„Doch. Niemand wusste, woher er kam. Der Schaffner hat alle Reisenden befragt, aber niemand hatte eine Ahnung. Ich vermute, jemand hat ihn einfach in den Zug gesetzt und ist selbst nicht eingestiegen."

„Wohin bist du damals gefahren?"

„Nach Warschau. Ich wollte die Hauptstadt sehen, sie mir genau ansehen und herausfinden, ob sie mir etwas zu bieten hat. Ich sprang ins kalte Wasser, aber es war eine Zeit, in der ich das sehr brauchte. Du warst damals fünfzehn Jahre alt. Genauso alt, wie ich war, als ich dich bekam."

„Hat dich die Hauptstadt nicht ausgespuckt?"

„Sie hat es versucht. Ich hatte das Gefühl, dass sie mich gründlich testet. In den ersten drei Monaten habe ich keinen Job gefunden, obwohl ich wirklich alles angenommen hätte. Aber ich war nicht die Einzige, und irgendwie war immer jemand schneller und effektiver. Ich mietete eine winzige Einzimmerwohnung, in der ich mit Dynamit lebte."

„Du hast den Hund Dynamit genannt?"

„Es passte zu ihm. Zwar war er weder explosiv noch aggressiv, aber ich hatte das Gefühl, dass er es sein könnte, wenn es nötig wäre."

„Ich mag es", gab Boris zu.

„Wir zogen also zusammen, und das war eine der besten Entscheidungen meines Lebens. Dynamite gab mir ein Gefühl von Stabilität. Und vor allem war ich nicht mehr allein. Nach drei Monaten verzweifelter Jobsuche wollte ich schon aufgeben, und dann kam mir mein Hund zu Hilfe."

„Hat er dir einen Job besorgt?" Boris zwinkerte ihr zu.

„In gewisser Weise, ja. Eines Tages, während eines Spaziergangs im Park, bemerkte ich eine ältere Dame, die mit ihrem Hund nicht zurechtkam. Sie rief nach ihm und versuchte, ihn einzufangen, aber er hörte nicht auf sie. Er wollte, dass sie ihm Stöckchen warf, aber sie hatte einfach nicht die Kraft dazu. Ich half ihr – besser gesagt, Dynamite half, der den Hund durch sein Gerenne völlig erschöpfte. Eine Woche später hatte ich eine neue Arbeit.“

„Lass mich raten“, unterbrach sie Boris. „Du hast angefangen, Hunde professionell auszuführen.“

„Genau das. Und du kannst dir nicht vorstellen, wie viele Aufträge ich hatte. Es stellte sich heraus, dass viele Leute Hunde haben, aber nicht die Zeit, sich um sie zu kümmern. Es war die perfekte Gelegenheit für mich und für die Hunde, denn wir verbrachten eine Menge Zeit miteinander. Ich sah zu, wie sie liefen, in Brunnen schwammen und sich im Gras wälzten. Manchmal bellten sie Eichhörnchen, Katzen und Radfahrer an, jagten Vögeln hinterher oder versteckten sich vor einem Mann mit einer Drehorgel.“

„Ernsthaft? Hunde hatten Angst vor ihm?“

„Nicht alle, aber ich hatte ein paar, die bei den Klängen der Drehorgel vor Angst zitterten. Vielleicht lag es an den Pfeifen und ihren speziellen Tönen? Nur Dynamit hatte vor nichts Angst. Und er akzeptierte alle meine Reisen, selbst wenn sie manchmal unbequem für ihn waren.“

„Was ist mit ihm passiert?“

„Er ist vor einem Jahr an Altersschwäche gestorben. Und er tat es wirklich auf die schönste Weise. Noch am Abend kam er zu mir ins Bett, legte sich zu meinen Füßen und leckte mir beim Einschlafen sanft die Hand. Dann legte er seine Pfote auf meinen Bauch. Am Morgen fand ich ihn in seinem Körbchen, er war noch warm und roch nach ihm selbst, aber er atmete nicht mehr. Doch er hatte ein Lächeln auf seinem Gesicht, und nur deshalb brach ich nicht völlig zusammen. Ich verstand, dass er den Tod akzeptiert hatte und dass seine Zeit abgelaufen war. Das war der Moment, in dem ich beschloss, zu meiner Tante zurückzukehren, in die Stadt, in der du lebtest, und für immer zu bleiben. Unabhängig von meinen Traurigkeiten, dummen Gedanken und depressiven Schwankungen. Ich beschloss, nicht mehr wegzulaufen."

Boris senkte den Kopf.

„Es ist ungerecht, dass man manchmal so wenig Zeit vom Schicksal bekommt. Und wie viele Menschen sich im Leben verpassen, immer wieder den falschen Weg wählend."

„Ich weiß, was du meinst", sagte Tamara. „Es ist wie die Entscheidung, an welcher Kasse man im Supermarkt ansteht. Man schätzt die Geschwindigkeit der Leute ein, zählt ihre Einkäufe im Korb, und trotzdem wählt man jedes Mal die falsche. Und trotz aller Berechnungen wartet man länger."

„Glaubst du an Schicksal? Oder denkst du eher, dass wir unser Leben selbst weben?" fragte Boris.

Sie überlegte einen Moment.

„Ich denke, das eine schließt das andere nicht aus. Das Schicksal ist in gewisser Weise mit bewussten Entscheidungen verbunden, eines ergibt sich aus dem anderen. Das Schicksal ist eine Art Drehbuch, mit dem wir auf die Welt kommen, aber wie die einzelnen Episoden aussehen, hängt nur von uns ab. Aber vielleicht irre ich mich. Vielleicht haben wir wirklich auf gar nichts Einfluss." Sie hob hilflos die Hände. „Ich wollte nie so denken, denn das würde bedeuten, dass wir nur noch wie auf Autopilot funktionieren, dass uns jemand einfach eingeschaltet hat und wir nur das tun, was vorher geplant wurde. Eine traurige Perspektive. Ich glaube lieber daran, dass ich mit einigen Entscheidungen das Schicksal überrascht habe."

„Warum bist du eigentlich nach Posen zurückgekehrt?"

„Weil mir klar wurde, dass ich langsam meinen inneren Frieden zurückgewinne. Ich habe aufgehört, mich zu zerreißen, und dachte, ich könnte noch einmal versuchen, den Fluchtinstinkt zu bekämpfen. Ich hatte das Gefühl, dass ich allmählich verstehe, worum es bei all dem ging, was mir passiert ist, auch wenn ich natürlich noch nicht wusste, wohin es mich führen würde. Ich wurde zum Beobachter meines eigenen Lebens, jemand, der es schaffte, einen Schritt zurückzutreten und sich selbst zuzusehen. Ich sah ein hilfloses Mädchen, das vor sich selbst davonläuft, weil es nicht den Mut hat, sich seinen Schuldgefühlen zu stellen. Aber irgendwann begann ich, mir mein Handeln ruhiger anzusehen. Und schließlich begriff ich, dass ich nicht länger durchs Dickicht brechen, ziellos umherirren und mich mein ganzes Leben lang für diese eine Entscheidung bestrafen musste. Deshalb bin ich zurückgekehrt. Und dann hast du mir geschrieben."

„Was stand noch in diesen Briefen?"

„Ein Gedicht", sagte sie plötzlich lebhafter, „aus dem Film *Jabberwocky*. Ich habe ihn zufällig gesehen, obwohl du wissen musst, dass ich am liebsten romantische Komödien schaue – immer mit Happy End. Sie haben mir Mut gemacht. Damals arbeitete ich im Haus eines Filmemachers, der mich einmal pro Woche dazu zwang, weniger populäre Filme zu sehen, oft seltsame, und auf jeden Fall solche, die eher nischenhaft waren. Anfangs hat mich das

unglaublich genervt, weil ich die meisten davon
nicht verstand, aber mit der Zeit habe ich
gemerkt, dass es gar nicht darum ging, sie zu
verstehen."

„Sondern?"

„Sondern darum, wie sie auf dich wirken.
Wie du sie wahrnimmst. Was sie in dir auslösen.
Das war eine weitere interessante Erfahrung, die
ich auf mein eigenes Konto schreiben konnte.
Der Film nahm Bezug auf *Alice hinter den
Spiegeln*, und das wiederum führte mich zu dem
Gedicht, das ich unbedingt mit dir teilen wollte.
Also habe ich es aufgeschrieben und dir zu
deinem Geburtstag geschickt."

„Weißt du es noch?"

Tamara schloss die Augen.

„Es brillig war. Die schlichte Toven

Wirrten und wimmelten in Waben

Und aller-mümsige Burggove

Die mohmen Räth' ausgraben." [1]

---

[1] Robert Scott, „The Jabberwock Traced to Its True
Source", *Macmillan's Magazine*, February 1872, vol. 25

Sie rezitierte das Gedicht, und Boris brach in schallendes Gelächter aus.

„Das ist so absurd, dass es schon wieder schön ist," gab Boris nach einer Weile zu. „Das kannte ich noch nicht."

„Ich damals auch nicht. Aber es hat mich fasziniert. Und ich wollte, dass es dich genauso fasziniert."

Boris und Tamara schauten sich seit gut fünf Minuten an. Und obwohl sie schwiegen, hatten sie nicht das Gefühl, Zeit zu verschwenden. Dieses Mal schauten sie anders. Ohne Schuldgefühle, ohne Angst, ohne Unsicherheit oder negative Emotionen. Sie betrachteten sich mit Neugier, entdeckten mit jeder Minute mehr Ähnlichkeiten.

„Was ist deine Lieblingsfarbe?" fragte Tamara schließlich.

„Grün."

„Meine ist Blau. Und was isst du gerne?"

„Hmm… Kohlrouladen und Rinderrouladen."

„Ich auch", freute sie sich. „Was magst du sonst noch?"

„Reisen", meinte er und zwinkerte ihr zu. „Das muss wohl in den Genen liegen."

„Wo warst du schon überall?"

„Zuletzt in Marokko. Ich wollte all die Farben mit eigenen Augen sehen und den Duft von echter Kurkuma riechen."

„Und, wie riecht sie?"

„Ich weiß es nicht", lachte er. „Ich erkenne den Duft überall, aber ich kann ihn nicht beschreiben. Am meisten hat mich ein Barkeeper überrascht, der mir einmal Kurkuma in den Kaffee mischte. Nur ein bisschen, aber ich habe es sofort herausgeschmeckt. Magst du Kaffee?"

„Ja".

„Aber magst du ihn wirklich, oder trinkst du ihn nur aus Gewohnheit?"

„Wirklich. Ich füge weder Milch noch Zucker hinzu. Ich trinke nur schwarzen Kaffee, um seinen Geschmack zu hundert Prozent zu verstehen."

Er sah sie anerkennend an.

„Genau wie ich.“

„Wo warst du noch?“

„Auf den Brücken von Venedig. Und in Porto, um nach Azulejos zu suchen.“

„Was ist das?“

„Mosaike aus Fliesen, meist in Blautönen. Damit sind fast alle Wände des Bahnhofs Porto-São Bento bedeckt. Es sollen dort über zwanzigtausend Azulejos sein, die die Geschichte des Landes erzählen.“

„Wunderschön“, schwärmte Tamara. „Und was hast du noch gesehen?“

„Die heißen Quellen von Balçova-Izmir in der Nähe der Agamemnon-Bäder. In der Türkei. Und Gaudís Blaues Haus in Barcelona.“

Tamara hörte ihm mit einem Lächeln zu, das sich auf ihren Lippen festgesetzt hatte.

„Warum bist du Architekt geworden?“

„Mich faszinieren Häuser. Und ich bin fasziniert von Menschen, die manchmal etwas so Verrücktes erschaffen, dass einem der Atem stockt. Wusstest du, dass es ein Schuhhaus gibt, das ein Bildhauer für seine Frau entworfen hat?

Oder unterirdische Apartments irgendwo in den Schweizer Alpen, ein Haus-Bunker, das Verborgen unter der Erde liegt. Wunderschön, komfortabel, faszinierend."

„Erzähl weiter."

„Ein Haus aus Schiffscontainern, ein Ei-Haus, sturmsicher, mit einer Konstruktion basierend auf einem aufblasbaren Skelett in der Form einer verlängerten Ellipse. Oder ein Haus in Kalifornien, das vollständig mit Spiegeln bedeckt ist und sich dadurch perfekt in seine Umgebung einfügt." Boris hätte stundenlang über seine Leidenschaft sprechen können, doch plötzlich hielt er inne und sah auf seine Uhr.

„Uns bleibt nicht mehr viel Zeit", sagte er leise.

„Mehr, als wir bisher hatten", bemerkte Tamara.

„Und was kommt danach?"

„Es reicht, wenn du mich nicht vergisst. Und vielleicht schaffst du es irgendwann, meine Briefe zu lesen. Emilia hat sie sicher alle aufgehoben. Vielleicht wollte sie sie dir zu einem besonderen Anlass schenken."

„Solche Anlässe gab es schon einige, findest du nicht?“

„Vielleicht wollte sie warten, bis du selbst ein Kind hast? Ich weiß es nicht. Aber sie hat das sicher nicht aus böser Absicht getan.“

Boris nickte.

„Ich liebe sie. Was ich bin und wie ich bin, verdanke ich euch beiden, obwohl wahrscheinlich ihr mehr.“

Tamara konnte ihm da nur zustimmen.

„Warst du jemals wütend auf sie?“ fragte er.

„Oft. Ich war wütend, weil sie etwas hatte, das eigentlich mir gehört, obwohl ich es ihr selbst gegeben hatte. Ich war wütend, weil sie Zeugin all deiner ersten Erfahrungen war. Deiner ersten Worte, Schritte, Stolperer, Milchzähne, nächtlichen Ängste, Lächeln und Lieben.“

„Ich kann immer noch nicht glauben, dass wir uns ein paar Mal im Leben begegnet sind.“ Er verbarg sein Gesicht in seinen Händen.

„Du kannst dich nicht erinnern. Ich war eine fremde Person für dich, du hast mich nicht wahrgenommen, nicht in deinen Erinnerungen bewahrt. Es waren gestohlene Momente, ein wenig erzwungen, aber für mich unheimlich wichtig. Auch wenn danach alles noch mehr schmerzte."

Im Innenhof des Mietshauses, in dem Boris wohnte, war es bereits weiß geworden. Der Schnee hatte alles sorgfältig bedeckt, selbst die Mülltonnen und den alten Schrank, den jemand letzte Nacht hinausgestellt hatte, wurde unter der weißen Decke versteckt.

„Ich mag solche Tage", sagte Tamara. „Ich habe es immer gemocht, richtig durchzufrieren, weil ich mir dann vorgestellt habe, wie ich nach Hause komme, die Badewanne einlasse und mir einen heißen Tee aufgieße. Dann wird es langsam in mir warm, und schließlich fühle ich diese angenehme Wohligkeit."

Boris verstand sie vollkommen. Er liebte es auch, im Regen nass zu werden oder so lange in einem See zu schwimmen, bis seine Lippen blau wurden. Emilia regte sich dann immer auf und hatte Angst, er könnte sich eine

Lungenentzündung holen. Aber er war selten krank.

„Hast du jemals Schneeflocken gegessen?"

„Ich esse sie immer noch," sagte sie und streckte die Zunge heraus. „Ich finde, sie schmecken wie gefriergetrockneter Puderzucker."

„Und weißt du, dass es Wassermelonen-Schnee gibt?"

„Das glaube ich nicht," meinte sie und zog die Nase auf eine lustige Weise kraus.

„Das liegt an roten Algen. Angeblich sieht der Schnee dann aus wie das Fruchtfleisch einer Wassermelone, und wenn man darauf tritt, verströmt er einen zarten Wassermelonenduft."

„Was sind das für Algen?"

„Man nennt sie Schneealgen. Sie enthalten ein karotinoides Pigment. Mehr weiß ich nicht, aber ich würde diesen Schnee gerne mal probieren."

Tamara holte ein paar kleine Fäustlinge aus der Tasche ihres Kleides. Sie waren aus roter Wolle mit einer weißen Zierkante.

„Ich habe sie damals für dich gemacht, in einem Häkelkurs. So einen habe ich nämlich auch mal absolviert.“

Sie schwiegen wieder.

„Musst du jetzt gehen?“ fragte Boris mit einem Kloß im Hals.

„Ja, ich muss. Aber ich bin jetzt ruhig. Und du solltest es auch sein. Man sagt, dass der Mensch mit einer mächtigen Kraft geboren wird, die ihn in die Lage versetzt, alle Schwierigkeiten, Verluste und Schmerzen zu überwinden. Und obwohl es manchmal unmöglich scheint, kann er sich dennoch regenerieren, angetrieben von einer enormen Lebensenergie. All diese schlechten Zellen werden nach einer Weile aus unserem Körper entfernt, ausgeschieden und durch neue ersetzt, die keine schlechten Erinnerungen mehr haben.“

Boris lächelte. Dann sah er Tamara ein letztes Mal an, berührte ihre Wange und flüsterte:

„Danke, Mama.“

Über Die Autorin

Natasza Socha ist eine polnische Schriftstellerin, Kolumnistin und Journalistin, Autorin von über 60 Büchern für Erwachsene und Kinder. Vor Kurzem hat sie auch begonnen, Kriminalromane zu schreiben. Sie hat Journalistik und Politikwissenschaft an der Adam-Mickiewicz-Universität in Posen studiert. Ihre Zeit teilt sie zwischen einem kleinen Dorf in Deutschland, wo sie ihre Romane schreibt, und Posen, ihrer Heimatstadt. In ihrem Werk stehen vor allem Frauen im Mittelpunkt - ihre Stärken, ihre Verletzlichkeiten und der Glaube daran, dass es immer ein Morgen gibt. Leserinnen und Leser schätzen sie für ihre Ehrlichkeit, Wärme und die einzigartige Mischung aus schwarzem Humor, Emotion und aufrichtiger Reflexion.